集英社文庫

あるく魚とわらう風

椎 名 誠

集 英 社 版

目次

写真・椎名誠
レイアウト・島村稔

あるく魚とわらう風

宝島とにかく上陸作戦

タルケン対ヒメハブの対決のときが来た。
ハブは丸くとぐろをまくと攻撃のしるし。
タルケンも負けずにとぐろをまいた。

五月二十九日

夕方七時から六本木「ベーレン」で新春会。映画評論家の白井《しらい》佳夫《よしお》さんをかこむ会で、白井さんの担当編集者、新潮社と文藝春秋の編集者が最初に集まってつくった会なので〝新春会〟という。だんだんだんだんその関係者が広がり、いまでは多くの映画ジャーナリストの集まりの会になっているようだ。

その日はぼくがゲストで、『白い馬』についてのみなさんの映画を観た感想などを聞きながらビールを飲み、ドイツソーセージを食べるという、まあ少々コワイけれどもそれなりに楽しい会であった。

五月三十日

六時半に荻窪《おぎくぼ》の「源氏」という店に行って、漫画家の東海林《しょうじ》さだおさんと対談。サントリーのPR誌「サントリークォータリー」用の対談で、まあ特に大きなテーマはないけれども、酒やその周辺についての話をしようというようなもの。「サントリークォータリー」編集長の谷浩志《たにひろし》氏が来ている。彼は「いやはや隊」のメンバーでもあるからしょっちゅう顔を合わせていて、まあなんとなく仲間内の酒飲み会の延長というような感じもあるから、気楽な対談であった。東海林さんとはここ十五、六年、なんとなく人生の節目節目で会って、面白い対談を続けている。東海林さんと話をすると、ウマが合うというかテーマが合うというか、感覚、気分が合うというか、ともかく話をしていて思わぬ方向に楽しく発展していくので面白くてたまらない。二時間ほど生ビールや焼酎《しょうちゅう》を飲みながら気分よくいろんな話をして、タクシーで家まで帰った。

家に帰ると、チベットに行っている妻からの手紙が来ていた。彼女が日本を発ったのは四月の十五日だから、もう一ヵ月半ほどになる。ハガキは約一ヵ月前のものだった。とりあえず一ヵ月前までは無事に元気でいるのだナア。

五月三十一日

遅い午後の新幹線「のぞみ」で、名古屋に向かった。名古屋市民大学の講演。名古屋はこの夏に『白い馬』のコンバットツアーがあるので、この市民大学の講演はそのプロモーションも兼ねて引き受けた。大きな会場に超満員のお客さんが来ていた。テーマは「草原に生きる民族と島国に生きる民族」。つまりモンゴル人と日本人のことについて思うところを話した。

講演が終了して名古屋城のそばにあるホテルナゴヤキャッスルへ。ここは数年前に一度来たことがある。ひっそりとしていてありがたい。落ちついて部屋で原稿仕事をした。夜十一時ごろまで原稿を書き、一段落したので、さあ何か飲みながら食べるか、と思ったけれど、もうホテルのお店はほとんど終了していてどこもやっていないようだ。しかしルームサービスでしけたスパゲッティとかそんなようなものを食べるのもしゃくなので、冷蔵庫のビールを三本ほど飲んで、テレビを見ながら寝てしまった。

六月一日

早朝五時に起きてしまった。いつものようにシャワーを浴びて、軽く運動をして、昨日の原稿の続きを始める。外はよく晴れていて、気分のいい風が吹いている。チェックアウトを少し早めにして、お城の周りを一時間ほど散歩した。お堀に大きな魚がたくさんいるようで、歩いていくとあちこちでジャブジャブジャブと跳ねる音がする。

お堀のそばの柵《さく》に、中学生ぐらいの女の子が一人しょぼんと座って水を眺めていた。今日は平日なのでもう学校に行く時間だろうに何をしているんだろうな、というようなことが気になったけれど、女の子なので下手《へた》に声を掛けたりすると怪しまれるかもしれないから、まあそのまま水に飛び込んでしまうなんていうこともないだろう、と思いながら通過。少し行くと、ホームレスの人が二人、柵のところに寄りかかって、しきりに何か話をしながらヒナタボッコをしていた。六月といえどもまだ朝なので、太陽のぬくもりが嬉しい。

また少し行くと、お堀のほうに向かって警官が一人、耳に片手をあてて立っていた。片手をあてた耳のところにはどうもイヤホーンがあるらしい。今日はいろんな人がお堀の方向を見ているようだ。

十時五十分の新幹線で大阪へ。新大阪からすぐに、いつも泊まっているロイヤルホテルに向かった。ロイヤルホテルから昨日送れなかった原稿をファックスで送り、東京からのファックスの連絡を受け取る。

野田知佑《ともすけ》さんと会い、いろんな話をした。八月に彼はモンゴルのトーラ川のカヌー下りをしたいといっている。

六月二日

六時に起きてスバヤク支度。七時にタクシーに乗っかって、ABC放送へ。今朝は道上洋三《どうじようようぞう》さんがパーソナリティーの番組に生の出演をする。テーマは『白い馬』についての話。早朝の放送局はガランとしていて、そこで働いている人たちもなんとなくみんなネムタそうである。番組が終って外に出ると、女の人が三人ほど出入口のところにいた。ラジオの番組を聞いてやってきたのだという。なるほど、生放送だから終って出ていけば本人がいるわけで、なかなかスルドイことである。サインをして新大阪駅へ。

東京駅に十二時半ごろ戻り、そのままホネ・フィルムへ。マガジンハウスの平沢さん、「海燕《かいえん》」の佐藤さんなどと打ち合わせ。

夕方六時三十分に銀座の「キュリオ」に行く。ここでは銀座にちなむ人びとのシリーズの講演会があって、ぼくはその第四回らしい。ぼくの前は村松友視《ともみ》さん、その少し前は古今亭志ん朝さん。みんなそれぞれ銀座に仕事場や思い出の場所を持っている人たちらしい。このキュリオがそれほど大きくない会場なので、百人ほどを前に話をするのだけど、最前列の人がもう二メートルぐらいの距離にいる。どうもなんだか集団面接をしているようでヘンテコな気分だった。

六月三日

土曜日。お昼の十二時から二時間、銀座の教文館でサイン会がある。これは出たばかりの「アサヒカメラ」の増刊『椎名誠写真館』のためのもの。五日ほど前に教文館の中村社長から電話があって、この本についてのサイン会をやってくれないか、という頼みだった。教文館の中村社長には「本の雑誌」でずいぶん世話になっていて、何かといえばいろんな協力をしてもらっているので、これは頼まれたら嫌といえない話だ。そこで、いいでしょう、ということになり、すぐ朝日新聞社の堀瑞穂《みずほ》さんに連絡。このサイン会の告知が本の新聞広告に間に合った。

朝原稿仕事があったので少し手間どって、着いたのは本当に十二時一分前くらいだった。もう銀座通りにはたくさんの行列ができていて、教文館のお店の前に置いてあるテーブルでサインを開始。たくさんの人が通っているところでサインするので、これはなかなかきびしいサイン現場である。ぼくのそばにマイクを持って呼びかけているお兄さんがいて、このお兄さんがとどまるところをしらずこのサイン会の宣伝をするのだがどうもハズカシかった。

まあそのなかでも次から次へとたくさんの人が並んでくるので、とにかくわき目もふらず一心にサイン。二時間で五百人ほどのサインをした。右手がかなりくたびれたけれど、でもまあ土曜日なのにこんなにたくさん来てくれたわけだから文句もいっていられない。

終ってすぐ東京駅へ。新幹線に乗ると、すぐ隣が弁護士の木村晋介《しんすけ》。通路を隔てた隣がイラストレーターの沢野ひとし、本の雑誌社社長の目黒考二《こうじ》。四人で名古屋へ。このところ「本の雑誌」の創刊二十周年を記念した「全国の読者に会いに行く公開座談会」というのを週末に続けていて、今日は名古屋ういろう編。

名古屋に到着した後すぐに名古屋公会堂へ。ここで公開座談会。会場に行く前に誰かからういろうをもらったので、このういろうを食べながらとりあえずは名古屋のいろんな食べ物について話をする。それから全国のいろいろな名物といわれるものの検証とかいうようなことについて話をしていった。

六月四日

ホテルの一室に十一時頃集まり、みんなで「本の雑誌」用の発作的座談会を始めた。テーマは、ふたつの異なった言い方をする言葉の意味をみんなで研究するという話。たとえば「後退する」と「退く」とはどう違うのか、などということを侃々諤々《かんかんがくがく》と、まあいつものようにほとんど確証のない話をする。しかし、面白かった。一時間半ほどメシを食いながら話をして、すぐみんなでタクシーでその日のサイン会場の千種《ちくさ》書店へ行った。名古屋も大勢の人が集まっていて、四人揃《そろ》って約二時間、せっせとそれぞれの本にサインをした。それからタクシーで駅に向かい、「山本屋」の名物味噌《みそ》煮込みウドンを食べる。ここには生ビールもあるのでタイヘンよろしい。生ビールを飲みつつ餃子《ギョーザ》ニンニクを肴《さかな》にしつつ「名古屋コーチン入りとはいえ一杯千二百円もする名古屋味噌煮込みウドンはタダシイのか」というような話になった。それから新幹線に乗って東京へ。新幹線に乗ろうとすると、アグネス・チャンがいて、木村晋介と挨拶《あいさつ》。木村晋介は芸能界にひじょうに顔の広い弁護士である。眠りつつ一路東京へ。

六月九日

自宅で一日中原稿書き。エッセイを一本、小説を十枚ほど書き進める。

六月十一日

朝、羽田にクルマで向かう。ヒコーキで福岡へ。木村晋介、沢野ひとし、目黒考二、いつもの連中と同行である。今日は「本の雑誌」の二十周年記念の全国公開座談会の旅の最後の回、福岡編である。二時間ほどぶっつづけで五百人近い人にサインをした。

六月十二日

朝、空港で沢野や目黒たちと別れ、八時四十分の福岡発のヒコーキで鹿児島へ。鹿児島で一時間ちょっとのトランジット。十時五十分のヒコーキで奄美《あまみ》大島へ。奄美大島の空港には、カメラマンのタルケンこと垂見《たるみ》健吾《けんご》と、「ＳＩＮＲＡ」の編集者齋藤海仁《うみひと》が待っていた。すぐさま三人でタクシーにて名瀬《なぜ》の港へ。奄美大島の空港から小一時間かかる。どんどんどんどん南下していくのである。

まだ梅雨前線が残っているので海は荒れていて、その日の予定の船は出ないことになった。我々はこの日から三泊四日のスケジュールで吐噶喇《とから》列島の宝島に行くことになっている。宝島は昔からぼくが行きたかった島のナンバーワンで、もうかれこれ二十年くらい前から吐噶喇列島の宝島と騒いでいたような気がする。吐噶喇列島には十二の島があって、そのうち宝島はもっとも南のほうにある島で、人口は百五十人前後のところである。

まあしかし船が出ないのではしょうがないので、三人でぶらぶら歩いて行くと、うまそうなラーメン屋があった。「一番館」というラーメン屋で、ここは鹿児島文化圏らしくとんこつスープの店である。久々にギョーザライスラーメンというまるで学生のような三点セットを食べることにした。しかしこれがまことにまことにおいしい。

奄美シーサイドホテルに投宿。そこはひじょうに古いホテルで、外側から見るといかにも泊まりたくないナア、というような感じのところだった。部屋に入ってちょっと一休み。何もやることがないから夕方からみんなで町に行っておいしいビールでも飲もうかということになった。そこでこのホテルの中にあるサウナに入ることにした。

ここのサウナはラジウム温泉サウナというあまり聞いたことのないサウナで、中に入るとサウナの中央で熱湯がごぼごぼと噴き出ている。全体に黒光りするくら－い室内で、中はたくさんの水滴がついていて、湿度百パーセント近い猛烈な湿っぽい暑さの部屋であった。普通サウナだと中がからからに乾燥しているものだけれども、ここは熱湯で温めるサウナのようであった。

なんとなく不気味な感じがしたけれど、中の空気が熱く湿っているので、乾燥しきった普通のサウナよりは呼吸するのが楽である。しばらくしているとものすごい勢いで汗が噴き出してきた。五分ほど汗を噴き出させて、それから水風呂へ。サウナっていうのはこの熱いところから水風呂に入ったところの気持ちがなんともいえない。サウナで一番人生のしあわせを感じるのは実はこの水風呂に入った瞬間であるとぼくは思っている。

この熱湯ぬらぬら状態のサウナに三十分ほど繰り返し繰り返し入っていると、何か全身がもうクタクタのフワフワのグラグラの、もうどうでもいい状態になってしまった。外に出て座っていると、血液の流れで全身がグラグラ揺れてるような気分である。ゆっくり身体《からだ》を乾かし、そして三人で町に出た。

町には「網元」という大きな割烹《かっぽう》居酒屋があって、その前になんとうれしいことに「カツオ刺身」の看板が出ている。生ビールもある。生ビールとカツオがあればぼくは人生に文句はないのであった。ただ難点は、この奄美地方のお醤油《しょうゆ》である。南九州からこっちのお醤油は甘口が主流で、この砂糖を入れたようななんとも甘ったるい醤油とカツオが似合わないことおびただしいかぎり。江戸前のピリッとからい醬油で食べたいなあと思いながら、しかしこのあたりには関東醬油は全くないという話であった。

この他クエの刺身、地蛸《じだこ》の刺身、地鶏の焼き鳥などが絶品。しこたまビールを飲み、そして最後は島焼酎を飲んで、かなりいい心地になってホテルへ帰り、そのままぶったおれた。どうも考えてみると、ぼくは旅に出るとこういうことを繰り返しているようである。

六月十三日

朝起きてすぐ空を見た。さいわい青い空が見える。雲の動きは結構速いが波は昨日より鎮まっているようなので船は出そうだ。

船は名瀬市が持っている高速船であった。約二時間半で行ってしまう。宝島は結構山の大きな島で、荒波のなかにぽつんと浮かんでいるという感じである。岸壁に民宿「トカラ荘」のおやじが待っていた。このトカラ荘のおやじはハブとりの名人で、牛の放牧と民宿経営と漁業とハブとりで生計を立てているという、離れ島版マルチビジネスマンでもある。トカラ荘は二階建て、ちっちゃな部屋が十ほどある民宿で、我々が通された部屋は東側の海に面した部屋であった。窓を開けると目の前に大きく広がる東シナ海が見え、まことに文句のない眺望である。

宿のおばさんがさっそくお昼ゴハンを用意してくれた。お昼ゴハンはカレーライスであった。われわれのほかに工事関係の男たちが五、六人、それから釣りクラブのおじさんたちが五、六人投宿している。みんなでいろんな話をしながらカレーライスを食べる。初めて会った人たちもこういうところではすぐうちとけるので気持ちがいい。

食後、みんなでぶらぶら町の中を歩くことにした。島の中に一軒あるスーパーは、朝一時間夕方一時間しかやらないという店だった。カード式電話はそのスーパーの隣に一台あるだけである。そこで電話をし、東京の事務所などに、いま島に着いたことを報告した。

するとと雨が降ってきた。ものすごい雨である。だいたい離れ島の雨というのは強烈なのが多いけれども、本当にバケツをひっくり返したような雨だった。歩けなくなってしまったのでしばらくそのスーパーの隣で雨宿りをした。この島はハブが多いところで、人口百四十七人だがハブは推定五万匹くらいいるのだそうである。ハブが出てくるのは夜で、だから夜は懐中電灯を持って歩かないと危険だという話である。

夕飯は島の親父が獲ってきたカツオだった。しかしこの宿屋もやはりあまーいあまーい奄美大島よりももっとあまーいお醬油なので、せっかくのカツオがどうもくやしい。焼酎を飲んでそして夢話をしつつやすらかに眠った。

六月十四日

朝早く起きて、カメラを持って海の方をぶらぶら散歩して歩く。よく晴れていた。海岸にはたくさんの漂流物が転がっている。よく見るとその漂流物は韓国のものとか、台湾のものとか、遠くフィリピンあたりから流れてきたらしいものもある。あの伝統的な椰子《やし》の実などもあちこちに転がっていた。ここはまさしく絶海の孤島だということをひしひしと感じる砂浜風景だ。

驚いたことにこの島に「本の雑誌」の読者がいた。島に一軒ある診療所にたったひとりの看護婦として勤めている人で、鹿児島から単身渡ってきたのだという。

とてもいい天気だったので車で島を一巡りあちこち見てまわる。午後は島の西側にある本当に小さな漁港でのんびり泳ぐ。ただし珊瑚《さんご》に両膝《りょうひざ》をぶつけてしまって血がたくさん出てしまった。珊瑚で傷つけるとあとが治りにくいのでどうもつらいことだ。

すると向こうからトラックがやってきて、工事関係者らしい男たちが三人降りてきた。そして男はぼくを見ると「あんたは椎名誠さんでしょう。あんたは今日誕生日でしょう」といきなり言うので驚いた。「なんでぼくの誕生日を知っているんですか」と聞くと、「じつはさっき飯を食っていたら、テレビでタモリがあんたが誕生日だと話していた」というので、「へえ、そうか」と大笑いをしてしまった。考えてみたら本当に今日が誕生日なのだ。

午後、島の小・中学校に行った。島の子供たちはとても目がきらきらして、日本のタダシイ子供らしいところをまだ残していて嬉《うれ》しい。先生たちもなんだかじつに古きよき時代の先生のようで、いきいきとした顔をしていた。夕方、西の海岸に行って、流木を集め焚火《たきび》をし

いつでもどこでも人生のヨロコビは焚火なのだ。
大きな海岸で手当たり次第に集めてきた流木の焚火が、
スーパースペシャルゴールデンデラックス級である。

つつビールで乾杯した。思えば、一年前はモンゴルで誕生日を迎えた。どうもこのごろぼくは誕生日の時は家にはいないようだ。しかし考えてみると、家族も全員外国へ行ってしまっていないのだ。息子たちがいるアメリカの方角、妻がいるチベットはどっちの方かなどということをチラリと思ったが、もともと地理に弱いのでどっちの方向にいるのかあまりよくわからなかった。まあともかく冷たいビールで乾杯。

六月十五日

午前中また西の海岸に行って、船溜《ふなだ》まりでぼんやり空を眺めていた。雲がたくさん動いていき、そういう雲を寝そべって眺めているのは最も気持ちがいい。特にやるべきことはなにもないので、昼寝することにした。午後の船で奄美大島へ戻り、名瀬の町でまたあのおいしいトンコツ味のラーメンと餃子とゴハンを食べる。そして六時十分の一便だけある東京直行便で羽田に戻った。

六月十六日

新宿の永谷《ながたに》ホールというところで、監名会という組織がぼくのむかしむかし撮っていた8ミリとか16ミリの作品を観る会というのをやってくれるというので、それはありがたいことだと参加した。むかしつくっていた8ミリ「みたけまいり（沢野ひとしの遠くへ行きたい）」あるいは「あやしい探検隊」の記録映画「神島でいかにしてめしを喰ったか…」「うみどりのうたう島」、それから保母さんたちの一日を描いた「われらペリカンっ子」、「源作じいさんの島」といったものを次々と上映する。観客は六十人くらい。こんなむかしのアマチュアの作品を観てくれる人に感謝しつつ、その当時の話を二十分ほどした。

その後、歌舞伎町《かぶきちょう》のとてつもなくデッカイお店に行って打ち上げの酒宴。学生たちが多いらしくとにかく騒々しいところで、隣にいる人と話をするのが精一杯というところだ。どうもこういうところで酒を飲むというのは、昨日までじつに静かな島で飲んでいたので、頭がくらくらするくらいの違和感があってびっくりした。

六月十七日

東京駅八時の新幹線で盛岡へ。盛岡へ着くと、「宮古びしばし団」の高橋君らが二十人ほど待っていて、みんな並んで「どうも久しぶりです」などと頭を下げてもらって、何だかヤクザものの出迎え風景のようでちょっと焦った。

クワを二本並べると細長人間になるのだなということがわかった。
さらに短いまん中に下がっているのは、
この細長人間のよりどりみどりの手であります。

夜、高橋団長の自宅の近くで行なわれている打ち上げの会場に行く。これは高橋団長の家の近所の人たちが道路に青いビニールシートを敷いてお花見のようにし、そこでバーベキューやら魚を焼いたり刺身を切ったり宴会の料理をみんながつくり、百人くらいがまったく本当にお花見のような気分で酒宴を開いている。歓迎会だということでとても感動した。

六月十八日

九時半に盛岡を出る予定だったけれども、あまりにも天気がよくて気持ちがよさそうなので、列車を少し変更し、北上川の方へ行ってぼんやりすることにした。風が吹いてきてまことにこの川べりの風景も心地がいい。駅で買ってきたシャケハラコ飯をこの川原で食べた。あちこちでたくさんの小鳥の鳴く声がして、釣り人があちこちで鮎《あゆ》だろうかヤマメだろうか、ともかく熱心に釣りをしていた。

駅に戻って売店をちらっとのぞくと、なんと驚いたことに、クジラの大和煮《やまとに》を売っている。一缶三百五十円。クジラの肉は大好きなのだけれど、このごろとんと見なくなってしまって久しい。クジラの大和煮の缶詰を見るのは十年振りくらいだろうか。思わず逆上して二十個ほど買ってしまった。ほとんど買い占めである。こんな風にいっぺんに買ってしまうのは恥ずかしいと店の人に言ったら、いやそんなことはないですよクジラはいま珍しいですからね、というやさしい返事。ラベルを見るとそのクジラ缶は盛岡でつくられていた。

六月十九日

今日は東芝の本社に行っての勉強会だ。インターネットについて、ホネ・フィルムの岩切靖《いわきりやす》治《はる》と二人でゼロから勉強することになったのだ。

よくわからないままとりあえず第一回のお勉強終了後、タクシーですばやく新宿の「梟《きょう》門《もん》」に行って、ホネ・フィルムで準備している短編映画の打ち合わせを始める。写真家の佐藤秀明、アートディレクターの太田和彦、サントリーの谷浩志、山と溪谷社の三島悟《さとる》、「週刊ポスト」の阿部さんなど、この映画に関わる面々が集まっていた。ビールを飲みつつ、いろいろなアウトラインについて話をする。

六月二十日

横浜へ。ランドマークタワーで赤旗の取材。

終了後、品川に行く予定だが、まだ時間があるので湘南《しょうなん》電車には乗らず、京浜東北線でゆっくり寝ていこうと思った。そして見事に空いている京浜東北線に乗って品川の方向に向かったのだけれど、なかなか着かない。ときどき目を開けて通過していく駅を見るのだけれど、どうも東京—横浜間の風景とは違うようだ。
やがて電車から見える駅の名と電車の中の地図の駅名を照らし合わせてみると、なんということだ、乗る電車を間違えてぼくは横浜線に乗ってしまったらしい。あと一駅で橋本という終点に着く。とんでもないところへ遠回りしてしまったのだ。そこで慌てて戻る。さっきはたくさん時間があったけれど、こうなるともうあまり時間はない。途中で新横浜を通るということがわかったので新横浜で降りて新幹線で東京へ戻り、東京から品川へ戻り、タクシーでなんとか会場へ行くという、バカなことをしてしまった。まったくこの数日間、こういうマヌケなことばかりしている。

六月二十二日

家で原稿仕事。書かなければならない小説があるので、とにかくそれに一日中挑むのだけれども、あまり進まない。ともするとテーブルの上に足を投げ出して、遠くの風に揺れる木などを眺めているのだった。

六月二十三日

銀座に行って富士フイルムのインタビュー。それから六時からホテルエドモントで「週刊金曜日」のパーティ。ぼくは「週刊金曜日」の編集委員なので行ったのだけれども、編集委員はぼくのほかに誰も来ていない。最初に本多《ほんだ》勝一《かついち》さん、そして二番目にぼくが挨拶するという羽目になってしまった。会場にはいわゆる言論界の名だたる人がたくさん集まってきているようで、そんなところで早々とぼくが挨拶をするのはどうも具合が悪かった。

六月二十六日

今日から三泊四日の予定でパークハイアット東京にカンヅメになることにした。カンヅメで原稿を書くのは久しぶりだ。十年くらい前まではときどき原稿につまるとカンヅメになっていたけれど、どうも都市のホテルでカンヅメになると窓が閉めっきりで空気が流通しないので次第に息苦しくなり、あまり効率がよくないことがわかった。でも今度はもう本当に月末までに九十枚ほど書かなければならない。月末というのはあともう四日しかないわけだから、カンヅメになって集中して書かなければ駄目だというふうな見当をつけた。そこで自主的に潜ることにした。

パークハイアットは、非常に高級なホテルで、入った部屋は四十四階だった。西の東京が一望に見えるようなところだけれども、天気が悪いのでこの場合はありがたいことに東京中がガスで見えない。その中でとにかくひたすら原稿を書くことにした。夜はホテルの中のレストランで食事。

六月二十七日

同じように一日中ずっと書いた。集中して書くとさすがに書けるもので、二日間で五十枚。一休みしてその夜またさらに二十枚書いて七十枚。予定の九十枚まで翌朝書けるという見通しがついた。

六月二十八日

同じように朝早く起きてどんどん原稿を書いていく。お昼に終了。とにかく一心不乱にやって三日弱で予定の九十枚をこなすことができた。

三時三十分から近くにある京王プラザホテルで日刊ゲンダイの二十周年を記念した対談に出席。相手は哲学者の久野収《くのおさむ》さんだ。約二時間の対談だったけれども、そのうちの八割は久野先生が話をしていたような感じだった。

その足で銀座のソニービルの中にある「サバティーニ」という店に。ここはイタリア料理の店で有名だそうだけれど、初めてのところだ。朝日新聞社の森さん、長田《おさだ》さん、「週刊朝日」の柘編集長など六人での食事。

「週刊朝日」で来年の一月からの予定で連載小説を書くことになっており、その打ち合わせ。ホテルに帰り、シャワーを浴びて、すこしテレビを見て、新聞を見て、ぶったおれる。

六月二十九日

朝方、週刊誌の原稿を書き、荷物をまとめてチェックアウト。いったん新宿の仕事場に行って荷物を置き、そこから車で大宮へ。大宮のソニックシティに行って、マリンバ演奏集団と会う。夜、十一時に帰宅。どっと疲れた。

六月三十日

一日中家で原稿仕事。今週は原稿枚数は結構はかどったようだ。

七月一日

車で家を出て羽田へ。七時四十五分の飛行機で奄美大島へ向かった。中村征夫《いくお》さんと鈴木映画の菅沼《すがぬま》さんと一緒である。奄美大島の空港には、中村征夫さんのむかしの弟子が迎えにきていた。彼の運転する車で名瀬へ。名瀬でちょうど昼になったので、このまえタルケンたちと行った「一番館」へ行って九州ラーメンと餃子ライスを食べる。

そして古仁屋《こにや》へ向かう。古仁屋には五年前に石垣島で撮影した『うみ・そら・さんごのいいつたえ』に出演してもらった老海人《うみんちゅ》役池田義本さんが住んでいた。残念なことに池田さんは今年の一月に亡くなってしまった。もっと早く来たかったのだが残念である。仏壇にお線香をあげて、冥福《めいふく》を祈る。

その後海岸に行くとお母さんとちいさな子供たちが堤防の上で丸くなってお弁当を食べていた。見るとお弁当ではなくてソーメンだった。ソーメンをお弁当に持ってくるというのはなかなかいいものだ。聞けばこの島に住んでいる人たちであった。ぼくに手製のしそジュースを飲ませてくれた。赤い色をしてさっぱりしていてとてもおいしかった。

この海は加計呂麻島《かけろまじま》との間に広がっている海峡でとても素晴らしい。明日、ここでシーカヤックマラソンが行なわれる。我々はそのイベントのためにやってきたのだった。夕方、町の公民館で『うみ・そら・さんごのいいつたえ』の上映。この島の出身者の池田さんがいる時に上映したかったのだが、残念である。映画が終った後、中村征夫さんと二人でその映画に関係する話や海についての話をする。

七月二日

のぞいてみるとみんなのおひるはソーメンであった。
よく冷えたシソのジュースをごちそーになった。うまかった。

天気は雨ではないが、雲の流れの速い日であった。シーカヤックマラソンは予定通りスタート。少し荒れ模様のレースになりそうだ。海岸でぼーっとしばらくそんな海を眺めていた。それから少し早めにホテルを引き払って名瀬に向かう。

名瀬ではまた「一番館」へ行って、例の九州ラーメンと餃子ライスを食べる。一ヵ月の間にわざわざ東京から来て四回もこの店でラーメンと餃子ライスを食べているなどということは、店の人はまったくわからないだろう。まあしかし、とにかくおいしいからシアワセなのだ。

それからさらに空港近くにあるむしゃ山というところに行く。そこに中村征夫さんの知り合いの人がやっているビーチサイドホテルがあり、そこでのんびり海を見て過ごす。数時間後、飛行機で東京へ戻ってきた。

一日キカイダーになる

また今日もいい朝がやってくる。海の風と太陽におこされるのも人生のしあわせである。

七月三日

午後、車で中野の事務所に行く。二時頃から自分の部屋で原稿を書き、様々な打ち合わせ。四時に筑摩書房の松田哲夫さん来訪。松田さんが編集長としてこの秋に創刊する「頓智《とんち》」の連載執筆についての打ち合わせ。予定では毎号約十枚、二ページのボリュームで、主に自然科学関係、人文科学関係の本について書評エッセイ風のものをやるという方向に。これらの本はこのところ一番好きなジャンルでずいぶんたくさん読んでいるのだが、ここしばらくの多忙で、欲しい本を手当たり次第机の周りに置いたままだ読んでないのがたくさんあることに気づき、ややアセル。しかし、一回に一、二冊で年間二、三十冊なら、これまで既に読んだ本だけでも十分いろんなものが書けるナと思う。

そのあと目黒考二と中野のレストランでビールを飲みつつ、いくつかのゆるやかな打ち合わせ。

七月四日

今日も朝から雨。このところ雨ばかりだ。午前十一時三十分に銀座のホネ・フィルムに行き、ホネ・フィルムの岩切靖治とエドウィンの常見《つねみ》社長ら数人で銀座一丁目の「銀座アスター」へ。地下のずいぶん豪勢な部屋に案内されるが、この時間から中華料理で大宴会という気分にもならず、それぞれオカユだとか、ラーメンだとかヤキソバだとかの単品を頼む。それならばそのへんのラーメン屋でいいような雰囲気なので、みんなで笑ってしまう。エドウィンのジーンズのCMの新しいバージョンの打ち合わせ。計画では、外国の南の島に行きカヌーに乗ってジーンズをなびかせるという話になっている。

終ってすぐに新宿の事務所へ。四時には虎《とら》ノ門ホールへと向かう。今日は『白い馬』コンバットツアーの初日である。雨が気になるが、しかしわがコンバットツアーは雨など関係なしに多くのお客さんが入ってくれるので、とりあえずは心配ない。

初日ということもあって、ゲストが大勢やってくる。太田篤哉《とくや》、太田和彦、林政明（リンさん）、角田《つのだ》ゆき、照明の上保《うわぼ》さん、製作担当の武石、助監督の足立《あだち》、佐藤、製作の鈴木、そして宮下こずゑさん、吉田、鶴岡《つるおか》のプロデューサー・スタッフ、さらに高橋昇《のぼる》、岩切靖治、宇田川文雄と、ホネ・フィルム『白い馬』製作陣がかなり揃《そろ》った。

六時半、ホールはほぼ満員。いい感じでスタートできた。ただ、音が少々大きすぎてクリアさがない。そのへんが問題である。

映画が終ったあと、製作スタッフにステージに勢揃いしてもらい、紹介。三十分間なので一人ずつ話をしてもらう時間はなかったが、まあワサワサと盛大なうちにオープニングが終了した。そのあと新宿の「梟門」にゾロゾロとみな流れる。遅くまでビールで宴会。

七月六日

今日も雨が降っている。虎ノ門ホールのコンバットツアー二回目。同じ虎ノ門ホールなので、一昨日《おととい》ほど心配はない。開始前に控室で集英社の村田登志江さんや婦人画報社の井上さん、資生堂の田辺さんなどと打ち合わせ。

映画は順調にスタート。今日は木村晋介と女優の竹下景子さんがゲスト。こういうときに軽やかにやってきて軽やかに話をしてくれる竹下景子さんに感謝。

七月七日

朝八時に家を出て、武蔵野線《むさしのせん》、南武線《なんぶせん》というローカル電車を使いながら横浜へ。神奈川県民ホールで全国の保育関係の人たちに講演。これもコンバットツアーの宣伝を兼ねている。終ったあとすぐ銀座のホネ・フィルムに戻り、夕方は九段《くだん》会館へ。幻冬舎のスタッフらと、この秋創刊する月刊文芸誌「幻冬」の連載についての打ち合わせ。小説を連載することにする。六時半からコンバットツアー三回目上映。今日は木村晋介、高橋舜、岩切靖治、宇田川の五人で話をした。

七月八日

午後の「のぞみ」で岡山へ。目的地は倉敷。クレリオン倉敷という非常に倉敷的にきどりまくったホテルに泊まる。駅前の生ビールを飲ませる郷土料理店のようなところに行くと、無愛想なアンチャンが出てきて「注文したいものは勝手に自分で伝票に書け」というようなことを言う。まあそれもひとつのやりかたなんだろうけど、いかにも観光客をなめたような態度の店なので、生ビールを一杯だけ飲んで即座に出てしまう。倉敷はこういう店が表通りには多いようで、やっぱり観光ズレした町というのは嫌なもんだ。

七月九日

今日の映画上映は午後二時からと六時からの二回。午前中時間があるので、タクシーで近くの川へぼんやりと出かける。そこは高梁川《たかはしがわ》が流れていて、このところのたっぷりの雨で川は増量している。水門からオソロシイ勢いで水が盛り上がりながらドォーッと流れているところにオッサンたちが十人ほど群がっている。何かと思って近づくと、それは鮎釣《あゆつ》りのオッサンたちであった。みんな子供みたいに嬉《うれ》しそうな顔をして鮎を狙《ねら》っている。

鮎釣りを二時間見て、倉敷市芸文館へ。ここはひじょうに豪華な造りのホールで、映写もマコトによかった。東京の虎ノ門ホールや九段会館よりも画の鮮明度と音の分解度の高い上映ができた。夜も同じように上映する。今日のゲストは撮影監督の高間賢治《たかまけんじ》さんだった。

七月十日

雨はやんでいい天気だった。昨日少し酒を飲みすぎて頭が痛い。外はカラッと晴れているが、頭の中はガリリと痛い。十時三分の新幹線で徳山に向かう。車窓の左右は緑が濃い。今年は梅雨《つゆ》が長かったのでたっぷり雨を含んでいて、この久しぶりの陽光に山の樹木や田畑の緑がみんなヨロコンデいるように見える。

十一時三十五分徳山に降りる。ムアアッとした熱気の外へ。プロデューサーの吉田、映写技師の菅沼、中国・四国地方のイベンター「夢番地」の岡田哲、広住忍《ひろずみしのぶ》、そして広島からの助っ人松浦康高《まつうらやすたか》さんら馴染《なじ》みの人々と合流、徳山市文化会館に向かう。フィルム旅芸人の一行が揃った。

徳山市文化会館の隣にあるホテルの一階の中華料理店で冷し中華やタンタン麺《めん》を食べる。

東京から連絡が入り、大阪の夕刊フジがＭＢＳの件について取材したいと言ってきているという。ＭＢＳでは少々トラブルがあったが、いまごろ夕刊フジが何なんだろう、といぶかしく思う。吉田プロデューサーに対応をまかせ、カメラを持って町に出る。

徳山の町を歩くのは初めてなので海のほうへ行ってみようと思った。タクシーの運転手に「とにかく海べりへ海べりへ」と言うと、連絡船の発着所につけられた。そこには二つの連絡船の発着所がある。（まあ連絡船でどっかの島に行くのもいいナ）と思った。人間魚雷（回天）の発進場所となった島がある。重い歴史を背負った島に行くのもいいかなと思い、時間表を見たら、出発は一時間先であった。しかも帰ってくる時間を考えると夕方の映写チェックに間に合わなくなってしまう可能性があるので、ここは断念。

またタクシーに乗って駅に戻り、地図を見ると、粭島《すくもじま》という道路で繋《つな》がった島があることを発見。タクシーに乗っかってそこに行く。思ったよりも遠く、三十分くらいかかってしまった。タクシーの運転手がしきりに「帰りはどうするのですか」と聞くのだけど、ずっとそこで待っていてもらうのも気ぜわしいことなので断ってしまう。まあなんとか帰れるだろう。

釣りをしている人が二人。そばに行って聞くと、アイナメのような魚を狙っているのだった。しかし釣果《ちょうか》はなし。たった一軒あったよろず屋で六十円のアイスキャンディーを買って食べたが、これがびっくりするくらいうまいので笑ってしまった。

ふと気がつくとバスの停留所があった。時間表を見ると一時間に一本ぐらいバスがある。（そうかバスで帰ればいいのだ……）と思って、三十分ほどバスを待つ。バスに乗るのは久しぶりだ。窓の外をぼんやり眺めているとだんだん眠くなってくる。

夕方、徳山市文化会館にて映写チェック。昼間の夕刊フジの件は、新聞記事になって手元に入る。〃椎名誠ＭＢＳに激怒〃というようなことが実に見当外れな調子で書いてある。新聞というのはウソつきなんだなあ、というのを当事者として感じる。映画終了後、すばやく広島に移動。全日空ホテルへ投宿。

七月十一日

東京から「週刊プレイボーイ」の梶屋《かじや》さん、写真家の安保さんがやってくる。安保さんは『あひるのうたがきこえてくるよ。』以来、映画関係のスチールをずっと撮ってくれている。なかなか気分のいい写真家だ。

六時半から映画上映。広島郵便貯金ホールの映写システムはとてもすばらしく、これまでの上映のなかで最高の映写効果だった。スクリーンは大きく、ドルビーサラウンドの音の分離も非常に爽《さわ》やかで、本日来てくれた人たちはよその会場にはない感動を覚えたようだ。ステージに集まってくる人々の声が口々にそう語っている。今日の挨拶《あいさつ》はぼく一人だったが、かなり大きな手応《てごた》えを感じた。

その足で「メリーさんの家」というちょっと風変わりな馴染みの料理店にみんなで行く。ここは野球の巨人軍の選手たちが広島での試合のあとによく来るのだそうだ。いつものメンバーがドーッと集まり、十数人で乾杯。気分のいい酒宴だった。

七月十二日

朝九時台の新幹線で広島から名古屋へ。名古屋駅から吉田プロデューサーと一緒に中日新聞社へ。ここで中日新聞、名古屋タイムズ、読売新聞の三社の取材を受ける。すべて八月のコンバットツアー名古屋公開のためのプロモーション。

中京テレビのオフィスでみんなで昼食。創エスピーの杵渕《きねぶち》さんから、新潟、富山あたりの集客状況などを聞く。三時半に古田菜穂子さんが迎えにやってくる。古田さんは高間賢治さんが撮影した映画のプロデューサーを経験したことがあるそうで、「奇遇ですね」と言って笑う。

暑いなか、吉田、古田と一緒に名鉄に乗り岐阜へ。岐阜の駅前にあるキャッスルホテルにとりあえず荷物を置く。このホテルは床が板の間で天井は高く、ちょっと日本離れしたいいホテルだった。かねがねホテルの床は板がいいと思っていたのだが、なかなかこれがない。こんなところに理想的なホテルがあったのだなあと思って、つくづく感心してしまう。

岐阜市民会館大ホールで『うみ・そら・さんごのいいつたえ』の上映。だいぶ以前からイベントを要請されていたところだ。

そのあとスタッフたちと柳ヶ瀬《やなせ》のおでん屋さんに行く。おでん一筋四十年というようなお店で、売り物は糸こんにゃく。全員が糸こんにゃくを食べる。うす味でひじょうに優雅なおでんであった。お腹がいっぱいになったのでホテルへ戻り、ちょっと強いウイスキーをコップに半分ほどグイとあおって、その勢いで寝てしまう。

七月十三日

とつ。

朝から強い陽射しである。もう今週でこのあたりは梅雨が明けたのではないかと思う。九時四十八分の「のぞみ」で名古屋から東京へ。そのまま中野の事務所へ行って、ためいきをひとつ。

夜、「本の雑誌」の目黒社長と笹塚のよく行く居酒屋で酒を飲みつつ、様々なことの打ち合わせ。タクシーで家に帰る。やや疲れた。

七月十五日

十時頃家を出て埼玉県の久喜《くき》へ向かう。高速道路の外環を通り、東北自動車道の久喜インターチェンジから目指す埼玉県民活動センターへ向かうが、道が分かりにくく少し迷ってしまう。

埼玉県民活動センターのあたりは一面の畑。空は広く、天気は快晴とはいかないけれどモワッとした熱い風が吹いている。高間賢治さんが控室にいた。ここでちょっとした話をし、夕方東京に戻る。

途中の入間《いるま》川《がわ》沿いの小さな水路で、子供たちがザリガニ釣りをしているのを発見。降りて子供たちに混じってザリガニ釣りをする。ザリガニには赤いのと青いのがいて、赤いのはアカタ、青いのはアオタとぼくらの子供の頃呼んでいたが、この土地では違う呼び名があるようだ。狙っているのはアカタで、紐《ひも》の先にちくわやイカをつけて獲っている。これは昔と同じだ。まだこんなことをしている子がいるのだなあと思って嬉しくなってしまう。車で見知らぬところを走っていると、こんな風な光景に出会えるのが嬉しい。「アサヒカメラ」用にと思って、写真を何枚か撮る。

七月十六日

午前中、久しぶりに手紙を書く。チベットのチャンタン地方を旅行している妻に、もしかしたら会えるかも知れないという旅行者がいて、その人に手紙を託せるからだ。原稿用紙三枚にこのところのいろんなことを書く。考えてみると、妻に手紙を書くなんて二十数年ぶりのような気がする。

午後にキャンプの支度をして、車で奥多摩の古里《こり》に向かう。リンさんポイントには一度行ったことがあるので、なんなく到着。少し雨模様だがそんなに暑くなく、なかなかキャンプにはいい日だ。すでに大きなくるみの樹の下にタープが張られ、リンさんが料理の支度をして待っていた。この日のメンバーは、谷浩志、越谷《こしがや》英雄、大蔵喜福《おおくらよしとみ》、P高橋、上原ゼンジ、平沢豊、太田和彦。いつもの「いやはや隊」のメンバー。

まあとりあえずみんなでお風呂にでも行くかということになり、近くにある鉱泉場へ行く。一風呂あびて帰ってきて、焚火《たきび》を囲みリンさんの作る油揚げ料理をいろいろ御馳走《ごちそう》になる。油揚げと春雨《はるさめ》を使った胡麻油《ごまあぶら》風味のサラダが、谷川で冷やしたビールにすこぶるうまい。このところ慌ただしい横移動の日々がつづいているので、こんなふうに谷川の音を聞きながら焚火にあたって仲間たちとビールを飲むというのは気分のいいものだ。夜更けまで同じような調子でグイグイワイワイ飲み焚火を眺める。十一時頃眠る。

七月十七日

ザリガニにはアカタとアオタがいる。アカタのほうが
大きくて力がつよい。沢山とってゆでるとどっちもうまい。

明け方、三時少し前に喉《のど》がかわいて目が覚める。少し前に、かなり激しい雨が降ったようだ。そのまま寝てしまうと朝までぐっすりいってしまいそうなので、強い意志を発揮してテントをたたみ、車のトランクに放り込んで、そこを出る。真夜中三時の山道をグイグイ降りて、小平のわが家へ。二時間で着いてしまった。シャワーを浴び、少し仮眠する。

午後、代々木病院に行き、先だって調べてもらった健康診断で要再チェックの出ていた心臓についての検査をする。トレッドミールという検査で、これは電極を胸につけてルームランナーのようなものを走り、その間の心臓の鼓動などを調べるというチェックだった。

七月十八日

三時半に朝日新聞社の「アサヒカメラ」編

集部に行き、写真コンテストの選考。約二時間で終了。そのあと、堀さんら「アサヒカメラ」編集部の面々と朝日新聞社内の「アラスカ」で生ビールの乾杯。それから場所を銀座の中華料理屋に移し、老酒《ラオチュー》などなかなかよその店では手に入らないようなものを飲みながら、結構遅くまでいい酒を飲んだ。しかし考えてみると、このところ連日酒ばっかり飲んでいる。

七月十九日

車で代々木病院に向かい、ここで心臓精密検査の二回目。エコーというのをとってもらい、それから二十四時間心電図検査のためのホルダーをつけられる。体のあちこちに電極がはりつけられてコードが体をウネウネと走っているので、なんとなく人造人間キカイダーみたいに見えて面白い。事務所に行って、シャツをまくり、キカイダー状態を見せて回る。

午後、車で鎌倉《かまくら》に向かう。鎌倉芸術館での映画。ひじょうにいい映写効果だった。ここは先だっての広島と並ぶくらいのところである。できるならば全てのコンバットツアーをこの鎌倉のような状態でやりたい。「鎌倉芸術館を全国に運ぶことはできないだろうか」などと冗談を言う。終って車で帰るが、交通事故があって、来たルートと変わってしまい道に迷う。十二時近くに帰宅。ツカレタ。

七月二十日

二十四時間つけていた心電図ホルダーをはずして、事務所の助っ人に病院にもっていってもらう。

午後に新宿の仕事場に行く。週刊誌のゲラ（校正用の組版）が出ているというのだけど、中野に行くのはメンドクサイので、すぐ近くにある木村晋介法律事務所のファックスにそのゲラを入れてもらった。クーラーの効いている木村の事務所が快適なので、山と溪谷社の三島にもそこに来てもらい、木村の事務所で打ち合わせ。隣の部屋で木村晋介が仕事の依頼者に歯切れよく答えている声が聞こえる。三島と近くのラーメン屋で生ビールを飲みつつ、すばやくそばを食べる。

その足で神楽坂《かぐらざか》に行き、「おもしろ本棚」の羽田詩津子《はだしづこ》さんと合流。「おもしろ本棚」というのは、十年ほど前に二子玉川の髙島屋でぼくが要請されて始めた読書会だが、二年間の活動が終ったあともメンバーは任意でずっと残っている。二代目の講師が目黒考二、三代目が菊池仁《きくちめぐみ》になっている。その三代目の菊池仁から「今日は二次会に参加してくれ」と言われたのだ。

ぼくが講師をやっていた頃の懐かしい顔ぶれが、みんな奥さんになっている。思えばあの頃はぼくも若かったし、彼女らもみんな娘っ子だったのだなあと思う。菊池仁に、その後のストアーズ社や百貨店業界のことについての話をいろいろ聞く。もっとたくさん聞きたかったのだが、次々といろんな人がやってきて話をするので、今度改めて時間をつくり菊池にその話を聞こうと思う。来年から「週刊朝日」で連載が予定されている「銀座のカラス・パート2」のために、そうした予備取材が必要なのだ。

七月二十一日

今日からコンバットツアー関西八連戦のスタート。十二時の新幹線で京都に向かう。東京駅で吉田プロデューサー、清水アシスタント、高間撮影監督と待ち合わせ。京都まで行って、在来線に乗り換える。すごい雨だった。ホームに立っていても雨が吹き込んでくるくらいで、「関西の初日、このすごい豪雨で迎えられるというのも笑っちゃうなあ」と言いながら、一路滋賀県の野洲《やす》へ。野洲は前々からコンバットツアーを行なっていて、小さい町なんだけれどいつもたくさんの人が来てくれる。

野洲文化ホールは駅のすぐそばにあるのだが、一週間の長旅用に大きなトランクに仕事用のたくさんの本を詰め込んで荷物がいっぱいあるのと、それからものすごい雨足なので、駅前からタクシーに乗る。すぐ目の前に見えている会館にタクシーで行くというのもなんともヘンテコなのだが仕方がない。

会館に着いて、まず映写チェック。先発隊の技術陣が昼飯を食っていた。ここの会場は千二百人と手頃である。控室でしばらく原稿を書き、ヤヤヤと思うような豪華な折り詰め弁当を食べ、開場を待つ。予定通り五時半開場。雨なのにたくさんの人が来てくれる。関西の第一回は無事スタート。

九時に終了し、タクシーで大阪に向かうことにする。運転手に聞くと、一時間ちょっとで着きますと言うので、遅くとも十時半にはウエスティンホテルの一階にあるバーで生ビールが飲めるんだなあと、今やそれだけを期待しつつタクシーの中でへたっていると、やがて高速道路の天王山《てんのうざん》トンネルのところで渋滞しはじめた。サイレンが鳴っていて、道路表示に「事故　進入禁止」と書いてある。トンネルの手前で一旦《いったん》渋滞したのだが、やがて動き出した。たいした事故じゃないんだなと思っているうちに、トンネルの中でふたたび停止。ただもう何もすることもなく、ひたすら待っていると、たちまち三十分がたってしまった。車はビクリとも動かず運転手が事情を周囲の人に聞きにいく。しびれを切らした人がどんどんトンネルの前方に歩いていって、やがて大汗をかきながら戻ってきた。どうも一台や二台の事故ではないらしい。やがて消防車がやってきて、強引に中に入って行った。あっという間に一時間経過。十四台の玉突きで三台が燃えるという大事故だった。われわれはそこで午前二時半までずっと足止め。ホテルでのおいしいビールはうたかたの夢と消え、ホテルのベッドにもぐりこんだのはもう明け方近い三時半頃であった。いやはやヒドイ関西作戦のスタートだ。

七月二十二日

ぐっすり眠り、十一時頃目を覚まし、昼食を食べて御堂《みどう》会館に向かう。御堂会館ははじめて行く会館で、お寺が経営している会館だという。行ってみてすぐ感じたのは、昔の映画館風の造りである。これは大変にありがたいことで、映写テストをやってみると画面もひじょうにいい具合であった。

関西テレビの黒山さんがやってきてくれる。義理堅いいい人だ。電通の四國《しこく》さんが掘り出し物のお土産《みやげ》をもってやってくる。そのほか、関西で顔なじみの人が次から次へとやってきて、これもコンバットツアーの楽しみのひとつだ。

二時と夕方との二回の上映を無事こなし、高間さん、吉田プロデューサー、清水らとウエスティンホテルに行って、昨日果たせなかったバーでの生ビールをキチンと勝負する。

七月二十三日

朝早く起きて、ホテルでしばらく原稿書き。それから伊丹《いたみ》空港へ行き、仙台行きの飛行機に乗る。仙台、二時十分着。垂見健吾が七ヶ浜国際村の職員と一緒に空港で待っていた。車に乗って七ヶ浜へと向かう。このあたりももうすっかり梅雨明けしてるようで、太陽がまぶしい。七ヶ浜国際村はつい最近できたばかりの多目的ホールで、ここで垂見健吾が海の写真展をやっている。その協賛イベントで『うみ・そら・さんごのいいつたえ』の上映をするので、ぼくが話をしにきたというわけだ。会場は満員だった。

講演が終了後、写真展会場でちょっとしたパーティ。「りっか」のタケチ社長や元ホネ・フィルムの佐藤ひろ子、それから「宮古びしばし団」の高橋君など懐かしい顔があって、みんなで民宿へ行きそのまま宴会。旬のホヤやカツオ、それからこのあたりの名産というシャコが出てくる。みんなどれもうまい。ビールを飲みながら夜更けまでよもやま話。「なんたるフォート」の嘉手川《かでがわ》学に子供が生まれたという話。男の子らしい。オメデトウ。

七月二十四日

泊まった部屋が東側だったので太陽がもろに当たって、朝五時半には起きてしまった。もう寝ることができないのでシャワーに行き、そのまま頭を乾かす目的もあって海へ出ていった。まだ六時前なのに、堤防の先に並んでいるたくさんの海の家はもう朝の支度をしていた。たくさんちらばる海岸のゴミを、刺青《いれずみ》をしたおとっつぁんが一生懸命拾っている。どうもこの

少年は少しずつ人生のよろこびとかなしみに気づいていくのだ。

あたりの海の家は、そちら関係の人たちが経営しているらしいのだが、そういう人が前の日の花火の残骸《ざんがい》やあちこちに転がっているビールの空き缶などを拾っているというのはなかなかいい風景でもある。しかしほんとうに日本人というのはどうしようもなくあちこちにいろんなものを捨てる民族なのだなあ。こまったもんだ。

そのままボーッと海を見て、八時まで。民宿に戻ると朝メシだった。朝メシが獲れたてのウニ、イカのおき漬、海苔《のり》の佃煮《つくだに》、アワビの刺身、アワビの肝、舌ビラメのフライと、オソロシイほどの豪華版。ついつい逆上して、たっぷりご飯を二杯食べてしまった。朝メシ後、また海へ行って、少しぼんやりする。それから迎えの車で仙台空港へ。

仙台空港から再び大阪の伊丹に戻る。スーパーシートだったので、飛行機がお昼ご飯を出してくれる。しかし朝メシをいっぱい食べすぎてしまったので仕方なく断った。すると、スチュワーデスが「おいしいウニご飯ですよ」と言うのであった。しかし、それよりもっとおいしいウニご飯をその朝食べているのだ。

大阪に着いてすぐ、新幹線で姫路へ。姫路は梅雨明けのものすごい熱風が吹いていた。仙台の方がやはり何度か涼しかったのだ。時間が少しあるので姫路城に行った。団体客が大勢歩いている。今日の会場は姫路市文化センター。そこにタクシーで向かう途中、何か大きなとぎれとぎれの橋のようなものが見えて「何だろう」と思っていたら、それはじつは姫路に昔あったというモノレールの残骸ということが分かった。戦後間もないころに開設したモノレールらしく、今はそのところどころの残骸しかない。そんなコトバはないだろうが何となく〝近代遺跡〟という文字を思い浮かべる。

姫路ではまた高間さんが来てくれた。以前のコンバットツアーでがんばってくれた柚口《ゆぐち》三奈子《みなこ》さんに女の子が生まれたという連絡。昨日の嘉手川学にしろ、柚口にしろ、みんな『うみ・そら・さんごのいいつたえ』の映画の時に出会った仲間たちだ。みなオヤジになり、母親になる。姫路から新幹線で大阪に戻り、ウエスティンホテルで再び生ビールを飲み、夜十二時頃眠る。

七月二十五日

午前中、原稿仕事。午後、近鉄・難波駅《なんばえき》まで行き、そこから八木《やぎ》まで急行で。奈良は暑い。奈良というと暑いイメージしかない。橿原《かしはら》文化会館は駅前にあって、ひじょうに大きなところだった。上映効果も上々。すぐ隣にある近鉄デパートに行って、いしいひさいちのマンガを三冊買う。終了後タクシーでホテルに戻り、再び一階のバーで吉田、清水とともに生ビール。このところ毎日の行動はほとんどパターン化してしまった。

七月二十六日

八時五十四分発の「のぞみ」で久々の東京への戻りだ。東京も梅雨が明けたようで、まだ梅雨明けのすがすがしいさわやかな陽射しというわけではないが、それでもあの長雨が終り、乾燥している東京があった。

すぐに中野の事務所へ。おびただしい数の手紙や連絡書類など。重要なものと思われるものだけにざっと目を通し、本日締切りの「本の雑誌」の原稿を書く。今日下版というきわどいところだった。夕方五時に山と溪谷社の三島悟がやってきて『あやしい探検隊』新刊本の校正、手直し。その後、近くの居酒屋で生ビールを飲みながらよもやま話。夜遅く家に帰る。

七月二十七日

また再び大阪に行くために、慌ただしく荷物を整え、朝の東京駅新幹線乗り場へ。十二時二十分に神戸に着いた。神戸は完全に梅雨が明けていて、相当に暑い。公園にまだ被災者のテントが張ってあるのを見て、この暑さの中つくづく気の毒に思う。まだあちこち壊れた建物が目につき、いたるところで工事をしている。

神戸朝日ホールは震災にもあまり影響を受けなかったようで、ひじょうに横に長い会場だった。収容人員八百人で、関西コンバットツアー中では最も小さな入れ物だ。そのために上映は昼夜二回行なう。スクリーンの後ろに巨大な超低音用のスピーカーが四基入っていて、これが相当に重低音を出すのでこれまでの上映とは音が少し違う。「まあでも、迫力があるのではないか」と思ってそのまま映写チェックを済ましたのだが、本番の上映はひじょうにずさんで、モノラルとドルビーの切り換えを忘れるなど、他では考えられないようなミスが目立った。上映中に音質がどんどん変わっていったような気もした。全体に音がこもって聞きとりにくく、夜の部のためにもう一度機械のチェックを頼む。夜の回は再チェックの甲斐《かい》あってうまく進んだ。

終了後ホテルオークラ神戸に行き、「テラスサイドレストラン」でビールを飲み、テレビを見ながら寝てしまう。

七月二十八日

早朝、東京からのファクシミリで起こされる。目下急を告げている山と溪谷社の装丁関係の進行がどうも滞りがちである。正午近くまで原稿仕事をし、午後からメリケンパークあたりの波止場を少し歩いた。震災で岸壁が相当あちこち壊れていて、その修復作業がいたるところで行なわれている。海の水が黒く濁り、陸も海も相変わらずダメージを被っているということがよくわかる。

温度はどんどん上がっていき、タクシーの運転手に聞くと三十六度を過ぎたという。新幹線で大阪へ。ホテルにチェックインした後、本日の会場のサンケイホールに行く。サンケイホールはコンバットツアーでは代々必ず使っている会場で、映写効果や音響効果が最もいいところなので、安心できる。

カープ島の三日間

島の少年はビンロウジュを噛んでいるので
水の中であまり息がつづかない。

七月二十九日

朝九時、伊丹発のＪＡＬ便で福島に向かった。伊丹から福島まで一時間五分。空港に読売広告社の宮路さんが迎えに来ていた。宮路さんの車で郡山《こおりやま》市内へ。大阪の爆発的な暑さに比べると、同じ暑さでも福島の暑さは風があるぶんだけまだいくらか人間的である。ホテルハマツへ。ここで写真家の高橋舁さんと合流。三人で市内の有名な手打ちそばの店に行った。店構えから店の中の造り、メニュー、器にいたるまでなかなか凝りに凝ったところ。前日の大阪・十三《じゅうそう》のただひたすら焼肉がしがし食いと比べると、同じ日本でもずいぶん差があるものだなあと思う。

高橋舁さんはつい最近、糖尿病であることがわかった。ひじょうに食べ物が好きな人なのでなんだか気の毒である。ホネ・フィルムの岩切社長も腸のポリープを今日手術しているはずである。ぼくも先日の健康診断で不整脈が発見された。男も四十、五十になってくると、どこか少しずつ故障してくる。

食事のあと三人で、福島の決勝戦の高校野球を観に行った。郡山高校と磐城《いわき》高校。五百円の入場料を払って、七回まで観戦。その後三人で、阿武隈《あぶくま》高原で開かれている三菱スターキャンプグラウンズに向かった。オートキャンパーが三千人くらい集まっている。そこで三十分程イベントに参加し、すばやくホテルハマツに戻る。生ビールで乾杯。十時に眠る。

スタンドでビールを飲んでうれしがっていたのはわれわれだけであった。

七月三十日

宮路、高橋の三人で、運転を交代しつつ東京に向かう。今日は特に東京での予定はないので急ぐ必要はないが、とにかく本日もひたすら暑い。東北道から外環状線に入り小平に向かう。小平の「大勝軒」でアッアッのラーメンをあぢあぢの中で食べあぢあぢ化する。久しぶりに帰宅。家には誰もいない。三階の我が部屋は、サウナのような熱気に満ちていた。

七月三十一日

今日は久々の休みである。少しぼんやりし、二階の一番涼しい部屋のクーラーをかけて二時間程原稿仕事。その後車で新宿の角貝譲《つのがいじょう》計《けい》先生のところに行って鍼《はり》をうってもらう。ハリセンボン化して、その後ビール。鍼をうつと体中の血液が急速にフルターボで回転し、酒を飲む前から酔っぱらったような気持ちになる。だからつめたいビールの二本も飲むと、もうフワフワといい気分になって、この酔いがたまらないのだ。

八月一日

いよいよ激動激暑ニッポン遊牧民のような本格的な東西南北逆上的ジグザグ旅の八月になった。今日は東京で溜《た》まっているさまざまな打ち合わせ仕事がある。

午前中原稿仕事。午後から車で新宿へ。三時から京王プラザホテルのティーラウンジで新潮社の中島さんと『パタゴニア探検記』の新刊についての打ち合わせ。その後、同じところで、読売広告社の河北氏とこの八月に行なわれる「やまがた林間学校」の打ち合わせ。続いて四時から「本の雑誌」の隔月連載編集長対談。今日は「愛犬の友」の石井従道編集長との対談。犬の専門誌の編集長と話をするのはそれなりに個人的な興味もあって、ほとんど私的なことも含めてさまざまなことを聞き楽しい二時間だった。終了後、再びまた京王プラザホテルの一階に行き、この秋の第四回「坊っちゃん文学賞」について電通PRセンターの中村氏と打ち合わせ。

続いて「ダ・ヴィンチ」のインタビュー。その後、山と溪谷社の三島悟と「多奈何《たなか》」で鮨《すし》を食いつつ単行本その他の話をする。

今日一日で凝縮してたくさんの打ち合わせをしたので、十時ぐらいにはかなりくたびれてしまった。

八月二日

八時五十六分発の「のぞみ」で再び、大阪へ向かう。ホームに「ひかりのくに」の山本氏が出迎えていた。車で大阪フェスティバルホールへ。第四十四回幼児教育大講習会に出席。全国の保育園や幼稚園の保母さんたちが集まっている会だ。以前妻が保母をやっていた関係で、幼児教育集会というようなものには何となく頼まれると断れないような気分で、今年もその仕事を務める。参加者二千七百名。ものすごいボリュームだった。三時過ぎの新幹線で東京へ。

八月三日

午前中家で原稿仕事。小説を書き始める。車で午後から東京駅に向かい、三時少し前の「のぞみ」でまた大阪へ。なんてことだ。毎日大阪に通っているのだ。ロイヤルホテルに泊まり、小説の続き。夜、一階のバーでつめたい生ビールを三杯飲み、また部屋にもどって小説の続き。空調の効いた部屋で原稿を書くと、やはりこの猛暑のなかではそれなりにはかどるが、三杯のビールがペースを相当乱した。

八月四日

午前中、小説の続き。半分まで仕上がる。正午にホテルを出て、森ノ宮へ。三時二十六分発の新大阪発「ひかり」で夕方東京駅へ。そのままタクシーで本の雑誌社に行き、いくつかの打ち合わせ。かなり疲れてきているのでタクシーで家に帰り、久々にお風呂に湯をいれ、たっぷりの熱い湯に入る。考えてみると、自宅の風呂に入るのは半月ぶりくらいだろうか。

八月五日

今日もものすごい暑さである。このところあまり暑いので、ほとんど車で移動している。運転席でクーラーの風を浴びていると、そんなに暑さを感じない。

一時四十分頃、NHKに到着。二時から450スタジオで広瀬久美子さんとの対談。広瀬さんとは十年程前、やはりインタビューで会った。とても頭のいい素敵な女の人だ。NHKにはもう一人、広瀬修子《ひろせしゅうこ》さんがいる。ぼくは広瀬修子さんが朝やっている「漢詩紀行」のファンであり、そして広瀬久美子さんの洒落《しゃれ》たエスプリの効いたラジオのロングタイム番組のファンである。一時間程、大笑いしながらいろんな話をする。

その足で中野の事務所に行き、いくつかの打ち合わせ。中野のぼくの部屋はペントハウスなので、クーラーをつけていないとやはり熱気が渦巻いていて、三分いると全身汗まみれになる。だからその日は二分で部屋を出て、その下の事務所で原稿仕事をしていた。

八月六日

十一時半の「とき」で越後湯沢《えちごゆざわ》に向かった。新幹線はどこも家族連れで大賑《にぎ》わい。この家族連れのマナーの悪さにはこのところ辟易《へきえき》しているけれども、特にこの日はひどかった。子供が無意味に走り回る。高校生が無意味に行ったり来たりする。

夏の越後湯沢はなんだか変な感じだ。あちこちに巨大なホテルやいわゆるリゾートマンションが建ち並び、そこをやはり熱風が吹き抜けて行く。湯沢ニューオータニホテルに行き、創エスピーの杵渕さんと新潟日報の記者と会いインタビューを受ける。

四時十二分の列車で大宮へ。武蔵野線を使って新小平へ。どこへ行っても熱風が渦巻いている。家に帰って熱いシャワーをハゲシク浴びる。ベッドの上にゴザを広げ、その上で大の字になって頭の上で回っている扇風機の風を浴びる。その後ひさしぶりにテレビのナイターを見ながらビール。溜まっていた手紙を読みだしたら二時間ほどかかり、眠くなってしまった。

八月七日

今日からホネ・フィルム『白い馬』コンバットツアー東北巡業が始まる。まず皮切りは仙台から。午後の「やまびこ」で仙台に向かった。埼京線で大宮乗り換え。このところ大宮に通うことがずいぶん多くなった。

仙台はちょうど七夕《たなばた》まつりだった。新幹線のホームに降りたときからものすごい人の数。駅も沢山の観光客で賑わっていた。七夕まつりを見るのは初めてだが、どうも暑い中あの巨大な飾り物がドカドカいっぱい下がっているのはたいして面白くないのではないかと傍目《はため》には思う。商店街に入っていけばそれなりにあの並んでいる七夕の飾りの下を歩く面白さがあるのだろうが、しかし祭りというのはやっぱり神輿《みこし》や山車《だし》やあるいは跳ねたり飛んだりというようなものがあったほうが面白いのかナアなどと思いつつ、今日の会場のイズミティ21に向かった。会場で「ダ・ヴィンチ」の取材。大入り満員の客である。

このイズミティは映写効果がひじょうにいいのでぼくの好きな会場だ。助監督の佐藤太《ふとし》、製作の鈴木剛《つよし》などが顔を見せる。そのほか仙台の知り合いがいろいろやってきて楽しい。差し入れも一杯。五十人分ぐらいのうまそうなオニギリが差し入れされていてびっくりした。このほか発泡スチロールの氷詰めの中にホヤやウニやイクラや生魚などがどっさり入ったものが届けられている。

映画終了後、市内の鮨屋で打ち上げ。とれたてのあまいあまいホヤをどっさり出してくれたのでヨロコビにむせぶ。

八月八日

クーラーを切ったまま寝るので朝は暑さで目が覚める。仙台といっても、窓から朝日が入り込んでくるともう部屋は暑くなっているのだ。シャワーを浴びて、よく晴れた仙台の街を眺める。夕方まで時間の余裕があるので午前中は原稿を書き、午後なんとなく広瀬川のほうへ行った。

頭の上から太陽が突き刺さってくるような感じだ。大きな樹の蔭《かげ》に入って、ぼんやり空を眺める。青い空にたくさんの雲が流れてくる。なんとなくモンゴルの空と雲に似ているような感じだ。頭の上で青桐《あおぎり》がワサワサと音を立てて揺れている。ベンチでもあったら横になって眠ってしまいたいところだが、樹に背中を寄り掛からせているので眠るというところまではいかない。上半身ハダカで道着に黒帯をつけた空手の練習生らしい人が二人、炎天下でとてつもない大声をあげながら型の練習をしている。どうもこの蛮声がちょっと強引でうるさい。彼らのかけ声は一時間程続いていた。

ぼんやり歩いて市内のほうへ。街はまだ七夕まつりである。ホテルに戻り、シャワーを浴びて、またイズミティの会場へ。仙台シリーズは大成功だった。

八月九日

十時の新幹線で東京へ。その足ですぐ代々木病院に行き、先だっての不整脈についての精密検査の結果などの診断を聞く。担当は園田先生、女医さんである。特に病気という状況の不整脈ではないが、一連のオーバーワークとストレスが原因のひとつと考えられるので、今後の長期的な生活や仕事の量について少し考えたほうがいい、というようなことを言われる。心臓の模型を見せてもらい、心臓のトラブルについての医学的な話を聞く。

心臓を押さえつつ中野の事務所に行き、スタッフのみんなにさっき聞いたことを報告。心臓を押さえつつ家に帰る。

八月十日

今日から連続九泊の旅が始まる。まず飛行機で秋田へ。秋田はこのところ激しい雨が降っていたようだ。空港から市外に出る途中の雄物川《おものがわ》が濁流のようになっているので驚いた。秋田ビューホテルに入り、しばらく原稿仕事。腹が空いたので近くにあるラーメン屋で辛い辛いタンタン麺《めん》を食べる。いやじつに辛い辛いタンタン麺であった。

秋田市文化会館へ行って、夕方の映写チェック。チーフ助監督の猪腰《いのこし》弘之が来ていた。少し空席があったがそれでも十分満足すべき状況だった。終了後、総勢五十人くらいの大宴会になった。ここはいつも気持ちのいい人たちが沢山集まってくるので楽しい。しかし貸切りの店は果てしなく朝まで借り切ってあるというのでやや恐れを感じ、十一時頃ぼくだけひと足早く退散。猪腰を人質に残しておく。ホテルに帰って熱いシャワーを浴び水を飲んでベッドにもぐりこむ。読もうと思った本は一行も読めなかった。

八月十一日

ホテルヘスタッフたち集合。猪腰が赤い目をしてやって来る。三時半まで飲んでいたという。彼が来てくれていて助かった。田沢湖線《たざわこせん》で盛岡へ向かう。

盛岡では「宮古びしばし団」の高橋君、めんこいテレビの村田さんがニコニコしながら待っていた。恒例により早速駅前の焼肉屋に行って冷麺を食べる。総勢十人が冷麺をズルズルと啜《すす》りヒイヒイヒイヒイと辛さにあえぐ風景はおかしくも異様であった。

ぼくはホテルに戻り、「SFマガジン」に書く小説の準備。しかし何もテーマが見つからない。もんもんとして無為無策の三時間を過ごしてしまった。小説を書けなくて数時間もんもんとしているのはとてもつらいものだ。諦《あきら》めて会場の都南《となん》文化会館に行く。市内からずいぶん離れていた。ここも多くの人が入っていた。

八月十二日

盛岡を早朝出て、大宮経由で自宅に帰る。すぐに今度は南の島に行く旅支度を整えて、午後四時に来たハイヤーで成田に向かう。箱崎《はこざき》でホネ・フィルムの岩切靖治と待ち合わせ。予定よりも四十分早く成田に到着。お盆の帰省客がごったがえしているときなので、予想はしていたが、かなりの人出で早くもじわじわとくたびれてきた。

空港の中の鮨屋で生ビールを飲みつつ、よもやま話。夜十時に出るコンチネンタルミクロネシア機に乗った。座席はファーストクラスとビジネスクラスの中間というCクラス。大きくリクライニングできるし足も伸ばせるしゆったりしていてなかなか気持ちのいいシートだったが、周りはカップルだらけ。日本のカップルもずいぶんリッチになったものだ。サイパンを経由しグアムへ。グアムで降りて四時間のトランジット。その間原稿を書こうかと思っていたが、疲れているのでごったがえしている控室で眠ってしまった。

八月十三日

飛行機は南の島の美しい夜明けに着陸。パラオにやってくるのは二度目だ。すぐ迎えの車でコロール島へ。コロール島から船でカープ島へ。とにかく昨夜《ゆうべ》からひっきりなしに移動している感じだ。

カープ島というのは日本人経営者が持っている島である。聞くところによると奥さんが広島カープファン、旦那《だんな》さんがジャイアンツファンで、その島を買った時にどういう名前をつけるかで一悶着《ひともんちゃく》あったそうだ。その時に賭《か》けをして、奥さんが勝てば奥さんの好きなチーム名をつけていい、旦那さんはその逆。結果は、奥さんが勝ってカープ島になった。旦那さんは広島カープの帽子をそのあとずっとかぶらなきゃならないという約束だったという、なかなか楽しいいわくのある島であった。旦那さんが勝てばその小さな島はジャイアンツ島という名になったのだろう。

途中で撮影隊と遭遇。ぼくの今回のパラオの旅行は、エドウィンのジーンズのCM「うみ編」である。水中の撮影を担当する中村征夫が、水の上から手を振っている。総勢二十数名のCM撮影隊。ひさびさにまた映画の現場に入り込んできた感じだ。ただしかし今回は、ぼくは出演する側なのでどうもそのへんが少々ツライところだ。

コテージに荷をほどき、一休みして、午後の撮影に出掛けた。子どもたちと一緒に海に潜るシーン。海はところどころでスコールが走っている。しかし、おおむね天気は良好で、いい風が吹いていた。夕方から島に戻ってビール。ダイバーの客が大勢いた。

八月十四日

七時に起きて、パンとコーヒーの朝食。早朝からものすごいピーカンである。スケジュール的には今日しかないので、やはりぼくは天候の一発勝負には強いのだなあといつも思う。海に出て、とにかく一日中撮影。島の子どもたちが檳榔樹《びんろうじゅ》の実を嚙《か》んでいるのだが、これは絶対に体にはよくないはずである。中村征夫が彼らは檳榔樹ばかり嚙んでいるので水の中で息がつづかなくて困るんだとぼやいていた。

昼飯を食べ、ねばって大半のシーンを撮影する。ぼくはわざとらしくジーンズをはいて海にとび込んで泳ぐのだが、ジーンズをはくと浮力がついてどうも泳ぎづらい。夕方、また島に戻り、すこぶるうまいビール。そのあとみんなでビリヤードなどやって、夏の島の夜を楽しんだ。

八月十五日

朝から雨。思った通り、昨日の一発勝負がきいていたのだ。昼まで部屋で小説をずっと書き続ける。今度の旅でじわじわとその小説を書き続けているのだが、ぶつぎれ旅行なのでなかなか集中できなかった。だが、この午前中のコテージの中での執筆時間がかなりものをいった。お昼までに十枚を書く。

やつはこうしてときおり体をねじって眠る。
しかしあともう十五分で汐がみちてきておこされるのだ。

午後の船で、また逆のルートを辿《たど》りパラオのエアポートへ。コロール島の知り合いのおばさんがずいぶん豪華なお弁当をつくってくれたので、それをパラオの空港で食べる。飛行機が来るまでまたずっと原稿仕事。そして帰りの飛行機の中でもまた原稿。とにかくひたすら書いていくしかない。

八月十六日

八時四十五分、予定通り成田に到着。イミグレーションをすばやく通過してハイヤーで小平の自宅まで行く。夏の島の旅道具を取り替えて、待たせていたハイヤーですぐさま東京駅へ。まったく慌ただしい日々がつづく。今日から、上越・中京へかけてのコンバットツアー・パート2が始まるのだ。夕方の新幹線で新潟へ。新潟はかなり激しい雨が降ったあとのようだった。タクシーですぐに新潟県民会館へ向かった。もう映画は始まっていて、お客さんもずいぶん入っている。終了後、新潟の知り合いのたくさんの人が楽屋へやってきた。その後、近所の居酒屋へ。一時間ほどでその席を退《た》ち、新潟といえば「天竜」のラーメンがあるなと思ってそこへ向かったのだが、残念ながら休みであった。ホテルに戻り、シャワーを浴びて本を読みながら眠る。このところずっと、『ハイペリオン』を読んでいる。めちゃくちゃにおもしろいＳＦだ。

八月十七日

朝の「雷鳥32号」で富山に向かう。ずっと列車の中で、この旅で書くべき「別冊文藝春秋」の四十枚の短編小説についてのプランに思いをめぐらせる。窓の外からは親不知《おやしらず》をはじめとした越後の海がずっと見える。海岸線にたくさんの人が海水浴をしている。ほんのすこし前まで自分も南の島で泳いでいたんだなあと思うが、どうもそんなことは遥《はる》かずっと昔のような気分になっている。

富山は暑かった。ホテルに行くと、今度の新潟・富山関係の取材をバックアップしてくれている富山テレビのスタッフがテレビのインタビューのために待ち構えていた。一室を借りて話をする。その後、まだプランの固まらない小説のストーリーなど考えながら、熱風の吹く富山のお城の跡の公園に行って、樹の下で空を眺める。数日前に仙台で同じような状況になっていたんだなあなどということを考える。すこし離れた樹の下で若い男女が抱き合っていた。暑いのにナアと、ぼんやり思う。帰り道に駅前のデパートに行ってマレーシア、インドネシア、タイ語などの簡単な辞書を買う。なんとなく思いついた小説に、それらのことば

さらばカープ島よ。おじさんたちが見送ってくれる。

が必要なのだ。ホテルに入って、さて原稿を書こうかと思ったけれど、もうそろそろ映画の上映の時間なので富山県民会館へ。

ここも超満員の客だった。控室でようやくまとまりつつある小説を書きはじめることができた。一時間半集中して、五枚。ふだんの原稿ペースではかなり少ないほうだが、小説なのでこのペースで十分いいのだろうと思う。

終了後、今回の上映に関係した東芝富山支社や富山テレビの人たちと富山に来るたびにいつも行く「口許屋《くちもとや》」に行った。ここは、サバ鮨がやたらと旨《うま》いところだ。店の主人は前回きた事を覚えていて、また今回もとびきり旨い料理を次々に出してくれた。八人ほどの顔ぶれはみんな男ばかりだが年齢世代がほぼ同じくらいなので、やたらおもしろい話がとびかって楽しい夜であった。

八月十八日

朝七時に起きて、ホテルの部屋で小説原稿をずっと書きつづける。ペースが上がってきた。十一時の列車で福井に向かう。今日も外は熱風が吹き荒れている。

福井に正午過ぎに到着。すぐにだるまや西武に行く。ここで「椎名誠の大図鑑展」をやっている。そこでちょっとした軽い話をして駅に行くと、美しい娘らが駅で見送りだといって待ち構えていた。彼女らに送られて、福井から名古屋に向かう。

名古屋のホテルにはすでに創エスピーと中京テレビの人々が待っていて、名古屋でもそうとうに老舗《しにせ》の味噌《みそ》スキヤキを食べさせる店につれていってくれた。味噌スキヤキというのを食べるのは初めてだったが、これは鳥を使って本当に味噌で食べるのだ。味噌カツもしかり、味噌煮込みウドンもしかり、名古屋というところはとにかく味噌が好きなところのようだ。しかし何故かここの仲居さんはなんだかとっても愛想が悪い。

八月十九日

朝七時半に起きて、「別冊文藝春秋」の小説を書きつづける。かなりいいペースになってきたので、お昼ぐらいには終了。思いがけなく時間が空いたので、前から観たいと思っていた『ウォーターワールド』を観にいくことにする。ヒルトンホテルのインフォメーションの女の子に聞くと場所と時間を教えてくれたのでその通りに行ったが、その人の教えてくれたのは全然時間が狂っていて、もう映画は始まって一時間くらいたっているところだった。どうも土曜と日曜の時間を間違えたらしい。こういう案内も腹が立つなあ。映画館は超満員だった。

外に出るとものすごい熱風。あとでわかったが、その日は三十八・九度という体温を超える暑さだったらしい。毎日ホールの近くのラーメン屋で、あえて熱い熱いラーメンを食べる。そしてタクシーに乗ったが、もうクーラーはほとんど効かず、全身から汗が噴き出してきた。この自虐の汗だらけというのも、なんだかつくづく名古屋だなあと思う。

名古屋市民会館はもうたくさんの人が来ていた。ここは自由席なので、早くから人々が行列をつくってくれるのだ。六時には二千四百人収容のこの市民会館が満員になった。とてもとても有難いことである。楽屋で「週刊文春」のエッセイを書きながら、いろいろな来客の訪問に応じる。九時に終了。手早く身支度をして九時四十八分の「のぞみ」に乗るべく名古屋駅に向かう。ひさしぶりに今日は東京に戻るのだ。

八月二十日

自宅で目が覚める。しかし、家族はまだ誰もいないので、ホテルで目が覚めるのと構造的にはあまり変わりはない。今日も暑い陽射しが照りつけている。ベランダの草木にたくさんの水をあげた。犬にえさをあげ、自分も人参《にんじん》ジュースをつくって飲む。ひさびさの生ジュースである。

車で九段会館へ向かった。今日は『白い馬』のひさびさの東京興行で、午後と夜の二回上映する。九段会館は前回上映したときにひじょうに画面が暗く、映写効果が全国でも最低レベルだったので、なんとか映写機のメンテナンスとランプを替えてもらいたいと申し述べていたが、それらをすべてやってくれたようで、ひじょうにクリアな明るい画面といい音なので感動した。
ひさびさの東京に舞い戻った興行なので、映画関係者が大勢やってきた。木村晋介も司会役でやってくる。ありがたいことだ。一回目の上映では、それらの映画スタッフ十人ほどがステージにあがっていろんな話をした。その合間にもいろんな知り合いがやってくる。東京はやっぱり地元なので、そういうところが楽しい。午後になると岩切靖治、高橋舁、高間賢治などがやってきたので、二回目の上映のスタートは木村晋介の司会でぼくと高間賢治と高橋舁の四人の座談会形式で草原の話をした。終了後またいろいろな人が楽屋を訪ねてきたが、UWFインターナショナルの垣原《かきはら》選手がやってきたのでなんとなく元気になった。

八月二十一日

今日はこの夏はじめての休みである。何もしなくていいのだ。思えば八月中のたった一日の休みだった。ずっと寝ていようと思ったが、クーラーをつけていない部屋ではそういつまでも寝ていられない。九時頃起きてご飯を炊き、レトルトのカレーを温めて食べた。質素だなあ。

八月二十二日

車で六本木のテレビ朝日六本木センターへ。「徹子の部屋」の録画収録。はげしい雷が落ちてくる。さしもの暑い夏もこの雷でそろそろ収まっていくのだろうか。「徹子の部屋」の出演は二回目である。『白い馬』のコンバットツアーの宣伝ということを大きな目的にその番組に出る。黒柳徹子さんはひじょうに頭のいい人で、いろいろなことを素早く瞬時に判断し、かなり大きく『白い馬』のことを取り上げてくれた。ありがたいことだ。

八月二十四日

今日からやまがた林間学校が始まる。朝早く起きて、キャンプ道具の入ったバッグを持ち、大宮経由で新幹線に乗った。新幹線には「あやしい探検隊」「いやはや隊」のメンバーがおおかた揃《そろ》っていた。助っ人の嵐山光三郎さん、アンクル米松さんの顔も見える。中沢正夫先生と心臓や不整脈についての話をしながら、どんどん東北へ向かう。福島で降りて、バスに乗り換えて山形へ。ここしばらく会ってなかったので沢野といろいろな話をする。

予定通り山形へ到着。いつもの体育館で全国から集まった千五百人の男女の大熱気の中で開校式。校長として一言の挨拶《あいさつ》をと言われ、本当に一言しか言わなかったら笑われてしまった。あたふたとそれぞれのバスに分かれてそれぞれの塾の場所へ。ぼくは焚火塾《たきびじゅく》。百三十人の若者を連れて金山町《かなやままち》というところへ行った。そこは杉の木立に囲まれた、冬はスキー場に使っている場所で、ここにテントが約四十張はられる。なんとなく避難民キャンプ村のような風景でもあるが、夜は盛大なかがり火をたいて、みんなで盛大にビールを飲んだ。

八月二十五日

やまがた林間学校のつづき。同じような一日だった。ここには温泉があるのでなかなかいい。温泉で汗を流し、大勢の参加者とビールを飲むのは、ひとつの幸せでもある。

八月二十六日

午前中でわが焚火塾は終了し、フィナーレ会場になる上杉謙信公園に向かった。昨年も一昨年《おととし》もいつも最終閉校式は雨の中だったが、今年は気分よく晴れた。木村晋介司会で、大きな太鼓が鳴り、千人規模の花笠《はながさ》踊りなどが繰り広げられ、なかなかの盛観だった。終了後、旅館に集結し、温泉に入り、みなで飲みなおしの乾杯。十一時頃、すばやく眠る。

八月二十七日

バスで福島へ行き、福島から新幹線で東京へ。ひさしぶりに帰る家は、まだ熱気に包まれていた。身支度をして、午後には車で中野へ。中野で一泊し、明日からの『白い馬』コンバットツアー九州・沖縄シリーズにそなえてすばやく眠る。

八月二十八日

羽田から宮崎へ。吉田プロデューサー、菅沼映写技師と三人で、市内のラーメン屋を経由し、宿泊先のホテル・シーガイアへ。ここは海沿いに建てられた巨大なホテルで、泊まるのは今回二回目。部屋に果物が置かれていた。大きなメロンである。

しばらく海を眺めながら週刊誌の原稿を書き、夕方、木村晋介、岩切靖治、そして地元の日本赤十字社の人々と合流。その日の会場である宮崎市民会館に向かう。ここでは千八百九十人のキャパシティに対して約千人。今回、コンバットツアーの中では少々厳しい状況だった。しかし木村晋介の司会で対談し、じっくりとなかなかいい話ができたようだ。

その後、関係者数人と市内の料理屋さんへ。馬刺しを食べ生ビールを飲む。馬の映画をやったあとに馬刺しを食べるというのはどうもなんとなく申し訳ないような気がするが、しかし旨い。昨年の秋に来たスナック・バーのようなところを二軒回り、ラーメンを食って一時頃宿に戻る。不健康な一日であった。

八月二十九日

宮崎から熊本へ移動。熊本では野田知佑さんがやってきた。数日前にカナダから帰ってきたばかりだという。成田で動物検疫で囚《とら》われている犬のガクのことなどの話をし、しばし缶ビールなどを飲む。

八月三十日

熊本から大分へ移動。大分は超満員。野田知佑さんが上映時間の少し前にやってきた。彼は本日、焼酎《しょうちゅう》で酔っていた。この地の山岳関係の人々や、デパートのトキハの人々などと生ビールで乾杯。

渋谷BEAMで熱風肘うちピアニスト

島で年に一度の映画会。犬の映画だから
島の犬も見にくるのだ。

八月三十一日

大分から「にちりん12号」に乗って博多《はかた》に行った。しばらく海沿いのルートを走っていくので、窓の向こうにのんびり大きな広い景色が移り変わっていくのを眺めていた。途中、アプト式の進行チェンジがあったり、遠くに浮かぶ大きな雲がモンゴルで見たようなゆったりした動きをしていたりして、半分原稿を書きながらの移動だったけれども、久しぶりにずいぶん気分のいい列車旅だった。ちょっと早めの駅弁を食べ、お昼に博多の街からすぐのホテルに入り、そこで原稿仕事。

夕方からの『白い馬』の映画上映の前にメルパルクホールに行き、映写チェック。ここは何度か来ているところだし、映写状態はいつも問題がないのできわめてスムースにいろんな準備が進む。観客も満員。

夜はかねてから「打ち上げ用に」という依頼のあった飲み屋「やす」へ行く。そこには博多山笠《やまがさ》に出場する若い土地の男たちが大勢集まっていて、壁にはプロレスラーの写真や山笠の写真などがずらずら並んでいて、まことに男っぽい店であった。店主がぼくの好みを知っていて、生ビールやカツオのたたきなどをどさっと用意してくれていて感激。十二時近くまで飲んで、車ですばやくまたホテルに帰り、すばやくぶったおれた。

九月一日

みゆきちゃんはイリオモテ島へ行って島の女となった。

午前中珍しく九時くらいまで寝てしまった。

午後、部屋で小説原稿書き。

夕方の「こだま」で小倉《こくら》に向かった。小倉には野田知佑さんがまた来てくれた。そしてさらに広島の酒家「メリーさんの家」の王美麗さんが友達と一緒にやってきた。三十年ものの紹興酒を二本持ってきてくれたので大変シアワセである。小倉はコンバットツアー初めての土地だったけれども、北九州の熱い熱気が伝わってきて大成功だった。

十時十七分発の遅い「こだま」で博多に戻ると、同行スタッフがラーメンを食べに行こうと誘うのだ。うーむ。若干心が動いたけれどもやっぱりくたびれているのでホテルに行ってそのまま寝てしまった。

九月二日

福岡からＪＡＬに乗って那覇《なは》へ。那覇には垂見健吾や嘉手川学が待っていた。みんなで近くのデパートに行って短パンなどを買って、小さな四人乗りの飛行機で座間味《ざまみ》に向かった。座間味の通称〝飛行機島〟にはタカシや函館《はこだて》からやってきた永井親子が待っていた。翔太郎君もすっかりまっくろけに日焼けして島の子供のようになっている。

翔太郎と船の舳先《へさき》に座って、波を切っていきつつ大海原を眺める。民宿「船頭殿」についてすぐカレーライス。どうも座間味というところはビールとカレーライスというイメージが強く、ここでたちまちその両方に出会ってほっとするのであった。

座間味はまだ完全に夏のままですさまじく暑い。午後にみんなでエヒナの海岸にタカシの船で行き、そこでシュノーケリングをする。池澤夏樹さん親子も同行。海の中は相変わらずサンゴに彩られて美しい。夕方近くまで久々の水中休暇を楽しんだ。

夜はクジラ公園で恒例の座間味青年会主催の野外映画会。今回は『ガクの冒険』を上映する。映写技師はかつてホネ・フィルムのメインスタッフだった佐藤ひろ子だった。彼女はいつのまにか映写の講習に通い映写技師の資格を取っていた。これからはこんなふうに沖縄のいろんな島を上映して回る女映写技師に是非なるのだ、と彼女は言う。その後みんなで公民館に集まって乾杯。崔洋一《さいよういち》監督夫妻もやってきた。なんだかいろんな知り合いが今日この島に集まっているようだ。

九月三日

朝九時十五分発の「クイーンザマミ」に乗って那覇へ。みんなが送ってくれた。船のデッキで昼寝しつつ、風を切って一路那覇へ。那覇からすぐにパレスオンザヒルホテルに行き、プ

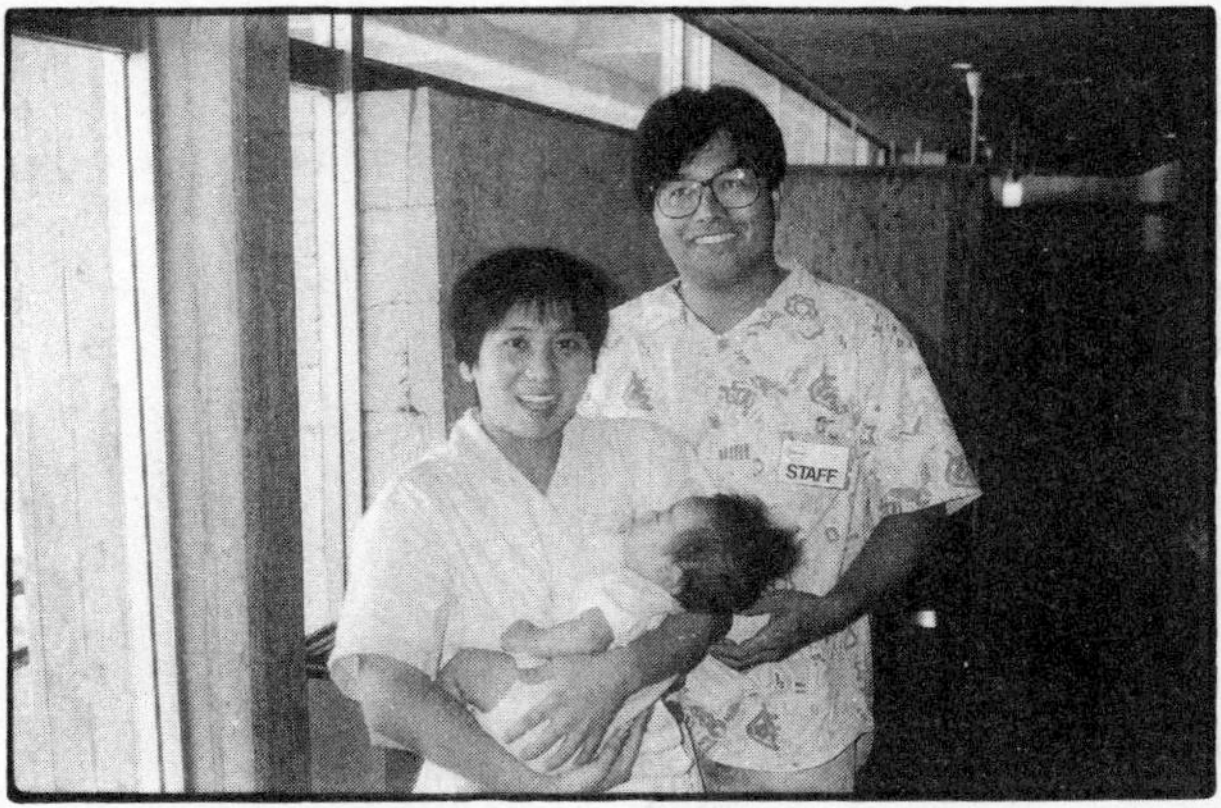

沖縄の男はヒルネが好きで、女はしっかりと働き者である。

ールのそばでしばらくSF大傑作『ハイペリオン』の続きの『ハイペリオンの没落』を読む。生ビールを飲みつつプールサイドで読書——という大変に気分のいいシチュエーションなのだ。

今日の映写会は午後なので、会場の那覇市民会館へは二時頃行った。映写が終って『うみ・そら・さんごのいいつたえ』に出演した関係者が大勢楽屋にやってきた。夕方からいつものように「うりずん」に行って乾杯。

九月四日

朝の便で那覇から羽田へ。更に羽田で二時間のトランジットを経て旭川《あさひかわ》へ。ナントイウコトダ、那覇を出るときは三十七度だったが、旭川は十七度である。日本でも同じ日に二十度の気温差があるところに行くことができるのだと、何か妙に感動した。

旭川グランドホテルに入り、少し休んだ後、旭川市民文化会館へ。今日から北海道コンバットツアー二連戦だ。雨が降ってきた。たいして洋服を持ってきてないので、すごく寒い。シャツを二枚重ねで着て震えながら会場に向かった。途中で「シーナさん！」という声があり振り向くと、なんと余市《よいち》のなじみの魚屋さん、新岡《にいおか》夫妻が車でやってくるところだった。ここまで四時間がかりで来てくれたのだという。うれしいことだ。

九月五日

お昼までホテルで原稿書き。二時から旭川クリスタルホールというところで一時間半の講演をする。その後「スーパーホワイトアロー号」で札幌《さっぽろ》へ。駅に丸善の人が来ていて、その人に連れられて札幌丸善に行きサイン会。大勢の人が来ていた。

終ってすぐに今日の上映の会場、札幌市民会館へ。超満員の客だった。まったく実にありがたいことだ。終ってホテルアルファで打ち上げの宴会。毎日毎日打ち上げの宴会つづきだが、これもまたうれしいことだ。

九月六日

午後の便で東京へ。夕方、本の雑誌社に行き目黒考二とビールを飲みつつ打ち合わせを兼ねて夕食。久しぶりに家に帰る。

九月七日

車で家を出て、新宿へ行き鍼《はり》をうってもらった。全身ハリセンボン男と化しグッタリする。このところ不整脈だといわれているが、ぼくのかかっている鍼灸《しんきゅう》治療センターの角貝譲計先生は脈診流の大家なので、わが心臓・血管一括《ひとくく》りを先生にあずけて面倒をみてもらうことにしている。

九月八日

このところずっと旅が続いているので、ベッドの上で目が覚めたとき天井を見て、一瞬そこがどこだかわからなくなる時がある。しかしわが部屋は天井に扇風機がついていてそれがぐるぐる回っているので、すぐに自分の部屋と気づくのである。なんてことだ、ゆうべ扇風機をつけたまま寝てしまったのだ。でも全然風邪《かぜ》をひいていないところをみると、やはりまだ東京は相当に暑いのだろう。午後まで家でグダグダし、散らばった机の周りの書類などを集めたりまた散らばしたりして、あまり効率のよくない調べ仕事をしていた。

娘が今日ニューヨークに向かって出発。とりあえず一年がかりでニューヨークの演劇学校で勉強をするらしい。これでわが家は完全に、自分をのぞいて全家族がよその国に散らばってしまった。

夕方、車で虎ノ門ホールへ。今日は『白い馬』のひさびさの東京興行だ。楽屋にモンゴル国営テレビのクルーが来ている。日本を紹介するドキュメンタリー・シリーズのインタビュー。全国で展開している『白い馬』の上映状況や、日本人がこの映画を通して遊牧民をどんなふうに感じているか——などというようなことを三十分にわたってインタビューした。

林政明さんが結婚することになった。フィアンセを連れて楽屋にやってきた。幻冬舎の編集者が三人やってきて丁寧な挨拶《あいさつ》。木村晋介がやってきてビールを飲む。岩切靖治がやってきてビールを飲む。太田和彦がやってきてビールを飲む。東京でのイベントはいろんな関係者がやってきて楽屋でビールを飲む。それがなかなか楽しい。高間賢治さんがやって来てビールを飲む。「週刊ポスト」の阿部さんがやって来てビールを飲む。つられてぼくもついつい何本かビールを飲んでしまった。

映画が終った後のトークは、司会の木村晋介、撮影監督の高間賢治、今日お客さんで来てくれた女優の黒田福美さん、歌手の加藤登紀子さん、そしてぼくというメンバーであった。加藤さんがモンゴルの歌を歌って喝采《かっさい》を浴びる。その後みんなで新宿の「梟門」に行って打ち上げ。十二時過ぎまで飲んでしまった。

九月九日

車で栃木県の壬生町《みぶまち》というところに行って講演会。夕方終ってまたすばやく車で帰ってきて、家でサウナをつける。アッチアッチのサウナとビールという二連重ねでぶったおれる。

九月十日

久々の休日だ。のんびりしようと思うが原稿がいっぱい重なっているので午後から部屋にクーラーを入れて三時間ほど集中的に原稿を書く。夕方、近所のスーパーでアブラアゲその他を買ってきてこれをチリチリに焼き、醤油《しょうゆ》をかけてつまみにしてビールを飲む。

九月十一日

夕方から中野の事務所の近くの飲み屋で、菊池仁、目黒考二と酒を飲みつついろいろな話。菊池仁がストアーズ社を辞めて物書きとして独立することになりそうだ。なかなかスルドイ書き手なので彼が物書き専業になるということはうれしいことだ。

九月十二日

中野の事務所で午後からずっとインタビューや打ち合わせ仕事。まず「アサヒカメラ」の堀さんがやってきて、今から四十年前の古いライカⅢをぼくが手に持ち、それを撮影するという仕事。「アサヒカメラ」臨時増刊号の表紙になるらしいが、それに出るとそのカメラをもらえるのだ。うれしい仕事だ。

その後新潮社の文庫の長谷川《はせがわ》氏、出版の中島氏、松家《まついえ》氏の三人が来てそれぞれの打ち合わせ。十二月に新潮社から『パタゴニア探検記』を出すのだが、その基本的な打ち合わせとなる。その後、角川書店の伊達百合《だてゆり》さんが来て、やはり文庫関係の打ち合わせ。六時から新宿に行って酒を飲む。

九月十三日

ホネ・フィルムのオフィスで夕方からビクターのスタッフと「東京ビデオフェスティバル」のインタビューを受ける。その後朝日新聞の記者から、このところずっとつきまとわれているMBSとのトラブルについての取材を受ける。インギンブレイという気配のひじょうに頭の良さそうな記者だが、質問の一つ一つに何かトゲがあってあまりいい感じではなかった。取材は二時間ほど続いた。くたびれたのでホネ・フィルムの吉田、清水と「ストラスアイラ」に行って生ビールをぐいぐいと二時間ほど飲む。

九月十四日

長崎へ。長崎市公会堂で、『白い馬』の上映。終ったあと軽く飲んでホテルへ。

九月十五日

スケジュールを変更して長崎の知り合いとしばらく市内に滞在。よく晴れて気持ちのいい長崎湾を眺めつつビールを飲む。午後の便で鹿児島へ。谷山サザンホールに行くと野田知佑さんがやってきた。映画が終った後、野田さんと一緒に舞台に出ていろいろな話をする。

九月十六日

鹿児島から十一時二十五分の飛行機で羽田へ。その足で原宿のクレヨンハウスに行き「絵本たんけん隊パート2」の第一回。しかし台風十二号が接近しているらしく外はものすごい大雨だ。新宿の仕事場に戻り手紙をピックアップし、中野の事務所からジープで家に帰る。嵐はどんどん接近しているようで、五日市街道の並木が強風に踊って怖いくらいだった。

九月十七日

スサマジイ風の音で目が覚める。台風はいよいよ接近しているらしい。戦後最大級というということは五十年に一度というすごい大きな台風ということで、テレビをつけると接近している伊豆《いず》七島の荒れ模様がしきりにコーフンした口調で報道されている。

シャワーから出てくると電話。八丈島の山下和秀《やましたかずひで》からだった。山下和秀の声はえらくコーフンしており、いままで見たことのないようなでっかい波がきて「足がぶるった」と言っている。そして明け方五時ごろまではたしかにあった「第一東ケト丸」がどうも波に持っていかれてしまったらしいと言う。他の六隻の船と一緒に海面の高さから約二十メートル、距離にして百メートル離れた高みに係留してあったのだが、それがそっくり持っていかれてしまったらしい。その中には山下和秀の「カオリ丸」も含まれているから、大変な損害である。ホネ・フィルムの清水から電話。今日二時からパルテノン多摩大ホールで行なわれる『白い馬』上映会をどうしようかという話。ちょうどその時間は台風が一番荒れる時間に重なるらしい。定員千四百人の全てのチケットが売り切れているので、これが中止になるのは大変つらいところだ。今の状況では電車もずいぶん止まっているし危ないという。が、それでもやってくるお客さんが必ずいるだろうから、中止ということにはせず開催を強行することに決めた。

十二時に会場に。心配して岩切靖治、木村晋介が来ていた。しかし強硬に開催してよかった。フタを開けてみると、約九割の客がやってきてくれていた。たいへんありがたいことである。ニューヨークの友人田村さんと横浜の関口さんがわざわざ来てくれたので、帰りに二人を乗せて小平の自宅へ。三人でビールを飲んでちっちゃな宴会をした。

九月十八日

中野で「中央公論」新年号用のグラビア撮影。「書斎」だかなんだかどうもそんなふうなテーマで、「作家」のような格好をして写真を撮られるのはどうも照れくさいものだ。

二時からFM千葉のスタッフがやってきて、山と溪谷社から出した『あやしい探検隊 焚《たき》火《び》酔虎伝《すいこでん》』にからむFM取材。なかなか楽しい質問が続いた。

九月十九日

久々何もスケジュールがないので、中野の事務所に行き、ほぼ一日かけていろいろな雑用、新刊本のサインなどをする。夕方家に帰り、サウナに入ってヨレヨレになりつつビールを飲む。本を読みながら眠る。

九月二十日

電車で横浜へ。神奈川県民ホールで『白い馬』の上映。千七百人のお客さんが入っていた。終了後、関係者と横浜元町のちょっと気のきいたビヤホールに行ってビールを飲む。タクシーで家に帰ったが、たどりつくまで二時間かかった。

九月二十一日

中野の事務所で一日中、雑用。原稿はあまり進まない。

九月二十二日

午後三時の便で郡山へ。郡山市民文化センターで『白い馬』の上映。今日は疲れていたので打ち上げはパスしてホテルに行ってぶったおれる。

九月二十三日

郡山から「つばさ」で山形へ。すぐ上山《かみのやま》温泉の村尾旅館に行った。通された部屋はこの旅館で一番大きな部屋ということで三つほどの続きの間があり、かなり歴史のある日本画などが並べられている。部屋が広いのはいいのだが、少々サムザムしい。温泉に入ったが観光客はあまり来ておらず、一人ででっかいお風呂に入るのもなんだかちょっとサムザムしい。

夕方山形市民会館へ。今日は女優の黒田《くろだ》福美《ふくみ》さんがゲストとして来てくれた。終了後、夜十時から旅館の一室で社員慰労会風の打ち上げ宴会。六人の少人数だが大きな部屋の片隅なので、なんだかこれもサムザムしい。どっちにしても日本旅館というのは今回のコンバットツアー中初めてだが、それはそれでなかなかいつもと雰囲気が変わっていて楽しかった。

九月二十四日

また台風がやってきているらしい。なまぬるい強い風のなかを上山から一路、東京に戻った。家に帰って少し原稿を書く。

九月二十五日

夕方六時から赤坂の高級料亭「まん賀《が》ん」で「島清《しませ》恋愛文学賞」の審査会。渡辺淳一氏、藤《とう》堂《どう》志《し》津《づ》子《こ》氏らと約二時間。終った後、お酒を飲みながらヨモヤマ話。終了後、タクシーで家に帰る。

九月二十六日

朝八時五十六分の「のぞみ」で岡山へ。この日の朝日新聞の朝刊に、先だって取材を受けた記事が出ていた。思いがけないほど大きな記事なのでびっくりする。少しおおげさすぎるのではないだろうか。記事はなんだか微妙に悪意に満ちていて腹がたつ。まったくコンチクショウな後味の悪いトラブルに巻き込まれてしまったものだ。嫌な気持ちのままの旅になってしまった。

高松での『白い馬』上映。予想していた以上のお客さんが入っていた。終了後、近くのお店でうどんを中心とした打ち上げ宴会。葛《くず》切《き》りがおいしいのでおばさんに頼んだら、大量に持ってきてくれた。ウマイウマイと食ったがあまりにも大量なので食べきれない。葛切りとうどんが絡まったお鍋は時間が経つにつれ煮詰まっておいしくなるのだが、人間の食べる量には限界がある。映写技師の菅沼さんとホネ・フィルムの吉田プロデューサーは通常の人の二倍くらいは食べられるのだが、それでもギブアップしていた。心残りながらもホテルに帰る。

九月二十七日

八時五十一分の「しまんと3号」で高知へ。ワシントンホテルに入ってすこし休憩、原稿書きなどをする。午後から気を取り直して車で桂浜《かつらはま》のほうに行く。久々に雄大な太平洋を眺めつつ、昨日からときおり頭に思い浮かぶ朝日新聞のあの嫌な記事のことなど「まあこのデッカイ海を見て忘れてしまおう」と思う。

高知の上映会も大成功だった。終了後、水中写真家の岡田孝夫さんやその娘さんのチカちゃんなど大勢がやってきた。チカちゃんにはもう二人の子供ができてるそうで、岡田孝夫さんはなんとオジイチャンになっているのだ。なつかしい話を遅くまで。

その打ち上げ会場はいつもお世話になっている「えるぴい」という大きな洒落《しゃれ》た喫茶店のイベントホールであったが、その後、これもやはり高知に来たらいつも必ず行く「磯《いそ》の茶屋」というところで高知四人娘に獲れたてのうまいカツオの刺身を御馳走《ごちそう》になった。本年度もっともおいしいカツオの刺身であった。広島の松浦さん、「夢番地」の広住さん、岡田さんなどなつかしい顔ぶれがなだれこんできて、みんなでワアワア遅くまで酒を飲んだ。まっ

山下洋輔の肘うちピアノ。ボレロが流れているのだ。

たくほんとうにわがコンバットツアーはよく食いよく飲む連中が集まったものだ。

九月二十八日

朝の便で羽田に戻った。新宿の仕事場に行って少し息を整え、中野に行って仕事をし、夕方タクシーで渋谷BEAMへ行った。今日は山下洋輔さんと公開対談だ。山下さんと会うのは何年ぶりになるだろうか。いつも感じるのだが会うのがひじょうに楽しい方だ。

控室に挨拶に行って握手。山下さんが全然変わっていないのに驚いた。先方もぼくの顔を見て「あんたちっとも変わってないね」と言う。その日の対談もなんとなくの打ち合わせなしだったが、お互いにここ暫《しばら》くは全国の旅芸人をやっていたのでけっこう嚙《か》み合ったおもしろい話になったようだ。大勢のお客さんが来てくれた。

終了後、打ち上げ会場にリングスの前田

日明《あきら》さんが駆けつけてきてくれた。「本の雑誌」の吉田伸子は前田さんの大ファンなので、逆上ツリ目。前田さんがその後「ちょっと変わった店があるから飲みに行かないか」と誘ってくれたが、今日はチベットに行っているわが妻が半年ぶりに帰ってくる日なので、わけを話して車で家に急いだ。

着いたのは十一時だが、まだ妻は帰っていなかった。お風呂にお湯を入れて、お腹がすいたのでスパゲッティなど茹《ゆ》でていると、車の止まる音がして妻が帰ってきた。真っ黒に日焼けしていてじつにたくましい。大きな重い荷物が三つ。行った時は三百キロくらいの荷物だったが、三分の一以下に減っていた。大きなバッグを開けると、彼女が旅をしていたときの馬の鞍《くら》――モンゴル式のものとチベット式のものの二つが出てきた。荷物の中のテントや寝袋がチベットの匂いを強烈に発散している。

妻が行ったところは標高四千メートルから五千メートルくらいのところで、約六ヵ月間、四千キロを馬四頭で旅したらしい。遅くまで彼女の旅の話を聞く。ほとんど『西遊記』の三蔵法師の世界のようだ。

九月二十九日

十一時に車で中野の事務所に。「パパス」の取材を受ける。夜、自宅でスキヤキを食べながらまた妻の話をいろいろと聞く。

九月三十日

車で埼玉県の熊谷《くまがや》へ。駅前のホテルサンルートに車を置き、タクシーで今日の映画会場の深《ふか》谷《や》に行く。熊谷から三十分くらいの距離だった。ここは高間賢治さんの奥さんが取り仕切ってくれたところだ。埼玉県のコンバットツアーはこれまで大宮、浦和といった都市だったが、深谷は初めて。そんなに大きな街ではないのに会場はほぼ満員だった。終了後、市内の焼肉店になだれこみビールと焼肉の打ち上げ。十二時くらいまでみんなで気分よく酒を飲んだ。市内のホテルに宿泊。

十月一日

朝八時まで眠る。久々に目覚ましもなにもかけずに寝たいだけ寝ていようと思ったが、八時に起きてしまった。顔を洗って歯をみがき、冷蔵庫の水を飲んで、そのまま車で小平の自宅に向かう。日曜の関越道は空いていた。お昼前に自宅に到着。妻は二階のベッドでうたた寝をしていた。やはり旅の疲れが出ているのだろう。

もう今日で月が変わったのだナア——ということを秋の空を眺めながらなんとなく肌で感じる。

ギョーザの町でフィナーレだった

スクリーンの向こうから、秋の虫の声がドルビーサラウンドより大きく聞こえてくる。

十月二日
十時半の羽田発の飛行機に乗り、エッセイの原稿を書きながら千歳《ちとせ》に向かった。
一時間と少しのフライト時間中に書ける原稿は大体五、六枚だ。飛行機の中は結構集中して書けるので貴重な時間である。
今日は北海道内の図書館関係者と一般客を含めた約六百五十人ほどの人々の前で「見てきた風景、書いてきた世界」というタイトルの講演をする。あらかじめレジュメを考えてきた講演ではないので、その場の雰囲気、人々の年齢層、気配などを考えながらボソボソと話をした。十月の札幌は、東京より塵《ちり》が少ないせいか、光がかなりするどい感じで心地がいい。
十月三日
十時の飛行機で羽田へ。そのままタクシーで銀座のホネ・フィルムに行き、「ＳＩＮＲＡ」の打ち合わせ。「ＳＩＮＲＡ」が今後出す単行本の折り込みにぼくの写真とコメントを使いたいとのこと。軽く了承。その後、尊敬するコマーシャルの演出家、高杉治朗《たかすぎじろう》さんが来訪。高杉さんの関係する大手企業のＣＭ出演依頼を受けるが、ＣＭはその時期一社だけと考えていたので、お世話になった方の申し入れとはいえ、ウームという気分だ。
十月四日
午前中、家でずっと原稿書き。午後は犬の散歩などしてのんびりすごした。夕方六時から近くの東村山中央公民館で『白い馬』の上映とそれに絡んだ話の会がある。主催したのは「いやはや隊」の大蔵喜福である。話が終る頃、山と溪谷社の三島悟がやってきたので、トーゼンながら大蔵と三人で駅前に行って酒でも飲もうかということになった。東村山駅前の居酒屋。生ビールがきちんとある。メニューにカツオの刺身、マグロの刺身などがあって非常に安いので、半信半疑で頼んだが、これが妙にうまい。一皿五百円均一の刺身を三人でわんこそばのように何枚も皿を重ねて食ってしまった。これからは居酒屋は東村山だな、などと言いながら笑ってさらに杯を重ねる。

十月五日

午後の新幹線で京都へ。都ホテルに宿泊し、夕刻京都の古い知人らと「梁山泊《りょうざんぱく》」に行った。そこで作家の水上勉《みずかみつとむ》さんと一緒になる。水上さんは気さくなとても気分のいい方だ。十時過ぎまで「梁山泊」の贅《ぜい》を凝らしたおいしい料理と日本酒。

十月六日

出おくれて京都発「こだま」にかろうじて一分前に乗ることができた。新倉敷のホームに「中世夢が原」の日高さんが迎えに来てくれていた。ここで毎年秋、ぼくの野外映画上映会をやってくれていて、日高さんらが一丸となってその上映運動を支えてくれている。

夕方になるとひじょうに寒い。昔の庄屋を兼ねた侍が住んでいたような家に入っていくと、囲炉裏《いろり》が焚《た》いてあって、その火がとてもうれしい。ヤマメの串焼《くしや》きやおでんができている。岡山の酒を飲みながらそれらを少しつまむ。寒さはそれで相当ぬくもった。

円形の野外会場には驚いたことに千人以上のお客さんが集まってきていた。寒いのでダウンを着たり毛布を背中にはおったりしていて、この野外映画会は結構たいへんである。土産《みやげ》にもらった地ビール「独歩」がじつにうまい。

十月七日

朝の新幹線で東京に向かう。今日は事務所も休みなので、そのまま中央線で小平の自宅へ。

十月八日

ジープで栃木県の宇都宮《うつのみや》へ。今日は二ヵ月半にわたって続いたコンバットツアー最後の日だ。栃木県総合文化センターに正午に到着。会場には関係者が早くも集まっていた。若干の打ち合わせをして映写準備をし、いったん近くのホテルへ。出直してくると、東京からたくさん映画関係者が集まってきていた。高間賢治、高橋昇、猪腰弘之、角田ゆき、木村晋介、沢野ひとし、中村征夫、女優の黒田福美さん、太田和彦、谷浩志などなどの面々である。三時四十分に全てのスケジュールが終了。満員の会場からの拍手がうれしかった。

そこからただちに本日の打ち上げ会場に移動。今日は市内から三十分ほどのところにある大谷《おおや》資料館というところだそうだ。主催協力の「栃木どかどか団」の仕切りである。大谷資料館は大谷石を採掘した場所で、中に入るとびっくりするほど巨大な石の空間があり、『インディ・ジョーンズ』の映画に出てきそうな地下要塞《ようさい》工場のような気配があちこちに漂うあやしいところを、みんなで学生の見物集団よろしくゾロゾロ歩いた。打ち上げは、かがり火の焚かれているやはり洞窟《どうくつ》の中で、どかどか団の人たちが心をこめて用意してくれた、きのこ汁とか、鴨《かも》の肉、こんにゃく料理、ギョーザなどを食べる。宇都宮は全国有数のギョーザの名産地、ギョーザのうまい場所だそうで、市内にはギョーザ専門店がたくさんある。百人くらいの人が集まり遅くまで飲んだ。ぼくは沢野ひとしと一足先にタクシーでホテルに向かった。

十月九日

沢野ひとしと朝めし。バイキング方式の店で、コーヒーを何杯もおかわりしながら、ひさびさに彼といろんなよもやま話をする。その後、その日予定されている作新学院の映画上映会場に向かう。もうコンバットツアーは終了したので、これはまったく別の上映になる。昔から世話になっていた「キャッツアイ」の明石《あかし》さんと小島さんの依頼によるものだ。作新学院は生徒が九千人いるそうで、上映は三千人が入れる体育館でやった。だから映画は三回上映する。そのうちの二回目、生徒の中で一番うるさいといわれている二年生が集まる回に話をする。三千人ともなると後ろの方はほとんど話を聞いていないという話なので、困ったなあと思いながら、それでも三十分ほど力をこめて話をした。ありがたいことにみんな静かにちゃんと聞いてくれた。

　終了後、沢野と運転を交代しながらその日予定されている「本の雑誌」四人座談会の会場である鬼怒《きぬ》川《がわ》の温泉に向かった。途中で寄ったラーメン屋で、ついこの間パトカーを盗んで逮捕された男がすぐ裏手に住んでいて幼なじみだ、という店の親父の話を聞く。鬼怒川温泉はあまり客がいない宿だった。沢野と露天風呂に入り、のんびりしながらいろんな世間話をする。夕刻近く、木村晋介と目黒考二がやってきて、その日は食事をしながら遅くまで「本の雑誌」新年号用、その他のバカ的座談会を続ける。

十月十日

朝めしを食ったのち、沢野と東京に戻った。やはりどうもジープの調子がよくない。なんとかだましだまし自宅に到着。少し休憩ののち、市内のルネこだいらというホールに向かった。地元小平市の有志が毎年秋にぼくの映画を上映してくれていて、今日は『白い馬』の上映日なのだ。千五百人入る会場は超満員だった。いつものように映画が終ってから三十分の挨《あい》拶《さつ》。そのあと地元なのでサイン会をした。三十分の予定なのだが、長蛇の列でとても応じきれない。会場の都合で途中で終了。その後、近所の料亭に行き、スタッフ・関係者と乾杯。家に帰って本を読みつつ眠る。

十月十一日

迎えにきたハイヤーで椿山荘《ちんざんそう》に向かう。入っていくと着物を着たお姉さんが「こちらでお待ちです」と言って、どんどんどん奥に案内してくれる。エスカレーターを降り、「錦水《きんすい》」というまあとても豪華な離れ茶室のような控室に案内してくれた。そこで秋に出る新潮社『でか足国探検記』の校正の最後の追い込みをやっていたが、なかなか今日の最初の打ち合わせの人が現れない。もう時間は二十分超過していてあと残り十分くらいしか約束の時間が残っていないので、心配になって事務所に電話すると、待ち合わせ場所は椿山荘のロビーだという。ところが、ぼくは椿山荘のずっと奥の離れのロビーに通されてしまったのだ。係の女の人が即座に「どうぞどうぞ」とどんどん案内するのでここまで来てしまったのだけれど、実はその女の人は全然何もわかっていないのだった。あわてて椿山荘のロビーに戻ると、約束の相手が人待ち顔で待っていた。訳を話して詫《わ》びを言い、すぐに出版の打ち合わせ。その後、朝日新聞社の女性記者から毎週連載の「おやじの背中」のインタビュー。終了して「音《おと》羽《わ》の間」で「坊っちゃん文学賞」第四回の審査会。高橋源一郎さん、中沢新一さん、早坂暁《あきら》さん、景山民夫さんで審査。今回は極めて簡単に満場一致で松山市出身の女性の作品に決まった。終了後、すばやく車で中野の事務所へ。

十月十二日

調子の悪いジープを引っ張りだして前橋へ。修理に出したサーブが直ってきていないので、この車で行くしかないのだ。

今日は前橋市民文化会館で地元の大型書店煥乎《かんこ》堂《どう》主催の映画上映会がある。終ったあと前橋の居酒屋で煥乎堂の社長、副社長などと食事。ロイヤルホテルに行って眠る。

十月十三日

早朝、家に帰る。お昼まで家で原稿仕事。夕方五時にひさびさに銀座のホネ・フィルムに行って、山と渓谷社の三島と打ち合わせ。十二月に行なう予定の、丸善での、佐藤秀明、中村征夫、沢野ひとし、そしてぼく、ウイ・ラブ・ネーチャーのカレンダー写真絵画展の打ち合わせ。わずか一週間の会期だが、結構盛り沢山のイベントの仕掛けが入っている。

その後、六時半から銀座の「松島」へ。今日は大銀座まつり。光のパレードの日で、銀座通りはものすごい人出である。おけさ踊りが総勢三百人ぐらいの陣容で通過していく脇を通過。松島での今日の催しは、わが妻の渡辺一枝《いちえ》が六ヵ月間チベットを馬で旅して無事に帰ってきたことを祝うもの。祝い主は、一枝の親友でクラスメートのホネ・フィルム社長岩切靖治。出席者はホネ・フィルムのスタッフと写真家の高橋昇。

十月十四日

調子の悪いジープで板橋区の加賀というところに行って、それから午後は狭山《さやま》に向かった。しかしそこで車はとうとう曲がり角になるとエンジンが止まってしまうというどうしようもない状態になり、「直線道路以外走れない」という困難事態に陥ってしまった。曲がり角のたびにエンストするので後続車がブーブー文句を言っている。狭山の知り合いに折よくめぐり合えて、その人の車を借りて帰った。我がぶっこわれジープは狭山の工場に預けることになった。

十月十五日

今日は久しぶりの休日である。世の中も日曜日で休日。お昼近くまで眠るが、午後も休日というわけにはいかず、明日に迫った原稿を二本書き続ける。

十月十六日

銀座の読売広告社で、半年に一度の麻雀《マージヤン》大会。杉並高校のOB達と三時間。出席を予定していた木村晋介は所用で来られず。

十月十七日

午後遅くの新幹線で大阪へ。新大阪からタクシーで森ノ宮ピロティホールというところに行き『白い馬』映画上映と挨拶。まだまだこの映画に絡む仕事は続いている。終了後、控室に大阪方面のいろんな知り合いがやってきた。タクシーでロイヤルホテルに帰り、ビヤホールで生ビール。ここの生ビールは外国ブランドのものでとてもおいしい。

十月十八日

今日は危なかった。スタッフから渡されるスケジュール表はいつもきちんと目を通すのだが、この日の出発をあまりしっかり見ていなかった。北海道に行く予定なのだが、なんとはなしに到着予定時間のほうを見てしまっていて、そんなつもりで朝の起き支度をしていた。ふと気になって改めてスケジュール表を見ると、ぼくが出発だと思っていた時刻は到着時刻、つまり、間もなく伊丹から出る飛行機の出発時間なのだ。頭を洗ったばかりで乾かす間もなくヒャーと叫びながら支度をしてタクシーに。もう四十分しか時間がない。ボーイに聞くと、空港まで三十分かかるというからほぼ絶望的である。飛行機は遅くとも二十分前に搭乗だから、もうこの段階ですでにまずい。しかしこれを逃すと大阪から北海道に行く飛行機がいつ出るのかわからない。今日は札幌で十二時から講演があるので、これに間に合わないとエライことになる。とにかくとにかく急ぐしかない。

でも、こういうことは今までに何度か体験しているが、ぼくにはなにか不思議なヤブレカブレのバカ力があって、その日も妙に道路が空いていて、本当に三十分ほどで着いてしまった。空港カウンターまで走って残り時間はあと十一分。もう普通ならば締め切られているのだが、その日は飛行機が遅れたらしく、出発十一分前でも飛行機に乗ることができた。いやはや、ヤレヤレである。

会場のホテル・ポールスターまで車で飛ばしに飛ばす。菊池仁が待っていた。彼はぼくがサラリーマンの頃、ずっと編集のサブとしてぼくを支えてくれた同い歳の頼りになる男だ。菊池はこの秋フリーになって、自分の仕事を沢山していくので、彼の仕事をどんどん積極的に手伝っていこうと思う。百貨店業界に長いことといた菊池のアレンジメントで、今日は地元の丸井今井というデパートの労働組合に向けての講演だった。「焚火《たきび》が素晴らしい」というような、なんだかわけのわからないような話を一時間半ほどした。

終了後、ホテルで少し原稿仕事をし、夕方からススキノに行って料理屋さんで食事。その後ススキノのクラブのようなところに行く。こういうところに来るのは久しぶりだった。おねえさんがみんな和服を着ていて、ぼくの隣に来た女性は二十五歳の芸者だという。ものすごくきれいな顔をしているが、言うことがなんだか幼くて、少々退屈だった。かなり飲んで、お定まりのカラオケ大会が始まった。他人のカラオケを何連発も聞いているのは、はっきり言ってつらいものだ。

十月十九日

十時発の飛行機で東京へ。ホネ・フィルムに寄って、すぐに三笠《みかさ》会館へ。

「本の雑誌」で隔月連載している編集長対談。今日はB級ニュースや猟奇怪奇、エログロ、ゴシップを専門にする「ゴン」の編集長との対談。その後一階で新潮社「波」の松家さんから取材を受ける。秋に出る『でか足国探検記』についてだった。

十月二十日

サーブが直ってきたので、そいつで筑波《つくば》に行った。もう途中でエンストする心配もなく、気分よく筑波まで往復。夕方、京王プラザホテルの和室で、またまた沢野ひとし、木村晋介、目黒考二との発作的座談会。最初はこのホテルの料理屋さんで話をすることになっていたのだが、料理屋さんで変な懐石料理を食べながら話をすると、話が盛り上がることはなかなか少ないので、京王プラザホテルにある畳の部屋を予約し、カンビールを飲みつつ寝っころがって話をすることにした。その部屋の風呂は檜造《ひのきづく》りのなかなか味のある昔風のもので、料理屋さんで話すより、お風呂に入ってからのんびり話ができるということからもこれはなかなかいい。

十月二十一日

午後の飛行機で広島に向かった。到着ゲートに庄原市《しょうばらし》の青年会議所の小池さんらが迎えに来てくれていた。ここからタクシーで約九十分、もう島根県に近いところに庄原市はある。庄原青年会議所三十周年記念事業の講演を一時間ほど。終了後、広島に『カムイの海』の宣伝プロモーションで来ていた中村征夫とその関係者、それからいつもコンバットツアーでお世話になっている「夢番地」の広住さんや、松浦さん、「あやしい探検隊」のドレイの西神田夫婦などが来ていたので、彼らを引き連れて青年会議所の焼肉宴会打ち上げに参加した。ここには庄原牛というとてもうまい牛があるそうで、たしかに焼肉での生ビールは絶品であった。西神田がぼくにコロッケとチヌメシのおにぎりを持ってきてくれた。明日の朝めしとして持って帰る。庄原市の青年会議所がとれたての松茸《まつたけ》をどさっとくれた。こいつも持ってホテルへ。

十月二十二日

九時五十分の飛行機で羽田へ。一時間待って八丈島行き飛行機に乗る。今日は毎年秋に行なっている八丈でのホネ・フィルム映画大会だ。今回は東京から沢山の人を呼ぶことになっている。空港から参加者数人とレンタカーでその日の宿南国温泉ホテルへ。東京からはなつかしい顔ぶれが集まってきていた。

山下和秀がその日の終了後の宴会を取り仕切っている。焚火宴会の予定だったが、台風十八号がやってきたので風が強く外では焚火ができない。仕方ないので公民館でやることにした。

カツオ五十キロ分が用意され、テーブルにその刺身が並んだ。谷浩志が、昔『ガクの冒険』を撮ったときに差し入れが毎日カツオばっかりだったことを思い出し、「カツオの刺身はみんなが好きだったんじゃなくて、椎名さんが異常に好きなだけで、カツオでないものを食べたいと思っている人もいるんだよオ」などということを叫んでいた。遅くまで百人ほどの参加者、地元の人達との酒宴が続く。

夜、宿に戻り、露天風呂に。台風が去りつつあって出てきた星空の下漸くのんびりした気分になる。遠くの岬の灯台がぐるぐる回っている。

この日テーブルの上にはとりたてかつおの刺身五十キロが並んだ。

十月二十四日

六時から東京會館で「講談社ノンフィクション賞」の授賞パーティ。文壇パーティに出るのはあまり気がすすまなかったが、今回は東海林さだおさんの受賞なので行かねばならない。久しぶりに行くといろいろとなつかしい顔と会えるから、パーティもまあ行ってみれば結構楽しいものだ。

今日はこの他に夢枕獏《ばく》さんの写真展のオープニングパーティがあるので、会場で「週刊ポスト」の阿部さんの顔を見つけ、そのパーティ会場の場所に詳しい彼に連れていってもらった。佐藤秀明や林政明、川上裕《ゆたか》など「いやはや隊」のなつかしい顔ぶれがあって、心がぐっとなごんだ。もう一軒みんなで飲み直そうかと言われたが、少々疲れてきたのでタクシーに乗って家に帰る。

十月二十五日

朝の飛行機で、妻と北海道の余市のカクレ家へ。今年の三月に来たきりだったので、半年ぶり。空港でレンタカーを借り、いつものように小樽《おたる》の「海猫屋」に寄ってカレーライスとスパゲッティとコーヒーを頼み、二時頃に余市に到着。いつも行く魚屋さんに顔を出すと、余市でとれるマグロが大漁だという。さっそく体長一メートルぐらいのメジマグロの半身を切ってもらい、ヒラメ、ボタンエビを買ってカクレ家に向かう。しばらく来てなかったので、米やその他基礎食料品も買っていった。

家に入ると、中はカメムシや、我々がその形から勝手にそう呼んでいるゾウリムシなどがいっぱい死んでいて、いつもこれの掃除で大変なのである。約二時間程掃除機と格闘。その後ゆっくりサウナに入り、ビールを飲み、幸せな時間を過ごした。

十月二十六日

ここの家に来ると朝は確実に早起きになる。朝食前にわが家の山の周りを少し歩く。くるみの木の下に沢山のくるみが落ちていたので、それを集めて干した。晩秋から冬に移行していく不安定な天候で、カッと晴れたかと思うと一時間後には大粒の霰混《あられ》じりの雨が降ってきたりする。風が強く、吹かれていく雲を見ながら本を読んだりコーヒーを飲んだり原稿を書いたりするのはなかなか気持ちがいい。夜はサウナに入ってまたビールを飲みながら眠る。

十月二十七日

朝から晴れた。いつものようにお昼まで過ごし、ウゴッペ川という知らない川があるのでそこに行ってみることにした。しかし川は思ったより小さく、車で走っていると見失ってしまった。仕方がないので一時間程山の道を車で走って回る。ナナカマドの葉が紅く、あちこちでリンゴが枝もたわわに実っていた。魚屋さんに寄ると、大きなタラが入荷していた。このタラでタラちりをつくると、いままで食べていたタラちりは一体何だったのか！　と思うくらいこってりとした深い味のうまい鍋《なべ》になる。

十月二十八日

天候は今日も不安定だ。海は白波を立てて荒れている。東京から送られてきた十月九日のUWF対新日本プロレスのビデオを見る。UWFの垣原選手のファイトぶりが素晴らしい。同時に送られてきたレトロプロレスのビデオも楽しく見た。若き頃のパット・オコーナーや、エド・カーペンティアーの素晴らしい技、あるいは、アントニオ・ロッカの伝説のアルゼンチンバックブリーカーなどを初めて見て興奮する。夜、アカガレイの刺身とシャコで酒。今日も昨日と同じように暮れた。

十月二十九日

世間は日曜日だ。このところ家に閉じこもって、あまり多くの人と触れないですむ幸せな日を過ごしている。普段はあまり飲まないのだけど、ここへ来ると妙にコーヒーを飲む。コーヒーを飲んでは原稿を書き、本を読み、コーヒーを飲んでは昼寝をし、コーヒーを飲んでは海を眺める。

夜サウナに入り、ぼんやりしながらまた酒を飲む。すこぶる気分のいい日々を過ごしている。何日か前まで例のMBSのいやな問題に巻き込まれた息苦しい気分についつい陥りがちだったが、北海道のカクレ家に来て、それが日増しにどんどん払底されていくのを感じる。このままずっと一ヵ月以上もこんな生活ができたらいいなと思うけれど、十一月にはまたあっちこっちのハードな旅行移動スケジュールが入っているのだ。窓の外の夜の海を眺め、ウームなどと力のないため息をついたりする。

十月三十日

今日も雲は多いが雲間から覗《のぞ》く太陽が気持ちいい。六時に起きて、七時に朝食。庭のくるみの木の下に行ってくるみを沢山拾ってきて、お風呂場で洗い、ベランダで干し、そのそばで「青春と読書」の原稿仕事をしていると、ヘリコプターがやってきてあちこちを旋回し、わが家の周辺も超低空でぐるぐる回るのでまるで戦場のような状態になった。屋根すれすれにヘリコプターが飛んでいくので、もう本当に頭に来てしまった。

後でわかったが、リンゴ畑の野ネズミ退治のヘリコプターであるという。薬剤散布しているらしいが、わが家の上まで散布されるというのはいい気分ではない。

窓の向こうのビール雲

打ち上げはいつもこの店だ。
今日はヒゲオヤジが多い。

十月三十一日

朝九時に余市のカクレ家の戸締りをし、燃えるゴミと燃えないゴミを車でゴミ焼却場に持っていった。東京に送る荷物を宅配便集配所に届け、余市に来るときはいつも頼んでいる新聞配達の代理店に今日帰ることを告げ、そして一路千歳に向かう。だいたいこのパターンが北海道から帰る際のいつもの例になってしまった。

千歳には予定より早く着いた。一便早い一時五十分の飛行機で羽田に向かった。羽田からタクシーで中野の事務所に行き、新潮社の中島さんと『でか足国探検記』のヘッドラインについての打ち合わせ。一時間ほどの打ち合わせが終った後、「本の雑誌」の目黒考二と近くの居酒屋「一本松」に行き、生ビールを飲みながら「本の雑誌」の編集その他もろもろの打ち合わせ。この一本松は主に九州のいろんなウマイものが並んでいて、生ビールはヱビスだし、身近なところにいい店があるナアと喜んでいる。夜更けにタクシーで帰宅。

十一月一日

一日家で原稿書き。午後は本を読み、近くの書店に行っていしいひさいちの漫画を二冊購入。しかし家に帰ってベッドに寝転がりながらそのうちの一冊を読んでいると、オーッなんてことだ、これは以前買って読んだものである。いしいひさいちの漫画は一度読んだものを再び買ってしまう率がひじょうに高い。

夜、妻と鍋《なべ》を囲んで酒を飲む。飲んだ後、すこし原稿を書こうとするが、集中力がほとんどないことに気がつき、断念。十二時過ぎに眠る。

十一月二日

いつものように早く起きた。午前中、書くべき小説の下調べ仕事をし、午後、車で京王プラザへ。「週刊金曜日」の対談を、同じ編集委員の佐高信《まこと》さんと約二時間。お互いの読書歴やその周辺のことがらについての話をする。なかなか楽しい二時間であった。

十一月三日

午前中、SFの長編をしばらく読みつづける。しかし、気がつくとベッドで眠っていた。午後、タクシーで日野の市民会館へ。日野市のPTA連合会が主催する阪神大震災救援チャリティにからむ「映画『白い馬』上映とその話」の催しものに出席。映画が終ってから一時間ほど話をする。その後、PTAのお父さんお母さんたちと日野で有名な日本そばの店で一時間ほど乾杯。タクシーで家に帰る。

十一月四日

十時三十五分の「こだま」に乗って掛川に向かう。掛川から浅羽《あさば》町民会館に行き、ここの文化祭で講演をする。その後また「こだま」に乗って大阪に。いつものようにロイヤルホテルに行き、一階のバーで生ビールを飲みつつSFを読みつづける。十二時就寝。

十一月五日

九時まで眠る。その後すこし小説誌の原稿を書き、タクシーで梅田の駅へ。阪急線に乗るのだが、馴《な》れていないのでどの列車に乗っていいかわからない。二人組の女の子に聞いてみると、「私たちも何もわからなくて、いま人に聞くところでした」というようなことを言う。車掌に聞いてなんとか指定の特急に乗ることができた。西宮《にしのみや》に着き、コープ西宮で本日の仕事。夕方の新幹線ですばやく東京へ帰る。

十一月六日

どうもこのところのハードな縦横ナナメ移動の無理がたたったらしく、朝から喉《のど》が痛く熱っぽい。家でじっと本など読んで、ときおり片付け仕事などをするが、どうも具合が悪い。午後になり、久しぶりに熱が高くなってくるのがわかった。夜に高熱。三十九度になっている。久々の熱なので少々体にきつい。近くの病院に行って注射を打ってもらうが、寒けが止まらない。

十一月七日

汗をたくさんかいて目が覚めた。熱はまだ下がらないようだ。今日は福島の金山町で『白い馬』の上映会およびそれに付随するいくつかの記念行事に参加しなければならないのだが、どうもこのままではとても動けそうもない。車で行くのはまず絶望的であり列車で行くのも相当きつい感じなのだが、昼間ずっと寝てなんとか勝負にでることを考える。しかし、睡眠剤が効いているらしく起きることができず、ギブアップ。今日の金山町は欠席することにした。

十一月八日

昨日よりはいいが、やはりまだ熱が下がっていない。一日中眠る。

十一月九日

ようやく体がなんとかなってきた。今日はNHK-BSのブックレビュー番組のインタビューがある。車を引っ張りだし三時にNHKに行く。入口のところで以前いっしょにパタゴニアに行った諏訪《すわ》さんとバッタリ鉢合わせ。なつかしく、しばらく話をする。

控室で時間の来るのを待っていると「週刊ブックレビュー」のゲストコメンテーターのみなさんがやってくる。少し雑談した後スタジオへ。テレビはいつもそうだが、独特の緊張感があって、病み上がりには少々くたびれる。「週刊ブックレビュー」の児玉清さんは、ソフトな、そして知的な大人という感じで、プロそのものという巧みなリードで「本の雑誌」の創成期からここしばらくまでの話をけっこう楽しくできたような気がする。終った後、車で一目散に家に帰った。

十一月十日

今日は「本の雑誌」の創刊二十周年を記念した「全国出張四人座談会シリーズ」の最後〝東京編〟である。今日と明日の二日つづけて紀伊國屋《きのくにや》ホールで目黒考二、木村晋介、沢野ひとし、そしてぼくの公開座談会風のものを行なう。なんとなく落ちつかない日であった。

夕方六時に紀伊國屋へ行き、それぞれ自分の著書のサインをする。今日の座談会のテーマは「沢野絵の謎《なぞ》」。イラストレーター沢野ひとしの描く絵はかなりの率で謎に満ちたものが多い——ということに気づいた木村晋介が提案したもので、沢野の絵をスライドプロジェクターで画面に映し、それを見ながら四人および会場の人々と検討するという趣向になっている。

今日明日ともに紀伊國屋ホールの入場者は相当な数の応募があったようで、それぞれ受付開始一時間以内で売り切れてしまったらしい。ありがたいことである。七時から会場に行き、四人座談会のスタート。超満員の客席は熱気に満ちている。われわれ四人の座談会はいつもあまり打ち合わせというものはしないのだが、本日もたいした打ち合わせもなくスタート。沢野の絵がスライドで四十枚ほど次から次へと映される。その度にいろんな思いがけないような見解も飛び出して、ぼく自身も結構おもしろくこの時間を過ごすことができた。

終った後、近くの「犀門《さいもん》」に行ってゲストを交えながらビールを飲み、いろんな話をしつつヨレヨレ化してタクシーで家に帰る。

十一月十一日

昨日と同じように紀伊國屋ホールへ。今日は「晋ちゃん教室」というタイトルで、どんな質問でも何でも答えることができる木村晋介を主人公に、われわれ三人がいろんな質問をする──という趣向である。やってみると、これはモロに子供電話相談室のオジサン版のようになってしまったが、電話相談室の子供のスルドイ質問に比べると、われわれの質問はなんとも間の抜けた質問の多いことであったか。でも、昨日と同じように、熱気溢《あふ》れる観客のみなさんはとても喜んでくれたようであった。

今日はリングスの前田日明さんが来てくれており、前田さんを含めみんなで「犀門」で乾杯。昨日と同じように夜更けにヨレヨレ化してタクシーで家に帰る。

十一月十二日

朝七時に妻と車で静岡に向かった。東名高速道路はよく晴れて気分のいい日であった。お昼前に沼津に着いた。その足で原にあるわが一族のお寺に行くことにした。

お墓参りをした後、千本松原が見える海岸で、街で買ってきたホカ弁の昼食。飯を食べていると、海岸を駅伝のように走る人々がワッセワッセといっぱいつらなっていく。海を見物にやってきていた人がぼくを見つけ、「いっしょに写真を撮って下さい」と言うが、こちらは弁当を食っている最中なのでそういう申し入れはあまり嬉《うれ》しくない。「食事中ですから」と言って断る。こんなことをするのは日本だけだろうと思う。ファンだからといって何をしてもいいとは限らないのだ。

その後、親戚《しんせき》の大井さんが迎えにきてくれて、いっしょに静岡駅へ。妻は大井家へ向かう。

静岡では静岡大学の増沢教授と会った。増沢教授は自分でも言っていたがなんとなくぼくと似ていて、かなり背の高い男だ。世界のいろんな辺境地で植物の研究をしている。パタゴニアにも何度か行っているので、ひじょうに話がよく合い、とてもいい人と出会えたと思う。

増沢教授は三日後にペルーに行くのだという。その旅の目的は、ペルーのある海岸に、年ごとに違う場所にできる花畑があって、それを調査することだという。どうして花畑が年ごとに違う場所にできるのかというと、その地域は霧が海から海岸に上がってきてしばらく地上に停滞するらしく、その湿気によってその下に花畑ができるのだが、年ごとに霧のやってくる場所が違うので花畑があっちこっち違う場所にできるというわけである。「スウェン・ヘディンの『さまよえる湖』ならぬ、『さまよえる花畑』ですね」と言って教授と二人で笑う。また、いつかゆっくり話をしたい人と出会ったナア、と思う。

ぼくを案内してくれた大井さんは妻の親戚筋の人で、沼津で大きな会社をいくつも経営している実業家である。清水に「末広寿司」というとてもおいしい鮨屋《すしや》があるから、そこへ連れていってくれるという。妻と大井さんの家族とは時間をしめしあわせてその鮨屋で会うことになっているが、われわれの方が先に清水に着いてしまったので、しばらく清水次郎長の足跡があちこちに残る清水の町を歩きまわった。

次郎長通りで清水次郎長の生家を訪問。浪花節《なにわぶし》のテープを買う。「秋葉の火祭り」全三巻。二代目広沢虎造《とらぞう》の浪曲は昔から好きでよく聴いていたが、この「秋葉の火祭り」は持っていなかったので大変嬉しい。次郎長の墓にも行ったが時間が遅くてもう入れなかった。

ようやく六時半に鮨屋で、妻と大井さんの家族と合流。豪華な一室に案内され、そこで大変おいしいお鮨を食べる。これまで随分いろんな鮨を食べたけれど、その日のアナゴやマグロはここしばらくのうちでは最高の旨《うま》さであった。二時間ほど酒を飲み、もうこれ以上ご飯粒ひと粒も入らないという状態の満腹になり、再び大井さんに案内されて伊豆の長岡温泉に連れていってもらった。そこはこぢんまりとした温泉宿で、もう満腹で食事はできないけれども、温泉に入ってひさしぶりに畳の上の布団に眠り朝まで熟睡した。

十一月十三日

温泉宿でもいつものように早起きをしてしまう。朝早くの温泉に行き、かなり豪華な朝食を食べる。妻と温泉宿でそんな風にして朝食を食べるのはひさしぶりのことだ。

八時半にはもう車で東京へ向かった。昨日手に入れた広沢虎造の浪曲「秋葉の火祭り」を聴きながら行く。東名高速道路は今日もよく晴れて、浪曲の語りと風景がよく似合う。正午過ぎには東京の自宅に着いた。今日は夕刻から府中けやきホールで「『白い馬』上映会とその話」があるので、夕刻そこへ行き、終ってすばやく家に帰る。

十一月十四日

午前中、原稿書き。週刊誌の原稿である。犬がうるさく吠《ほ》えている。たくさんのもの売りがやってくるからだ。このあたりはチリガミ交換とサオダケ売りと石油売りと「ヤマギシ」の販売車と、まあとにかくいろんなもの売りが巨大なスピーカー音でわめきながらやってくるので、わが家のバカ犬はいちいちその音に反応して激しく吠えまくる。すると近所の犬も吠えまくり、あっという間にすさまじい大騒乱となってしまう。北海道の山の上の家ではそんなことはないので、よく考えると原稿仕事はやはり北の方が気分的にずっとはかどるのだナア、と思う。

十一月十五日

今日はなんとなく朝から落ち着かなかった。夕方から新宿のパークハイアット東京で「本の雑誌」の二十周年記念パーティがあり、そこで主催者として挨拶《あいさつ》をしなければならないし、かなりたくさんのお客さんを正式なパーティに呼ぶので、ひさしぶりにスーツの上下を着ていかなければならない。普段そんなものは滅多に着ないので、そのためには「ヤレ、ワイシャツはどこにある」とか「ネクタイはどんな風なものが合うか」とか「靴は靴下は……」とかで、結構そのイデタチをする準備が大変なのだ。でもまあなんとなく一通りの格好をし、「こんな状態で恥ずかしくないだろうか」と妻に見せると、「まあ中年の七五三のようだわね」と言う。考えてみると今日は十一月十五日、七五三の日であった。チューネン七五三のギクシャクした状態で新宿へ向かう。

パーティの前にいくつもの取材や打ち合わせがあり、そのひとつひとつをこなしていく。一発目は「週刊文春」の「ぴーぷる」欄の取材。その次がアニメーション映画『アド・バード』の打ち合わせ。もうかなり進んでいて、様々なキャラクターやストーリーの展開が彩色された絵によって見ることができる。自分の原作がこんな風に絵によって表されているのを見るのは、おもしろく楽しいものだ。続いて「週刊朝日」の編集者と打ち合わせ。来年一月から始まる新しい連載小説についての打ち合わせである。もう新年号の原稿締切りが具体的になってきていたというのはかなり緊張する話だ。まだどこから書き始めるかということも考えていないのに。タイトルは「『本の雑誌』血風録」ということに決めた。

七時からパーティが始まるので、その四十分前に会場に行く。目黒、木村、沢野がぼくと同じように上下スーツに身を固めてやってきていた。なんとなく照れ臭い。今日は四百人近いお客さんが来るので粗相のないようにと、われわれにしては珍しく打ち合わせをいくつかする。パーティはなかなか豪華で華やかだった。くどい挨拶その他は主催者としてはしないようにしているので、開始から一時間くらいは何もせず。真ん中でちょっとしたセレモニーを行なう。たくさんの人たちとひきもきらずに挨拶や話をしていたので、せっかくのパーティだけれども、何もおいしいものを食べることができなかった。後で聞くと、ここパークハイアットのパーティ料理はきわめておいしいという話であった。クヤシイ。

終了後「池林房《ちりんぼう》」に行き、貸切りで打ち上げ二次会の酒宴。嵐山光三郎さん、逢坂剛《おうさかごう》さん、和田誠さんなどなどと、無礼講で気分よく夜更けまで酒を飲んだ。

十一月十七日

夕方の飛行機で小松に向かった。金沢へ行くのはひさしぶりだ。小松空港に降りると、美川《みかわ》町役場の担当者が迎えにきてくれていた。タクシーで美川町公民館に向かう。今日は島田清次郎の〝天才と狂気の間《はざま》〟的な強烈な文学を記念した、「島清恋愛文学賞」の授賞式とその記念講演のためにやってきた。今回の受賞者は山本道子さん。

この恋愛文学賞は、作家の渡辺淳一さんと藤堂志津子さんとぼくの三人が審査員になっているきわめて新しい賞で、今回が第二回。毎回既成作家の恋愛にからむ長編小説が候補作になるので、秋はいつもたくさんの恋愛小説を読むことになる。普段読んだり書いたりしないジャンルなので、それはそれでなかなかひとつの刺激になっておもしろいのだが、なかにはいたずらに男と女がただくっついたり離れたりする話を延々と書いている小説もあって、「ナンダコノヤロー」と床に叩《たた》きつけたくなるような候補作もあり、どうもぼくにはこの賞の選考委員は本質的に向いてないのではないかと思うこともある。しかし今回の受賞作『瑠《る》璃《り》唐草』はひじょうに重いテーマの中で、人間がいかにそういう重たいものを人間対人間の愛の力により克服していくことができるか——というようなことを完成された文体で書かれている作品で、感心しながら読んだ。

この授賞式は公民館に一般の人を集めて行なうのだが、ステージに金屏風《きんびょうぶ》が置かれ、国旗と町の旗が互いに交差するようなかなり立派なしつらえの中で行なわれるのでどうもびっくりしてしまった。ぼくは選考結果とそれに伴ういくつかの文学的な話をしなければならず、ひさびさに背中にたくさんの汗をかいてしまった。終了後食事をしてタクシーで金沢に向かう。ニューグランドホテルのバーで講談社の担当者と受賞作家山本さんと一時間ほど話をする。

十一月十九日

朝の早い時間に起き、身支度をととのえて妻とまた羽田へ向かった。いつもの十時三十分の飛行機で千歳へ。千歳からレンタカーを借りて小樽に。「海猫屋」でカレーライスとイカ墨スパゲッティを頼み、妻と半分ずつにして食べる。そして余市へ。

いつも行く魚屋さんに行くと余市でとれる活きのいいメジマグロとソイの刺身とアワビとシャコがあった。スーパー・サティに行き、野菜や米やビールを買い、山の上のカクレ家へ。この前来たときのようにたくさんの通称ゾウリムシやカメムシがいるのかと思ったが、案に相違してあまりいなかった。もうあたりの樹木は紅葉しすっかり冬支度である。雲はつねに速いスピードで陸から海の方に向かって流れ、太陽がカッと照りつけたり途端に暗転して霙《あられ》

北の海でマグロがとれた。文句あっか。

になったりと、いかにも北の国らしい気象の激しい変化を繰り広げる。

夕刻からは風雨を伴って嵐のようになった。久々に北の幸、魚やおいしい取り立ての野菜などを食べビールを飲む。本を読みつつ眠る。仕事は明日からだ。

十一月二十日

妻はこの四月から秋まで行っていたチベットの旅の書き下ろし原稿を書いている。ぼくは連載のいくつもの原稿を手当たり次第書いていかなければならない。朝、ぼくは和食、妻は洋食のいつもの食事を済ませ、それぞれの仕事部屋に行ってとにかく徹底的に原稿仕事に没入する。

窓から見える余市湾は、昨日と同じようなカッと照りつける陽光や一瞬の後に暗転する雨や雹《ひょう》の中で、一瞬たりとも同じ表情をしていない。原稿はなかなか進まず、ふと気がつくと、テーブルに足を上げて遠くの海をぼんやり眺めているということが多い。東京からひっきりなしにファックスが入ってくる。十二月に出る新潮社の『でか足国探検記』のフィニッシュワークが今週なのだ。

夕方までに短い原稿を二本書いた。妻は二日で七十枚を書いてしまったという。夕方、余市の青年団から電話。明日余市で開かれる『白い馬』上映会についての打ち合わせだ。

十一月二十一日

昨日と同じように、朝食後、原稿を書きつづける。昨日よりは調子が上がってきたようだ。今日はときおり晴れた時間が十数分つづく。しかし、ふと気がつくと激しい風雨に荒れていたりする。また風が強くなってきた。

夕方、余市の公民館に行ってスタッフたちと打ち合わせ。この日のために余市の青年団は何度も打ち合わせ会議をつづけ、人口二万人のうちの八百人の人たちを集めてくれた。会場には町長がやってきた。アリスファームの藤門《ふじかど》弘も顔を出してくれた。北の国でも結構知り合いが増えている。映画が終った後三十分ほど話をする。

その後、青年団の人たち三十人ほどと近くの飲み屋で打ち上げの乾杯。余市にはもうずいぶん来ているが、この町の夜の歓楽街というところに初めて行った。きちんとバーやミニクラブらしいものが並んでいて、通りを歩くとあちこちからカラオケの声が聞こえてくる。十一時まで飲んで、車で家まで送ってもらう。今日は原稿など一字たりとも書くことはできなかった。

十一月二十二日

昨日の映画を観るため札幌からやってきていた親戚の女の子を送りに朝、車で余市駅まで向かうが、時計がくるっていて駅に着く二分前に予定の列車は出ていってしまっていた。まだ新入社員のその子を遅刻させるわけにはいかないので、車でそのまま札幌まで送り届けることにした。はからずも札幌往復をし腹ぺこで家に帰り、相当遅い朝食をとる。妻の原稿は更に急速に進んでいて、三日間で百枚を突破してしまったらしい。まったくまったく女の集中力というのはすごい。ぼくの方は予定の三本の連載がその日ようやく終った程度。

ほっとしてサウナをつけて夕方から熱い熱いサウナに入り、妹尾河童《せのおかっぱ》さんの本に書いてあったピエンロウという中国式春雨《はるさめ》野菜鍋に挑戦した。魚はヒラメの刺身。そしてアワビとカニである。まったく北の家では夜は気合いが入って充実した一人酒宴の時間になってしまう。どうにもこまったことだ。

十一月二十三日

いつものように生ゴミと燃えるゴミをゴミ焼却場に持っていき、宅配便を預け、千歳に向かった。いつもの飛行機で東京着。東京の空気が生ぬるい。中野の事務所を経由してたまっていた手紙や送られてきたものなどを持って家に帰る。

娘がニューヨークから久しぶりに帰ってきていた。三人で北海道から持ってきたカニを肴《さかな》にビールを飲む。娘はこの頃もっぱら赤いワインを飲んでいるという。

十一月二十四日

まう。

午前中すこしグズグズして午後に久しぶりに銀座へ。ホネ・フィルムのオフィスに行くのは一ヵ月ぶりくらいになるだろうか。映画を製作していないとどうも銀座とは疎遠になってしまう。

夕方からいくつかの取材をこなし、六時に銀座六丁目の「島津亭」に行って「週刊現代」の元木編集長と会った。「あやしい探検隊」のアウトドアものの連載を依頼されているのだが、来年は連載小説が一月から始まるのでやれるとしても年の後半くらいからになりそうだ、というようなことを話す。その後久しぶりに銀座のクラブに行く。若いヒラヒラドレスの女の人がたくさんいて、いろんなことを話したが、酔ってすべて忘れてしまった。

十一月二十五日
吉祥寺《きちじようじ》の成蹊《せいけい》小学校に車で行き、その後中野に直行。更に車で横浜の石川町《いしかわちよう》・神奈川労働プラザに行き、相模川《さがみがわ》の河川破壊に反対する集会に出席。その日は野田知佑さんとの対談の予定になっていたのだが、行くと内容が違っておりかなり戸惑う。藤門弘、林政明と会う。終了後、林政明といっしょに車で帰った。リンさんは国立《くにたち》に引っ越し、ぼくの家とおそろしく近くなったのでこれは楽しい。

十一月二十六日
午後から「のぞみ」で名古屋へ。同朋学園の学園祭で『白い馬』の上映とその関連の話をすることになっている。駅からタクシーに乗って「同朋学園ねっ」と言って座席で居眠りをしていると、運転手が着いたと起こしてくれた。目を開けると、「東邦学園」となっている。

同朋を東邦と聞き間違えたらしい。聞けば目指す同朋学園とは真反対のところにあって、ぼくが話をする時間はもうとうに過ぎている。大変なことになってしまった。大急ぎで運転手が持っていた携帯電話で同朋学園に電話をし、このバカげた間違いを詫《わ》び、急遽《きゅうきょ》駆けつける。千人近い観客はこのぼくの遅刻を一時間近くも待っていてくれた。申しわけないことである。

十一月二十七日
久しぶりに外出しなくてもいい日。ゆっくり起きて、一日中本を読んだり、片付けものをしたり、雑原稿を書いたりして過ごした。

十一月二十八日
自宅からタクシーで羽田空港へ。予定よりも一時間半ほど早く着いてしまったので「さくらラウンジ」で書くべき原稿のストーリーを考えるが、なかなか思い浮かばない。トマトジュースを飲みコーヒーを飲み、飛行機の発着を眺めながらぼんやりストーリーを考えるが、やはり駄目だ。
五時二十分に鹿児島着。鹿児島青年会議所の迎えの人といっしょに城山観光ホテルへ行く。なぜか今日は外国人がロビーで騒々しい声を張り上げている。団体旅行のようだ。言葉はドイツ語と英語とスペイン語が混じっている感じ。どこかの合同旅行団なのだろうか。日本人と同じようにワーワーワーワーとうるさいので笑ってしまう。

十一月二十九日
午前中、部屋で小説のストーリーを考えるがまだ思い浮かばない。じたばたして錦江湾《きんこうわん》とその先の桜島を眺め、またじたばたする。十一時十分発西鹿児島からの列車は三時間半以上の乗りでがある。この間に原稿を書こうと思うのだが、まだストーリーが思い浮かばないので何も書けない。ちょっと風邪《かぜ》っぽいので風邪薬を飲んだらモーレツに眠くなった。睡魔と戦いながらも結局はぼーっと通り過ぎる車窓を眺めているだけであった。ムナシイ三時間半が過ぎてしまった。

日田《ひた》の駅に来ていた自由の森大学の迎えの人といっしょに日田市民会館へ行った。もう鈴木映画の菅沼さんが来ていて映写の準備をしていた。今日は自由の森大学の特別シリーズで「映画『白い馬』とその話」をする。一ヵ月前は倉本聰《そう》さんの富良野《ふらの》塾の芝居「ニングル」が同じ企画として行なわれていたという。映写チェックが終った後、「山陽館」という旅館に行く。ここは三階にお風呂があって、団体旅行の大勢のおじいちゃんたちといっしょに温泉に入った。部屋でまた小説のストーリーを考えるがほとんど思い浮かばない。もう何も思い浮かばない！　この三日間、ぼーっと何かを見てムナシイ時間を過ごしているばかりだ。

自由の森大学での話が終った後、スタッフの面々と近くのお鮨屋さんの二階に行って二十人くらいの賑《にぎ》やかな宴会。十二時近くにホテルに帰り、そのまま気絶するように眠ってしまった。

十一月三十日

鈴木映画の菅沼さんといっしょに朝七時出発のタクシーで福岡に向かった。ぴったり二時間かかってしまった。

十一時三十分に東京に着き、新宿御苑《ぎょえん》の仕事場に行って原稿を書こうと思うが、やはりまだ何も思い浮かばない。ぼーっとしているうちに時間になってしまい、五時に都市センターホールに向かう。五時半に文藝春秋の湯川さんと会いしばらく打ち合わせ。

六時半から「週刊金曜日」の創刊百号を記念するオムニバス講演のようなものが始まる。一人あたり二十五分間の受け持ちで話をしていく。本多勝一さんが「太平洋戦争は侵略か解放か」というテーマ。次の筑紫《ちくし》哲也《てつや》さんは「多事争論」。久野収さんが「僕自身の回顧と展望」。佐高信さんが「ひとりひとりの命、ひとりひとりの人生」。ぼくは「あやしい時間」。そして落合恵子さんが「それぞれの『私』から」という演題だった。自分のところだけタイトルからしてガクンと格調が落ちているので思わず自分で笑ってしまう。

話が終った後、プリンスホテルに行ってみんなで少々遅い夕食をビールとともに。そのままタクシーで家に帰った。

翌日は妻がモンゴルに行くのを送っていくので、家を六時三十分に出ることになっている。その一方でぼくは長野県でのキャンプがあるので、大急ぎでテント道具を出さなければならない。一時間ほどアタフタとそれらの道具を揃《そろ》え、遅い時間に眠る。

マイナス十五度　月夜のキャンプ

少年は穴グラ大作戦をやっていた。

十二月一日

高崎市立文化会館で行なわれる高崎映画祭「プレ」でぼくの監督作四本が二日にわたって上映されている。今日はその最終日なので、映画が終った後に舞台で挨拶《あいさつ》することになっている。午後ジープで一路関越道に入り高崎へと向かった。もうすでに冬である。道路は夜になると若干凍ってきているようであった。今回のこのちいさな自動車旅行は長野の上田から佐久のほうでのキャンプも含めて行くので、どうせならということでジープのタイヤをスタッドレスに換えた。

高崎はからっかぜの街であるから、おそろしく風が冷たかった。駅前にある高崎ターミナルホテルに車を置き、タクシーで会場へ向かった。会場にはホネ・フィルムの吉田プロデューサーや高崎映画祭の責任者の茂木《もぎ》さんなどがニコニコしながら待っていた。超満員の観客。七時から一時間ほど挨拶を含めた話をし、その後、高崎市内の「浅草鮨《ずし》」という、高崎で浅草とはこれいかにというような鮨屋に入り、その二階で鍋《なべ》や鮨を囲んでの打ち上げとなった。映画祭の関係者はみんなボランティアで、気分のよい人々であった。その後、茂木さんのすすめで酔町の路地の奥にある、ちょっと気のきいた中華店でダメオシのラーメンを食べ、温かい気分でホテルに戻った。

十二月二日

ホテルで寝ると、もう習性なのか朝早く起きてしまう。シャワーを浴び、さっぱりした気分で原稿に向かった。「小説新潮」新年号、新潮社百年記念号の小説だ。なかなかテーマも内容も決まらずショウショウ苦労していたが、このところ好んで書いているちょっとヘンテコな奇想ＳＦでいくことにした。タイトルは「管水母《くだくらげ》」。ルームサービスをとり、とにかく書きつづける。

正午過ぎにチェックアウトし、上田に向かった。よく晴れていて風が強い。上田では今日から上田映劇で『白い馬』が上映される。そのオープニングを兼ねた講演会が上田市民会館であるのだ。関越道から長野に抜ける高速道路は初めて通る。小諸《こもろ》の山々が美しい。途中ですこし時間が早そうなことに気がつき、高速を降りてちいさな工事現場のようなところに車を置きそこで原稿のつづきを書いた。夕方、上田に到着。上田も風が冷たくさむかった。

終了後、臼田《うすだ》の駅に向かいまっしぐら。暗いし初めての道なのでよく分からないのだが、とにかく進めばなんとかなるだろうと走っていく。約束より三十分ほど遅れて臼田駅に到着。駅前に「週刊ポスト」の阿部さんが待っていたが、そのほかにも二組の知らない人が待っていた。一人は中年の男で、もう一組は若い二人組の女性。さきほどの講演で「これからキャンプのために臼田の駅で待ち合わせだ」と言ったから、その人たちは先回りをして待っていたと言う。中年の男の人はリンさんの友人だというので、一緒にキャンプ場に連れていくことにした。

キャンプ場は佐久に近いちいさな湖のそばで、もうすでにその日のキャンプのメンバーが集まってきていた。お馴染《なじ》みの料理人リンさんをはじめ、太田和彦、谷浩志、P高橋、越谷英雄、太田篤哉、上原ゼンジ、峯岸カメラマン、中沢正夫などなどである。中沢先生の地元の友人で猟師もやっているという高橋さんも来ており、すでに焚火《たきび》は気分よく赤々と燃えている。

気温はマイナス十度である。今日はイノシシ鍋。亥年《いどし》の最後にイノシシを食ってしまうという、少々申し訳ない企てである。早速、イノシシの焼肉、ビールでスタート。しかしビールはどうも手や体に冷たい。間もなくワインや日本酒にかわっていった。料理はイノシシカツ、イノシシ鍋、まいたけの唐揚げ、イノシシそばなどが次々と出てきて、たいへんに温かくてオイシイ。

途中で休憩し、近所にある町営の温泉に行き、また再び焚火を囲んで飲みなおした。マイナス十五度くらいまで気温は下がった。雲のない夜空には月が皓々《こうこう》――風もなく、キャンプには寒いが素晴らしい夜だった。

十二月三日

八時に起き、リンさんにホットサンドとコーヒーをつくってもらい、太田篤哉と一足先に東京へ戻る。十二時に東京着。その足で中野の事務所に行き、小説原稿のつづきを書く。

十二月四日

午前中、十二月十日に行なわれる「東京ビデオフェスティバル」のための応募VTRを見る。その後、自宅で一日中原稿書き。「管水母」を書き終る。結構てこずってしまった。

「いのししをずっと追っていたんだ。そうしたら
山の向こうに桃源郷があってなあ、一度入ったら帰れねえ」

十二月五日

午前中は昨日にひきつづき「東京ビデオフェスティバル」のVTRを見る。夕刻の新幹線で仙台に行く計画だったが「SINRA」の新しい原稿が進まないので予定を変え、この日も一日家で原稿を書いていることにした。

十二月六日

八時発の新幹線で仙台へ。十時半からのベネッセ仙台支社での仕事を済ませ、三時に東京に戻る。その足で日本橋の丸善に行った。丸善では山と溪谷社主催の「小さな怪しい芸術展」が行なわれている。佐藤秀明、中村征夫、沢野ひとしとぼくの写真やイラストのちいさな展覧会だ。今日はその中日で、四人みんな揃《そろ》ってお話をする。会場にはたくさんの人々が集まっていた。

その後、丸善の屋上にあるちいさなかわ

いいレストランでビールの乾杯。初めて知ったのだが、丸善の創始者はハヤシライスの発明者であるという。ならばハヤシライスを食べたいところだがもうお腹がいっぱいである。ビールだけ飲んで家に帰る。

十二月七日

今日もまた午前中は「東京ビデオフェスティバル」の応募VTRを見る。夕方近い三時半の新幹線で名古屋へ。NTTドコモの主催による講演会。この日は名古屋に泊まるつもりだったのだが、どうもこのごろはホテルで一泊するのがひじょうにメンドウなので遅い新幹線で東京に戻った。

十二月八日

午前はVTR。夕方、中野の事務所へ行き、その足で原宿のユニオン教会へ。「絵本たんけん隊パート2」の今日は二回目。特に絵本についての話ではなく、このごろなんとなく懐古的になっているので、昔のクリスマスやお正月についての話をする。終了後、近くのレストランでビールを飲み、タクシーですばやく家に帰る。

十二月九日

午前中の飛行機で徳島へ。迎えに来ていた車で阿南市に行き、その日は徳島泊まり。

十二月十日

十時から、この一週間毎日必死になって観ていたVTRコンテストのための審査会。羽仁進《はにすすむ》氏、小林はくどう氏、南博氏、大林宣彦氏、坊上卓郎氏、中谷芙二子《なかたにふじこ》氏と昼食をまじえつつかなり侃々諤々《かんかんがくがく》と審査をする。このコンテストの選考は四回目だが、今回ぼくが一番おもしろいと思ったのは「特捜刑事マン」という、これはここ何年間も夕方のテレビでやっている子供向け怪獣もの番組のパロディで、映像テンポが速く遊び精神が横溢《おういつ》していて、じつに見事な作品だったと思う。しかし、これを第一に推していたのはぼくだけだったので、どうもアセッタ。

終了後、新橋の中華料理店でビクターのスタッフをまじえてビールの乾杯。酔って家に帰る。自宅にファックスが届いており、『白い馬』が「日本映画批評家大賞」の最優秀監督賞をもらったという連絡が入っていた。たいへんウレシイ。これで『白い馬』は、日本動物愛護協会動物愛護コンクールの「農林水産大臣賞」と地球環境映像祭の「環境教育映像賞」とあわせて三つの賞をいただいたことになる。このところ気にいっている岡山の地ビール「独歩」の小瓶を一本あけて一人で深夜の乾杯をする。

十二月十一日

夕方四時にホテルオークラで「文藝春秋」の〝文の甲子園〟の選考会。高校生の作文を甲子園の文芸版にみたててその作品を審査するというもの。今回で四年目だ。終了後タクシーですばやく四谷新道通りの「DEN」というおでんの小料理店に行った。「週刊文春」の新年号用の対談で、漫画家の東海林さだおさんとおでんについて思うところを全て語ろうという企画。ここには生ビールがあって大変ありがたい。東海林さんとの対談はいつも話がどうなっていくのか見当もつかない面白さがあり、楽しみながらの三時間を過ごした。終了後、おでんの売れ残りの豆腐のようなグッグッ状態になって家に向かう。

十二月十二日

神保町の古本屋で本探し。鳥海《とりうみ》書房に行って十冊ほど獲物をみつける。その後、タクシーで銀座の「シェ・ルネ」に入っていくと、講談社の文庫編集部の顔なじみの面々がいた。今日はホネ・フィルムの忘年会だ。二日前に新しい受賞の知らせが入ったのでナカナカ気勢があがっている。岩切靖治社長の訓辞の後、みんなで乾杯。そうこうしていると「りっか」の武田知代子が入ってきた。あれあれと思っていると続いてタルケンが入ってきた。今日はタルケンたちもここで忘年会らしい。くしくも前と後ろで知り合いが忘年会をやっている。遅くまで飲んで再びヨレヨレ化して家に帰る。

十二月十三日

納車になったばかりのドイツ車の新車に乗って高洲《たかす》第一中学校へ。その後、千葉の幕張をぐるぐる回ってなつかしい風景の写真を撮ったりする。

夜、成田へ向かった。二週間前にモンゴルに出発した妻が帰ってくるのを迎えた。モンゴルはマイナス二十五度であんがい暖かかったと言う。頼んでおいたバーサンフー（『白い馬』のナラン役の少年）への手紙や贈り物は無事にわたったとのこと。かわりにバーサンフーから手紙とプレゼントを受け取った。

十二月十四日

午前中は家で原稿書き。夕方、「島津亭」に行き、東芝の広告部長小林昭氏と、岩切靖治と

鮨屋の二階で打ち上げ。なんだかいい感じの二人をパチリ。
むかしの上司と部下だという。にぎやかな晩だった。

ともに会食。さつま揚げと薩摩焼酎《さつまじょうちゅう》で身も心も薩摩化した後、小林氏の知っている銀座のちいさなバーに行く。アフロヘアのギターの上手《うま》い店主がいて、「コンドルは飛んでいく」や「ピーナッツ売り」などをライブで聴きながら酒を飲む。

その後、小林氏と別れ、岩切と「ロマン亭」といううどん屋に行って深夜のうどんを食った。酒を飲むとなぜか醤油味《しょうゆあじ》が欲しくなる。「ロマン亭」の天麩羅《テンプラ》うどんは千五百円とビッグな値段だが、ひじょうに味のきめが細かくてウマイ。また銀座で飲んだらこの店に来ようと思う。

十二月十五日

午前中、家で原稿書き。車で中野に向かい、新潮社刊の今年最後の本『でか足国探検記』の見本を受け取る。夕方、集英社の辻《つじ》村《むら》氏に来年の第一回の本になる『麦の道』

のゲラをわたす。本年最後の本が出来上がったその日に来年最初の本のゲラをわたすというのもナカナカいいものだ。

十二月十六日

家で一日原稿書き。夜、妻とこのあいだ余市で食べたばかりの妹尾河童さんのすすめる「ピエンロウ」をつくって食べる。

十二月十七日

八時四十分発のJAL機で熊本へ。熊本には野田知佑さんのドレイの一人、大倉さんが待ってくれており、その車で人吉《ひとよし》市に向かった。今日は「週刊金曜日」の主催する「川辺川のダムを阻止するシンポジウム」に出席するのだ。楽屋に行くと、野田さん、佐高信さん、本多勝一さん、保母《ほぼ》武彦さんらがもう来ていた。彼らは前日から熊本に来ていたのだ。それぞれ三十分ずつのオムニバス講演を済ませ、野田さんを残し、みんなで車で鹿児島空港に向かう。鹿児島空港で生ビールを飲んで羽田へ。あわただしい一日であった。

十二月十八日

家で一日原稿書き。来年から「週刊朝日」で始まる連載小説『『本の雑誌』血風録」の三回目を書く。事実関係で木村晋介のことが多く出てくるので本人に電話で確認。また、仕事用の本などを読む。

十二月十九日

中野に行って、「ＳＩＮＲＡ」用の原稿仕事その他。

十二月二十日
映画の上映などでいろいろとプレゼントをいただいた人へのお礼のために、新刊本にそれぞれサインをする。併せてカレンダーなどのプレゼントの名簿チェックなどをする。
十二月二十一日
午前中、「小説現代」の原稿。その後、中野の事務所で昨日と同じように単行本のサインなどをつづける。
夕方、新潮社の栗原《くりはら》さん、長谷川さんと面談。「日本ファンタジーノベル大賞」の審査員の依頼を受ける。最近この賞を受賞した『糞袋《くそぶくろ》』（新潮社刊行）を買って読んだばかりでもあり、この賞は前からおもしろがっていたのだ。引き受けることにする。
夜は目黒考二と笹塚駅前の飲み屋で、来年の「本の雑誌」およびその関連の仕事についての話をする。
十二月二十二日
午前中、原稿書き。夕刻、銀座の「ストラスアイラ」に行き、石井さんら四人と食事。

ピエンロウにはまる

ケーキカットではなくて焚火点火。

十二月二十四日

久しぶりに長時間眠った。朝九時三十分起床。頭の奥がすこし痛い。じわじわ思い出すと、昨夜《ゆうべ》、新宿の「犀門」および「池林房」でだいぶ遅くまで飲んでいたのだ。やや二日酔いぎみの頭の上に冷たく絞ったタオルをのせて新聞をパラパラと眺める。このごろもうほとんど新聞の記事を読まなくなってしまった。テレビも半年ほど前からまったく見なくなってしまったので、世間のいわゆる事件・ニュースというものはもうわが人生にあまり関係ない——というような気分になっている。しかしパラパラ眺めている新聞に今日がクリスマス・イブであることが書いてある。そうか、そうなのかと思う。

午後から、すこしずつ始めていた本の整理のつづき。膨大な数の本があるので、その分類をするだけでもずいぶん時間がかかりそうだ。このところずっと家で文藝春秋から出るチベットの旅行記を書き下ろし執筆している妻と夕食。

十二月二十五日

午前中、小さな原稿を書いて、午後から久しぶりに銀座のホネ・フィルムに行った。三時半に読売広告社の宇田川部長、その他の人々と打ち合わせ。つづいて、「文學界」の湯川氏、寺田編集長らと打ち合わせ。来年から「文學界」で小説の連作を書くことを決める。終了後「ストラスアイラ」でビール。そこで髙島屋の中里氏に声を掛けられる。もう十七、八年ぶりになるだろうか。すこしも変わっていないのでびっくりした。

十二月二十六日

午後から中野の事務所に行き、写真の整理。来年出す『風の道 雲の旅』の写真の粗選びだ。夕方までその仕事をして家に帰る。書き下ろしの原稿仕事をしている妻とスキヤキを囲みつつ二人で夕食。

十二月二十七日

午前中、家で原稿仕事。夕方、赤坂の「貝作」へ行き、NTTデータ通信の藤田《ふじた》会長、ホネ・フィルムの岩切靖治社長、写真家の高橋昇さんと会食。

その後、岩切および高橋さんと新宿の「池林房」へ。ここで事務所の忘年会と合流。助っ人を含めて大勢の若い人たちが元気よく飲んでいる。年末はこんな風にして、毎日とにかく酒だらけになってしまう。

十二月二十八日

自宅で一日中、本の片付け仕事。夜はふたたびピエンロウを囲んで妻と酒を飲む。

十二月二十九日

昼間は家で本の片付け仕事。夕方六時に新宿の「犀門」に行き、新潮社の齋藤海仁と打ち合わせ。七時から「いやはや隊」の三島悟、谷浩志、太田和彦らと会い、来年予定している「いやはや隊」の映画およびその関連についてのいろいろな話をする。十時ごろまで飲んで家に帰る。

十二月三十日

家で一日、本の片付け仕事。夜、妻と酒を飲む。

十二月三十一日

一日中、本の片付け仕事。夜、妻と酒を飲む。

一月一日

午前中はすこしのんびりする。午後、妻と車で河口湖まで行き、ぐるりと回って家に帰る。夜、酒を飲む。

一月二日

原稿仕事。夜、酒を飲む。

一月三日

原稿仕事、夜、酒を飲む。

一月四日

昨日とほとんど同じ。

一月五日

昨日とほとんど同じ。

一月六日

一時に車で家を出る。伊豆の修善寺《しゆぜんじ》の山の中にある「ラフォーレ修善寺」に三時すこし前に到着。今日はここで林政明さんの結婚披露宴がある。といっても通常のスタイルのものでな

「あやしい探検隊」の面々の結婚式用正装である。

く、テント泊しつつ焚火《たきび》を囲んでみんなで祝うというもの。テント泊ではそういう人には少々きびしいお年寄りもいるので、そういう人には温泉つきの宿泊所がある。百五十人ほどの人が集まった。大きな焚火にリンさん新夫妻が点火し、それをもって焚火結婚式の始まりとする。司会は谷浩志。ぼくの挨拶《あいさつ》の後、野田知佑の乾杯。あとはとにかくみんなでワッと飲もうということになった。

盛岡の「宮古びしばし団」の高橋団長が、北の海のうまい魚を大量に持ってきた。八丈島からカズさんがうまいマグロを届けてくれた。山の仲間、海の仲間、川の仲間が一堂に集まっているので、海・山・川の冬の味覚がずらっと勢ぞろいしていてうまいのなんの。ビールは生ビールがある。まことに豪華な酒宴であった。夜更けまで飲み、かつ笑いあう。

一月七日

家に帰ってきて、しばらく原稿仕事。明日からいよいよ通常のスケジュールになりそうだ。

一月八日

夜六時から「梟門」で昔のサラリーマン時代のストアーズ社の同僚らと会った。今年から始まった「週刊朝日」連載の「『本の雑誌』血風録」は、「本の雑誌」創刊前夜の話から始まる小説である。「本の雑誌」の創刊前夜というと、ぼくがまだサラリーマンの頃であった。その頃、自分はいったい何を考え、どんなことをしていたのだろうか——というようなことは、もう相当な年月がたっていて記憶が希薄になっているので、その頃の仲間たちの思い出話を聞きながら記憶をよびさまそうという狙《ねら》いだった。

菊池仁は昨年その会社をやめており、いまはフリーの物書きになっている。思えば彼とは「ストアーズレポート」創刊から一緒にがんばってきた仲なので、昔話をするとひときわ感慨ぶかい。現在の会社の話を聞いていると、経営は相当きびしくなっているようで、あのままサラリーマンでなくてよかったなあなどと彼らの話を聞きながら考えていた。

一月九日

今日もよく晴れている。このところ東京地方は毎日快晴がつづいている。おそらく日本海側や北海道では雪が降り、寒い風が吹いているのだろう。日本というのは冬は本当にはっきり地方によって天候が分かれてしまう国で、昔、新潟の友人が東京から帰る時に「これから帰ると本当に〝トンネルを抜けると雪国だった〟になってしまう。不公平なんだよなあ」といっていたのを思い出す。

一月十日

正午に京王プラザホテルのロビーでN病院のケースワーカーの二人と会う。コーヒーを飲みつつ、今年書こうと思っている長編小説のための話を、専門家の立場からのいろんな方面の具体的なケースを聞いた。次に二週間後にふたたび話を聞く約束をして別れる。夕刻から新宿の仕事場に行き「週刊文春」の原稿を書く。

一月十一日

家でしばらく原稿書き。午後から車で早稲田《わせだ》に向かい、いま追究しているテーマに関する本を探し歩いた。曜日の関係なのか閉まっている店が多くかなりの不満を感じたので、その足で中央線沿線の昔よく通った古書店を四軒ほどまわった。いずれも車の駐車がむずかしく、ジレンマを感じる。古本屋で本を買う際、いいものがみつかったらその場で買わないと二度と手に入らないというケースをたくさん経験しているので、どうしても車で行くのが一番いいのだが、それを停《と》める場所に苦労する。車の古書店めぐりも一長一短があることをこのごろつくづく感じる。

夕刻、中野の事務所に寄って自宅へ。このところ数日外出せずに集中して書き下ろし原稿を書いている妻の執筆量のすごさに驚いている。年が明けてからすでに三百枚以上を書いているはずである。

一月十二日

一時過ぎに紀伊國屋へ。紀伊國屋ホールにまず顔を出す。谷沢永一《たにざわえいいち》さんの新刊『人間通』に関する講演を舞台袖《そで》でしばらく聴く。十五分の休憩があるので控室に行くと、新潮社の中島氏らが待っていた。何冊かの本にサイン。打ち合わせの後、紀伊國屋ホールで新刊本『でか足国探検記』にからむ話を一時間ほど。その後、サイン会。沢野ひとしが応援に来てくれたのでありがたい。二人並んで百八十名ほどのサインをする。

控室に戻ると昨年「がんばっていきまっしょい」で「坊っちゃん文学賞」を受賞した敷村《しきむら》良子《よしこ》さんが訪ねてきていた。女優の黒田福美さんもマネージャーと一緒に訪ねてくれた。新潮社の担当編集者、沢野ひとしらとともにみんなで新宿の居酒屋に行き、なんとはなしの新年会気分の打ち上げ乾杯をする。夜、タクシーで自宅へ。

一月十三日

車で常磐《じょうばん》自動車道で柏《かしわ》に向かう。東京外環状線が出来たので、最近は常磐道、東北道に入る時は所沢からいったん関越道に出て、それから外環を通って行くというルートをとっている。距離はずいぶん長いが、高速道を使うので時間的にはずいぶんの短縮になる。柏には一時間前に到着。空いた時間でこのところずっと読んでいる、「読売『ヒューマン・ドキュメンタリー』大賞」の候補作、および「開高健《たけし》賞」の候補作などを読んでいく。

今日は柏の西口共同保育所が主催する映画『白い馬』とその話の会で、『白い馬』はこの日が今年初の公開になる。終了後、共同保育所のみなさんと一緒に簡単な会食。家に帰ると『白い馬』がＪＲＡの馬事文化賞を受賞したとのファックス。賞金百万円である。これで『白い馬』が受賞した賞は四つになった。たいへんうれしいことである。

一月十四日
自宅で週刊誌の連載小説の原稿書き。および二つの文学賞関係の候補作をずっと読みつづける。

一月十五日
今日は成人の日だ。ほとんどわが家族は関係なくなってしまった。今日も晴天。窓から入ってくる冬のまぶしい光をながめながら、昨日の原稿のつづき。そして、候補作品を読む。夜、妻ともんじゃ焼きを囲みながらビールなど飲む。

一月十六日
石神井《しゃくじい》に住む元看護婦の上田さんのお宅を訪ね、もっか取材中のテーマについていろんな話をうかがう。上田さんは勤務中に膨大な記録ノートをつけていて、そのノートには上田さん担当の四人の患者さんの私生活から病院生活におよぶ話までがこまかく記載されている。このノートを借りるわけにはいかないようなので、その中の一人の患者さんについてのおおよその概要をテープにとらせてもらう。三時間半ほどの時間を使わせてしまった。しかし、その膨大な記録は、今やっている仕事にとっては大変貴重な材料になりそうでありがたい。

一月十七日
午前中、候補作品を読み、午後、車でお茶の水界隈《かいわい》に行く。欲しい本がかなり集中して置いてある書店をいくつかみつけたので、やや興奮状態のまま本を購入。ついでに航海記ものでいいものが手に入り、大変な収穫の日であった。そのまま家に戻り、またまた候補作品を読む。

一月十八日

二時に有楽町のマリオンにある「朝日新聞談話室」に行った。朝日新聞社からでる宣伝用の読書雑誌の創刊号のための、小長谷《こながや》有紀《ゆき》さんとの対談。小長谷さんは国立民族学博物館の助教授である。モンゴルへの留学経験もあり、遊牧民について非常に詳しい。先生の著書をずいぶん参考にさせてもらっていたので、この日の対談をたのしみにしていた。

対談は二時間で終了。その後、月刊「文藝春秋」の中井編集長、担当の有馬氏とのインタビュー。テーマはいじめ問題である。五時からJR東日本企画の笠原《かさはら》氏と面談。JRの新しい意見広告への原稿執筆依頼であった。六時半に赤坂の「四川《しせん》飯店」に向かう。新潮社の担当編集者八名と沢野ひとし、佐藤秀明、そしてぼくの、『でか足国探検記』出版カンパイ会および新年会のようなものを行なう。二時間ビールを飲みつつ、少々からい四川料理を食べる。

一月十九日

「読売『ヒューマン・ドキュメンタリー』大賞」の十一編を読み終る。毎年一月はこの賞の候補作を読むのだが、中には難病ものが必ずあって、しかもそれがドキュメンタリーであるので、いつもこの一月というのは人生の厳しさを集中して改めて知らされるような月になる。ぼくはどうも冬期鬱病《うつびょう》の気があるようで、毎年一月から二月にかけてゆるやかに気分が鬱々となることが多い。特にそれによって仕事に影響するというようなことはないが、どうしても夕方仕事が終ると酒が飲みたくなり、飲みだすと時折はかなり遅くまで深酒をしてしまうことがある。そういうことが結構つづいてしまうので、どこかで元気よくそれを飛び越えなければならないと思うのだが、まあしかし、一年に一度くらいのサイクルのそういったひっそりとした時間というのも物書きには必要なのかもしれないなぁ、とも思うのである。

一月二十日

めずらしく東京に雪が降った。小平市は東京といってもかなり西の方なので、雪が降ると結構つもる。そういえばここしばらく快晴がつづいていて東京は相当ひどい乾燥状態になっているから、ありがたい雪なのかもしれない。

風が冷たい。コートの中にマフラーを巻いてタクシーで新小平の駅へ。武蔵野線経由で横浜に向かった。こういう土曜日の午後の武蔵野線というのは、どうも何かユーウツ暗い気配があって、冬期鬱病気味の身としては久しぶりの雪と暗い武蔵野線とでなんともいえぬ三点セットの気配がする。川崎で乗り換え、横浜で乗り換え、関内《かんない》からタクシーで横浜共立学園へ。

三時半にふたたび関内に戻り、東京の新宿パークタワー・ホールを目指す。パークタワー・ホールっていったいどこだったかなぁとしばらく考えつつ、よく分からないまま新宿西口からタクシーに乗った。行ったところがなんと、パークハイアット東京のビルであった。パークハイアットはカンヅメになったこともあるよく知っているホテルなのだが、そこにパークタワー・ホールがあるということはまったく知らなかった。三階の会場で「東京ビデオフエスティバル」の表彰式が行なわれている。審査員の羽仁進さん、大林宣彦さん、小林はくどうさん、南博さん、坊上卓郎さん、中谷芙二子《なかやふじこ》さんらとともに受賞者に選評などをお話しする。その後ホールで参加者を交えたパーティがあり、更に地下の鮨屋《すしや》で関係者一同との乾杯をして、タクシーにて家に帰る。もう雪はすっかり消えていた。まだ春ではないが、水気の多い淡雪だったのだろう。

一月二十一日

一転して今日は朝からいい天気だった。自宅で「開高健賞」の応募作の原稿を読む。「開高健賞」は今年で五回目になるが、いままで正賞というものはずっと出ずにきていた。いつも「今回こそいいものがあるだろう」と思って見ているのだが、今年は例年よりも作品のバラエティが豊かで、それぞれに問題作があるようだ。こういう時は嬉《うれ》しい。ただしひじょうにむずかしい作品があり、読む時間が大変かかって苦しいことも少々ある。

一月二十二日

港南台の高島屋に行くため家を三時に車で出る。都心に寄っていくつかの用足しをした後、横浜へ。暗い知らない道を速いスピードで行くには目がずいぶん弱くなっていることに気がついた。さいわい近眼にも老眼にもならずにきているが、そろそろ夜中に遠くを見る視力が弱くなっていることに気がつく。眼鏡をひとつ作ろうかなと思うが、この場合はまだ近視の眼鏡を作ればいいのだろうか。ちょっと判断に迷う。まあいずれにしても専門家に聞いてみようと思った。

一月二十三日

午後に中野の事務所に行き、講談社から発行される新しい女性誌「グラツィア」のインタビュー。思えば雑誌のインタビューを受けるのは久しぶりだ。映画『白い馬』を公開する前は、プロモーション用にずいぶんいろいろなメディアのインタビューにこたえていたが、だいたいいつも同じようなことを聞かれるのでイライラするようなこともあって、どうもインタビュー時間というのはツライものという風な気分になってしまっていた。だが、それも月に一度くらいならばどうということのない気がする。今日は新潮社の『でか足国探検記』についてのインタビューである。三十分ほど問われるままにいろいろな話をする。

一月二十四日

終日自宅で原稿を書く。

一月二十五日

午後一時から京王プラザホテルで二人のケースワーカーと食事をしつついろいろな話を聞く。その後、神田神保町《じんぼうちょう》に行き、古書店を歩きまわった。いくつかめぼしい本がみつかる。

一月二十六日

東京駅に行き、午後二時過ぎの新幹線で新神戸へ。新幹線に乗るのは今年初めてである。途中ずっと「小説新潮」の小説原稿を書いていく。新神戸駅からタクシーでメリケンパークのオリエンタルホテルへ。神戸はあれから一年、その間も何度かやってきたが、夜の風景はだいぶ光が増え、昔の神戸にやや戻ってきたような気もする。簡単な食事の後、小説のつづきを書きつづける。

一月二十七日

タクシーで伊丹《いたみ》空港へ。思った以上に道は空いていた。二時間ほどの待ち時間にラウンジで原稿のつづきを書きつづけ、五時十五分発の飛行機で羽田へ。

羽田で降りてすばやくタクシーで幕張メッセへ向かう。幕張メッセ国際会議場で六時から行なわれている「日本映画批評家大賞」の授賞式に参加するためだ。七時頃到着。もうすでにぼくの受賞の順番は終ってしまっているが、やむをえない事情ということで一通り受賞がすんだあとにステージに上がらせてもらい、表彰を受けた。最優秀監督賞である。白井佳夫さんがステージでがっちりとそのトロフィーをぼくの手に渡してくれた。カンゲキである。

この日は作品賞が新藤兼人さんの『午後の遺言状』。そして特別賞に『EAST MEETS WEST』の岡本喜八《きはち》夫妻。それからゴールデングローリー賞という映画俳優の功労賞のようなものがあって、京マチ子、若尾文子《あやこ》、香川京子、岸恵子、風見章子《あきこ》、中村嘉葎雄《かつお》、山村聰《そう》、森繁久彌《もりしげひさや》といった往年の大スターの錚々《そうそう》たる顔ぶれがある。次々にそれらの人々がステージに上がっていくのを呆然《ぼうぜん》とながめていた。終了後、別室でそのパーティ。岸恵子さんや岡本喜八監督などとかなり長時間話ができた。

終了後、ホネ・フィルムのスタッフらとホテル・ニューオータニに行ってビールで乾杯。わが『白い馬』もこれでひとつの到達点にきたような気分である。

一月二十九日

正午に迎えにきてくれたハイヤーで、妻とともに帝国ホテルへ向かった。予定よりも四十分ほど早く着いたので、一緒にレストランで昼食。その後、ロビーで朝日新聞千葉支局の記者と会い、二月に行なわれる「船橋三番瀬フォーラム」での中村征夫さんとの講演にからむ取材を受ける。いまなぜ「三番瀬なのか」といったようなテーマである。東京湾を生き残らせるために、この残された広大な干潟《ひがた》を単に一時的な人間たちの都合で埋め立ててしまうということに対して強い反発があるので、このことについては真っ向から反対の立場で意見をのべていきたいと思う。

その後、京都からやってきた杉浦さんと会い、彼が考えている写真集についての話をしばらく交わす。三時から別室で「読売『ヒューマン・ドキュメンタリー』大賞」の選考会。選考メンバーは次の五氏。佐藤愛子、橋田壽賀子《すがこ》、野上龍雄、三好徹《みよしとおる》、五木寛之。大して大きな波瀾《はらん》もなく、ぼくもこれではないかなと思っていた作品が大賞に決まったので満足であった。終了後の簡単な会食を経て、タクシーで新宿の「梟門」へ。「週刊ポスト」の阿部さん、林政明、三島悟らと翌週行く沖縄・津堅島《つけんじま》キャンプについての話などをひとしきりする。

一月三十日

今日午後に会って取材をする予定だった人の都合が急に悪くなり、ポカンと時間が空いてしまった。池袋で待ち合わせだったので、その足でふたたび早稲田に行き本を眺めてまわる。

一月三十一日

車で赤坂の「紀尾井町《きおいちょう》フォーラム」に向かう。「開高健賞」の選考委員会。入口のところで

C・W・ニコルさんと一緒になる。「元気そうだね」とお互いに同じ言葉が口から出る。選考委員は谷沢永一さん、向井敏《さとし》さん、奥本大三郎さん、C・W・ニコルさん、大宅《おおや》映子《えいこ》さん。一時間ほど各自思うところを申し述べ、『神経症の時代』に大賞が決まる。「開高健賞」始まって以来の初の大賞受賞である。

九州でけつの穴を食う

ゴーヤとトーフをかきまわして炒めるゴーヤチャンプルーのできあがり。簡単で話は早い。

二月四日

正午に家を出て、タクシーで羽田空港に向かった。日曜日なので高速道路の渋滞や事故がなく予想以上に早く羽田に到着。待ち合わせまでまだ一時間と少々時間がある。昼食を食べようとビッグバードのレストラン街に行くが、家族連れの客が異様に多くどの店もごった返している。「まあいいか、昼めしは」という気分になって、書店に行った。

昔、羽田のモノレール駅のそばにあった書店をなつかしく思い出す。そこは小さな店だが航空及び航空機関係の本が充実していて、なんとなく欲しいものが手に入る店だった。今は大きな書店が駅前とビッグバードの中にあって、かなりの客でごった返している。

三時にＪＡＬのスーパーシートカウンターで「りっか」の武田さんと待ち合わせ。そのままＪＡＬのラウンジに入り、三時三十分発の飛行機で那覇に。

那覇には六時過ぎに着いた。ここで同じ飛行機に乗っていた沢野ひとしと合流。われわれを迎えてくれたタルケンと一緒に、その日のホテル、シティーコートに向かった。ぼくも沢野もキャンピング用品を持っているので大きなバッグだ。

その荷物を置くやいなや、那覇に来れば必ず行く「うりずん」へすぐさま直行。まずはカンパイとうりずんの生ビールをみんなで飲む。チイイリチーやシマラッキョウが旨《うま》い。魚も、内地ではあまり聞かない名前のものがいっぱいあってうれしい。しかしここでは、ソーミンチャンプルーがとにかくおいしい。ソーメンを炒《いた》めて切り海苔《のり》と紅生姜《べにしょうが》で食べるだけだが、独特の料理方法と油を使っているらしく、この味はここでしか食べられないものだ。沖縄の太いもずく、それからブタ肉を油味噌《あぶらみそ》で炒めたものなど、感動的に泡盛に合う。

まもなく座間味の宮里隆《みやざとたかし》がやってきた。タルケンたちは今日、無尽があって、二階で十数人の寄り合い酒をやっている。われわれは一階で飲もうということになって、遅くまで杯を空けつづけた。

二月五日

朝九時にタルケンの車で出発。勝連《かつれん》半島に向かう。カメラ用品の買い出しが必要なので、大きなカメラ屋さん（新宿西口が引っ越したようなところ）に寄る。

勝連半島突端にある屋慶名《やけな》の町へ到着。船が出るまでまだ時間があるので、堤防で釣りをしている子供たちなどをぼんやり眺めているとまもなく、目のきりっとしたちいちゃな女の子がたくさんやってきた。われわれと同じ船に乗るようだ。すぐ分かったのだが、われわれがその日取材する民宿「神谷荘」のファミリーで、今日はわれわれのためにそこで民謡を演奏し歌ってくれるのだ。

われわれの目的地は、港から船で二十分ほどのところにある津堅島で、ここは周囲七キロほどの小さな島だが、面積の六、七割がにんじん畑という、にんじんの特産地なのだ。

津堅島はおだやかな感じだった。すぐに民宿に行くが、民謡ショーは夕方からだというので、それまで島を散策することにする。小さな島の小さな道を大きなバスで案内してくれる。

なるほど、島はいたるところにんじん畑だ。十一月ににんじんを植え、一月から二月が収穫で忙しいというから、まさしく今が収穫の真っ最中のようである。あちこちのにんじん畑に島のオバアが座ってにんじんの葉っぱを切る仕事をしている。取ったにんじんはすぐ葉っぱを切らないとにんじん本体が柔らかくなって色も良くなくなり、味も悪くなるのだという。そういうことは今までまったく知らなかった。

明日からわれわれは、「あやしい探検隊」の面々とキャンプをすることになっている。そのため沢野とぼくは島を一巡りする折に、あちこちの海岸でキャンプに適したところを探して歩いた。島の西の、百メートルほど隔てたところに無人島のあるその辺りがモンパの木に囲まれていてなかなかいいような感じがした。一回りして戻り、海を見ながらよもやま話をしているうちにやがて夕方になった。

民謡ショーは神谷家の男五人兄弟、女三人姉妹の八名によって行なわれる。沖縄に民謡チームは数多くあれども、本当の兄弟でやっているチームはここ神谷ファミリーだけらしい。太鼓の音にのって文字通り賑《にぎ》やかな気分のいい沖縄民謡を聴き、ビールを飲み、泡盛を飲む。その日は神谷荘で一泊。

二月六日

翌朝、武田さんとタルケンは島から去り、ぼくと沢野は車を借りてキャンプ地に向かった。島を一回りしたところ薪《まき》が少なかったので、神谷荘の崖《がけ》の下の近くに落ちていた木を沢野と二人で運んできた。西風が強く、曇るとまだ寒いので、風を避《よ》けるためにモンパの木が三面

にんじん島にうたごえは流れる。うたう四人は全部きょうだい。
きょうだい八人の歌舞団で、この四人がリーダー格。

をぐるりと囲んだいい場所を見つけ、そこにテントを張った。沢野と二人、ひさびさにいろんな話をしつつ少々昼寝をした。

三時に後発隊の第一陣がやってくるので、沢野と港に行った。予定の時間を一時間もずれて、林政明、「ポスト」の阿部さん、峯岸カメラマンが到着。島に一、二軒しかないよろず屋で泡盛とビールを調達、キャンプ地に行く。

そこで料理その他の準備をしている間に野田知佑と老犬ガク、三島悟、嘉手川学、そして彼の友達、そしてタルケンがまた戻ってくる。老犬ガクとは去年の沖永良《おきのえら》部《ぶ》島《しま》以来だから約一年ぶり。彼はぼくの姿を見るとすぐ走ってきてあおむけになった。これは犬独特の最高の親愛を示す動作で、お腹をすべて相手にさらけだしてしまう。さあ、もうどうにでも好きなようにしてくれ

——という恰好《かっこう》である。何年経っても友情を忘れない、全く可愛い犬である。しかし人間の歳にするともう六十から七十の間になっているから、いつの間にかガクに歳を越されてしまったことになる。口の周りが白髪で真っ白で、前のように常に走り回るようなことはせず、わりと静かにテントのそばに座って遠くを見ていることが多くなった。

総勢十名のキャンプ開始。にんじん島なのでとれたてにんじんのガブリ食いだよ、と言われるが、うれしいようなうれしくないような……。まあしかし、久しぶりに南の島で相変わらずの顔ぶれと気分のいい酒を飲んだ。

二月七日

まずまずの天気。リンさんのすばやい朝食をご馳走《ちそう》になる。その日は、カヌーを出して向かいの無人島に渡ったりウエットスーツで泳いだりとのんびりとした時間を過ごした。昼はリンさんのソーミンチャンプルー。大鍋《おおなべ》一杯のチャンプルーを好きなだけ食べた。しあわせである。

夜は焚火《たきび》を囲んでビールや泡盛を飲み、沖縄の伝統的な料理をリンさんに作ってもらう。沖縄の料理は下品なものほど旨い。ぼくが好きなのはモンゴウイカのてんぷらをウスターソースで食べる沖縄独特の食い方である。リンさんにそれを作ってもらい、ビールのつまみに。まことに深い味わいである。空には星が出ている。夏ほど全面的な星空天海というわけではないが、いい気分であった。

二月八日

アウトドアとホームレスのちがいは常に微妙である。

午前中でキャンプ道具を撤収し、じわじわと本土に戻る作戦開始。帰りはカーフェリーに乗った。そのまま勝連半島から那覇に。

那覇ではみんなでサウナに入った。その後、公設市場の二階にある親子食堂に行き、注文すると三分間で出てくるさまざまな料理をみんなで笑って食べる。まあこの四泊五日、じつによく飲みよく食ったものだ。午後五時五十分の飛行機で東京に。

タクシーで家に帰ると文藝春秋の設楽《したら》さんと津谷《つや》さんが来ていた。妻が今年出すチベットの馬の旅の単行本についての打ち合わせである。設楽さんとは久しぶりだったのでその後ビールを飲みつついろいろな話をする。

二月九日

津堅島の最初の方は「コーラルウェイ」の仕事だったので、その原稿を午前中から書きはじめる。十枚を二時間集中して書き、ファックスで送る。その後いくつかの校正仕事を済ませ、写真の整理をし、夕方千葉の市川に向かった。

しかし、つめたい風が吹き、雨が降ってきた。傘を持っていなかったのでコートのフードを被《かぶ》って地図にある〝市川市市民会館〟に行くが、人通りも少なく、「今日は何の催しもない」という守衛のつれない話。事務所に電話すると、〝市川市文化会館〟の間違いなのであった。まったくひどい話だ。

雨はいつの間にかみぞれに変わり、ルートを外れているのでタクシーが捕まらない。大通りに出てやっと捕まえたタクシーが東京のタクシーで、この辺りの地理を全く知らないのだと言う。ぼくもあちこち道を曲がってきたので、どっちが千葉方面でどっちが東京方面かもわからない。運転手は最初、「場所ぐらい理解してから乗りなさいよ」などと言って少々むくれていたが、必死に頼んだのでやがて態度を和らげてくれた。二人してようやく市川市文化会館を発見、無事到着。

今日は「三番瀬を保全するために」というタイトルで、写真家の中村征夫さんとぼくとで三番瀬問題について話をする——という催しである。もうすでに中村さんはステージで話をしていた。

控室にいくと、ドレイの東神田が奥さんと子供をつれてやってきていた。「キネマ旬報」の植草さんと簡単な挨拶《あいさつ》。

その後、約四十分間の海についての話をする。観客席は満員だった。手を挙げてもらい聞いてみたら、そのうちの半分ほどが三番瀬のことを知らずに来たという。まあ、そのほうがいいのである。理解してもらうことから話も運動も始まるのだ。

三番瀬というのは、船橋と市川の沖合に広がる東京湾最後の広大な干潟《ひがた》である。この干潟を千葉のバカ役人どもは、建設という名の破壊作業を加えて埋め立てようとしている。昔、千葉の幕張や検見川《けみがわ》や稲毛《いなげ》の干潟を全滅させてしまった愚かな行ないを、懲りずにここでまた繰り返そうとしているのである。それもすべて突き詰めればカネのためである。

この三番瀬がなくなると、たぶん東京湾の水質はとてつもなく悪化するだろう。というのは、三番瀬というのはたくさんの生物がそこで浄化作用をしていて、水を綺麗にする仕事をしているのだ。そしてそこは、たくさんの渡り鳥たちの休息の場であり、食事をとる場であり、大きな食物連鎖が営まれている。そこを人間たちがまたコンクリートで埋めようとしているのだ。反対せざるをえない。

終了した後、この運動組織の面々といっしょに近くの飲み屋で乾杯。しかしこういう時、座るやいなや色紙やいろいろなものを持ってきて「サイン、サイン」と言われるのがぼくも中村さんもつらいところだ。本当はみんなともっと話をしたいのである。

ぼくはそのあと、近くの居酒屋「こい」というところで小学校のクラス会がある。千葉で講演などの催しがあると、クラスの面々がそれが終る頃を見はからってクラス会を開いてくれるのだ。だからその日のクラス会の始まりは夜の九時半であった。約二十人と、「オイ、オマエ」の気のおけない酒を飲み、夜中の十一時に帰る。

二月十日

やや二日酔いの頭ながら、早く起きて支度をする。江東区の森下文化センターというところで講演。木で造られたなかなか感じの良いこぢんまりとしたホールで約九十分、「捨てる人生」ということについての話をホザク。関係者と昼食をした後、タクシーで原宿へ。

二時半に「青山を研究する会」の藤井《ふじい》京乃《きょうの》さんと打ち合わせ。藤井さん親子とはもう十年のつきあいになるだろうか。三時から「絵本たんけん隊」で話。五時に終了。ビールを飲んで家に帰る。

二月十一日

朝八時のタクシーで羽田へ。日曜日なので今日も予想より大幅に早めに着いてしまった。JALのラウンジに入って原稿仕事。「別冊文藝春秋」に書く小説になかなか入れない。

お昼過ぎに福岡到着。「ノーヴス」の井上さんが迎えにきてくれていた。すぐタクシーで宗像《むなかた》に向かう。福岡は東京よりはすこし暖かい。途中、腹が減ったのでドライブイン形式のラーメン屋に入った。このラーメン屋はカウンターがやたらに長いところで、なんと目算でざっと三十メートルはある。そこに丸椅子《まるいす》がずらっと並んでいて、六十人から七十人くらいが食べられるようになっている。客はまあ、幸か不幸か、十人ほどしかいなかったけれども、もしここに七十人の客が座って一斉にトンコツラーメンをずるずる啜《すす》っているとしたら、その風景はすごいだろうナアと思い、やや慄然《りつぜん》とする。

ぼくのたのんだ激辛ラーメンはほんとうに激辛で、たちまちアヒアヒ状態になってしまった。たまらず替え玉を注文し、それでつけ麺《めん》のようにして食べるとちょうどいい。辛いのは好きだけれども、ナルホド、福岡はきっちりやるのだ。

宗像《むなかた》ユリックスでは『白い馬』の映画上映をしている。終った後、四十分ほどの話をする。その日、話をする直前、観客席から叫ぶ声あり。少々アブナイおばさんが叫んでいるのだった。何を言っているのかと思ったら、「麻原彰晃にマインドコントロールしたのは椎名誠さんではないか。それを私たちに説明せよ」と言っているのであった。いやはやびっくりした。

終了後、福岡に戻り、KBCの穴井さん、紀伊國屋の三人娘のうちの二人、それから「ノーヴス」のスタッフ、ユリックスのスタッフらと市内の「志ら石」というところでフグを食べる。大きな皿にフグがどお一んと広がっていて壮観である。フグの刺身のあとはフグの唐揚げ、そしてフグチリといく。福岡ではフグチリのとき、白子を最初に食べるのだ。これがめちゃくちゃに旨い。東京の料理屋で白子をたのむと、ひとつ五千円から八千円くらいするはずである。ここでは、全コースでも一人その程度というから、東京との格差をつくづく感じる。

宴会終了後、近くにある「ノーヴス」の事務所に行った。昔、居酒屋だったところなので、事務所というにはきわめて面妖《めんよう》な造りである。二階のオフィスに行くのに空中回廊を渡っていくのだ。三階のオフィスにはベランダがあって、そこにはなんとジャクジーがある。窓が大きくて開放的ないいオフィスだった。人妻ナオちゃんにコーヒーをいれてもらい、バーボンを少し滴《た》らしてみんなでいろんな話をしながら飲む。

井上さんが熊本でやっているのを見たという、日本の江戸後期の頃の乾板写真展の図録を見せてもらう。昔の芸者やサムライを撮った写真がたくさんあったが、じつに素晴らしい顔をした男女が多く、カンドウする。

二月十二日

午前中、ホテルでずっと小説を書く。外部からまったく電話も入らず、食事はルームサービスで、二時まで集中。ようやく「別冊文藝春秋」の小説を書き出すことができる。必死に枚数をかせぎ、お昼までに十枚を書いた。

二時にホテルを出て、博多駅のステーションビルで弁当を買い、二時十八分発の「つばめ17号」で大牟田《おおむた》に向かった。同じ列車の別車両に井上さんが乗っている。ここでも原稿を書きつづけ、三時六分に大牟田着。JR九州の列車は、駅到着のアナウンスを本当に駅の直前にするので、新幹線の五、六分前のアナウンスに馴《な》れているぼくとしては、いつもあせる。つまり、アナウンスがあり原稿書類や荷物をしまいはじめるときにはもう列車はホームに入って停車寸前なのだ。あわてて降りる。

大牟田文化会館ホールで、この日も映画『白い馬』を上映。昨日と同じように四十分間の話をする。今日はあのアブナイおばさんは来ていなかった。

終了後、主催者が別室で料理を作ってくれている。有明海でとれる魚類だ。ひとつは、貝のやたらに長いベロを干したもので、二十センチくらいある。ひとつはイソギンチャクを煮たもの、もうひとつは平べったい魚を煮たもの、である。

ひとりで焼酎を飲んでいるオトーサンの、「くい、くい」とやるグラスのかたむき加減がすばらしい。
パチリとやったら「なんだおメエ」と言われてしまった。

　イソギンチャクはこっちの言葉でワケノシンスケというがこれはどうも「若い人のけつの穴」という意味らしい。なるほどなあと思う。平べったい魚は「クツンゾコ」という名前である。つまり靴の底という意味で、なるほどまさしく靴の底みたいだ。その正体は舌ビラメのようだった。フランス料理で舌ビラメのムニエルとかいって気取っているものが多いけれど、たかがクツンゾコの魚なのだ。下品な名前が付いていた方がいっそのこと気分がいい。

　さすがにこの大牟田は、「月がぁ、出った、出ったぁ」の三池炭鉱があったところだけあって、荒っぽい気配と名前が残っていてたのしい。おいしそうなワタリガニをお土産《みやげ》にもらって、一人で五時十五分発の「つばめ18号」で博多に向かった。駅には二人の娘さんが見送りにきてくれていた。

七時三十五分の飛行機で羽田へ。休日なのでタクシーであっという間に家まで着くだろうと思っていたら、途中でずいぶんあちこちで工事をやっていて、結局のところひどく遅くなってしまった。これだから春先はくたびれる。

二月十三日

十時に中野の事務所で上原ゼンジと待ち合わせ。ゼンジに写真を撮ってもらう。その後、新宿の仕事場に行き、小説原稿を書きつづける。夕方までに完了。中野に寄って、家に帰る。

家では妻が旅の荷造りを終えていた。明日からほぼ一ヵ月の冬のチベット旅行に行くのだ。そこで、昨年からしきりに作って食べている春雨《はるさめ》白菜ナベのピエンロウを囲んで酒を飲む。

二月十四日

朝五時半に起き、六時に出発。成田までのルートは大した障害もなくスムースだった。今回の妻の荷物は百三キロ。そのうちの九十パーセントはチベットの人たちへのお土産だ。チベットは旧正月である。昨年の約半年間の旅で世話になった人々を訪問するという。成田のラウンジで朝食を食べ、妻と別れる。

車で東京へ。中野に車を置き、銀座へ。その後、銀座六丁目の「松島」へ行き、サントリーの若林部長、ホネ・フィルムの岩切靖治と会食。もう一軒顔を出していこうというので「ザボン」に立ち寄ると、「文學界」の寺田さんがいた。今日は「芥川賞《あくたがわしょう》」を受賞した沖縄の又吉栄喜《またよしえいき》さんを囲んでお祝いをしているのだという。又吉さんと挨拶。十二時前にハイヤーで家に帰る。
二月十六日
たまっているいくつかの原稿を一日中書きつづける。夜、新宿で酒を飲む。
二月十七日
町田市にある和光学園に向かう。車での往復。鶴川《つるかわ》街道を走っていると、「十四万冊在庫」という大きな看板のある古本屋があった。最近は郊外にこういう新しいスタイルの古本屋がたくさん出来ているので気になっていた。
十四万冊という言葉にひかれて車を停《と》め中に入っていくと、その本のほとんどは漫画本であった。いわゆる神田や早稲田の古本屋と違って、この郊外の古本屋はひじょうに店内が明るく、たくさんの本が置いてある。物量的な勝負のようだ。お客も若い人が多く、店内はロック系の音楽がかかっている。
ぼくが探している自然科学関係の本というのはこういうところでは皆無に等しいのでぐるっと回って出ていこうと思ったら、戸棚にぼくの名前がある。まあ、書店でよくある作家名のいわゆる横刺しの名札であるが、ざっと見ると、名前が出ているのはぼくと東海林さだおさんだけで、あとは作家名のあいうえお順に本が並べられているだけだ。つまりその店では、ぼくと東海林さんだけが個人名で出ている。これはよろこぶべきことなのか、かなしむべきことか、よく分からないナア、などと思いつつ外に。雪が横なぐりで降りはじめてきた。風もさらに強くなってきている。新宿経由で家に帰る。

二月十八日

今日は箱根の「強羅環翠楼《ごうらかんすいろう》」で「本の雑誌」の四人座談会があるのだが、朝起きると一面の雪である。昨日一晩降りつづき、相当な積雪量になっているらしい。ラジオをつけると、電車や道路が相当に乱れているという。特に首都高速と東名高速は全線ほとんど機能していないことが分かったので、すぐ「本の雑誌社」社長目黒考二に電話し、箱根行きを中止することにした。連絡をいろいろ取って、急遽《きゅうきょ》、新宿のセンチュリーハイアットの和室に場所を変更。

都心に出るのに車はどうかなあ、という状態だったが、ジープはスタッドレスをつけているので、それで行くことにする。青梅《おうめ》街道は車があまり出てきていないので、思った以上に空いていて、スムースに新宿に着いた。

三時に到着。ロビーで原稿を書いていると浜本がやってきた。部屋に入りさらに原稿を書いていると沢野ひとし到着。つづいて木村晋介、目黒考二と顔ぶれが揃《そろ》ったところで、浜本が買いだしに行き、われわれはその日の座談会を開始。その日は、歴史上有名な人物の名を挙げ、その人ははたして何をした人なのか、ということについて話をすることにする。

最初はナイチンゲールから始まった。どのような人かおおよそのことは分かっていても、具体的に何をした人なのかということはなかなかわからない——ということが、その日の座談会でよく分かった。終了後、お風呂に入って遅い夜食。どの都市ホテルにも畳の部屋があるのだということを最近発見した。

お風呂に入って夜食をとると、また目が覚めてしまったので、布団の上で原稿書き。沢野ひとしはクーカークーカー寝ている。しあわせな男だ。浜本は競馬の研究に余念がない。午前二時に就寝。

二月十九日

朝七時に起床。朝風呂に入り、沢野ひとしとルームサービスで朝食をとろうということにする。二人とも和食党なのだが、聞いてみると和食のルームサービスはないという。ケッと言いつつ、コンチネンタルとかなんとかいうシャラクサイものをたのむ。浜本がまだ深い眠りでグーガーグーガーやっているそばで、いいオトッツァンが二人、コンチネンタルなんとかというのをちゃぶ台で食べているというのはいかがなものか……と自分で思う。

朝食後、すばやく中野の事務所へ。部屋でさまざまな雑用をこなす。夕方京王プラザホテルに行き、ホテル内の料理屋で「本の雑誌」の座談会。嵐山光三郎さん、逢坂剛さんを交えての「第二回 タイトル ベスト10」。三時間ほど侃々諤々《かんかんがくがく》。もともとがお遊びの企画なので、話もあっちこっち飛び面白かった。

終了後、みんなで「池林房」に行くことになった。目黒、浜本をいれて五人なのでタクシーは二台かと思ったが、ためしに聞いてみるとそのタクシーは五人乗せてくれた。都内のタクシーが五人乗れるということを改めて知った。「池林房」で太田篤哉と会う。思えば今年初めて。少し早めにタクシーで自宅へ。

二月二十日

午前中、家で原稿仕事。午後三時に車で家を出た。中央高速でひたすら駒ヶ根《こまがね》へ向かった。

所要時間二時間四十分。駒ヶ根はまだ雪の中にあった。道路のあちこちに雪がついていて、スタッドレスのジープで来てよかったと思う。

グリーンホテルの部屋に通される。四畳半の和室付きベッド室という奇妙なホテルの隅っこのカウンターで原稿を書いて時間調整。迎えの車で駒ヶ根市文化会館に行った。地元の有志団体で組織した「『白い馬』をみる会」の催しである。映画が終ったあと簡単な話。終了後みんなで山の上の方にある旅館で打ち上げ。総勢四十人ほどの賑やかな会であった。

二月二十一日

朝早く起きる。ホテルの窓から駒《こま》ヶ岳《たけ》が美しく見える。数日前までの悪天候がからりと晴れ上がって美しい。寒い冷たい空気の外に出て、再び車で一気に東京まで戻る。快晴なので辺りが白く弾《はじ》けているような感じ。ときおりトラックがひじょうに下品な追い越しをしていく。

中野の事務所に車を置き、銀座へ。久しぶりにホネ・フィルムに顔を出した。作家の鈴木光司氏と対談。その後、サントリーの谷浩志と「週刊現代」の加藤氏を交えて銀座一丁目のイタリアンレストラン「アトーレ」で打ち合わせ。「週刊現代」で春から始まる「あやしい探検隊」のグラビア企画についての根本的な話。すべての進行を谷浩志に委《ゆだ》ねる。

二月二十二日

今日は「二」並びの日である。ぼくの運命数字が二だというので、今日は二時頃にとてつもなく素晴らしいことが起きるのではないかと思ったが、そういうこともなかった。

夕方六時からハイキングサークルの久保さんら六名と「梟門」でビールを飲みつつ食事。

最近のファミリー山行の話をいろいろと聞く。

二月二十三日

午前中、家で原稿仕事。夕方から新宿の「梟門」へ行き、陽和病院の中里医師、看護婦の熊谷さんなどとビールを飲みつついろいろな話。これらの話を聞きつつ、次に書く小説のアウトラインを模索する。

「本の雑誌」で発行する『いろはかるたの真実［発作的座談会］』の校正を明日までにしなければならないので、タクシーはやめて西武線で校正しながら帰る。隣に座っている若者のイヤホーンの音が大きく、校正に集中できない。あれを耳の中で聴いたらものすごい強烈音なのだろうなあと呆然《ぼうぜん》としながら考えたりする。駅前のタクシーで家へ。

家族の誰もいない家というのは、冬の夜、ひどく寒いものなのだなぁということを、このごろ感じている。

小笠原　鮫・くさや旅

じゃあナニかい、とお兄さんは言っている。

二月二十四日

地元小平市の隣の市にある小金井市公会堂で、親子映画という組織が、『白い馬』の自主上映会を開く。そこに挨拶《あいさつ》に行った。家から車で十五分ぐらいで着いてしまった。

小金井市公会堂というのは丸い建物で、いつものように鈴木映画の菅沼さんが、上映担当をしていた。ドルビーサラウンドシステムの再生で、満員の観客には大変好評のようだった。控室で小平市の牧野さんをはじめとした、毎年ぼくの映画を上映しているグループと打ち合わせをする。

思えば四年前に『うみ・そら・さんごのいいつたえ』を小平の四中の体育館で子供たちに観せたのが始まりだった。その後、毎年毎年自主的な映画会がどんどんどん拡大していって、一九九四年からルネこだいらという、千二百人くらい入るできたばかりの大きなホールで上映されるようになった。今年は、十月に二日間かけてホネ・フィルムの全作品を上映する予定という。

二月二十五日

終日、家で原稿を書く予定だが、なかなか手につかない。家の者は誰もおらず、お手伝いさんも来ないので、お昼に一時間かけて犬のモリと散歩に出掛ける。この犬ももう八年くらいになるから、ずいぶん年寄りになったはずだ。長い毛を風に踊らせながら、ふわふわと跳ねるようにして歩くのがおもしろい。

二月二十六日

午後から船橋沖の三番瀬に行って、海をバックに写真の撮影をしようと思ったが、つまらぬことで時間をくってしまい、三番瀬に行くまでには暗くなってしまうことがわかった。それで、しかたがないのでお台場で降りて、その周辺をぐるぐる走り回り、適当な場所を見つけて、引っ詰め髪の女性を撮影。

夕方、新宿に来て、「池林房」に行き、酒を飲み、そのまま、中野の部屋で泊まってしまう。

二月二十七日

七時に起きて、二十五、二十六日とできなかった原稿仕事。やがて十時になり、スタッフがやってきたのでお弁当を買って来てもらう。そのままずっと中野の事務所で原稿仕事。

夕方、新潮社の出版部中島さんと文庫の長谷川さんと打ち合わせ。赤坂の「ローゼンハイム」。その後、赤坂見附《みつけ》の「うちだ」という店で、「いやはや隊」の谷浩志、三島悟、太田和彦らと酒を飲みながら、打ち合わせをする。赤坂見附の焼肉屋街を歩くのは久しぶりだ。

「週刊現代」で三月から突如連載を開始することになった「あやしい探検隊」のメンバーによる、アウトドアがらみのエッセイについての打ち合わせ。遅くまで飲み、タクシーで自宅へ。

二月二十九日

久しぶりに銀座のホネ・フィルムオフィスに行った。今日は取材関係のスケジュールが連なっている。まず、中央公論の「GQ」、続いて講談社の「MINE」、それからマガジンハウスの「Tarzan」と連続だ。それぞれ新刊についてのインタビューである。「Tarzan」は編集部キャップとなった沢田康彦がニコニコしながらやってきた。「我が生涯における快適グッズは何か」という取材テーマである。「Tarzan」十周年記念企画だという。もう十年になったのだ。請われるままにぼくの快適グッズを考えてみる。結局、一番気持ちがいいなぁと思うのは寝袋とヘッドランプ、そして軽くて堅牢《けんろう》な「ICI石井」の一人用テントであるということがわかった。テントの中で寝袋にくるまって、ヘッドランプで文庫本を読むことがいかに楽しいかという話をする。

その後、銀座の「島津亭」に行って、三菱自動車の人々と、弁護士の木村晋介、ホネ・フィルムの岩切靖治らと酒を飲む。「島津亭」は鹿児島出身の女将《おかみ》がやっていて、鹿児島から直送されるおいしいサツマ揚げがなかなかよろしい。しかもここは生ビールが出るから文句ないのである。

三月二日

銀座松屋で今週からスタートした恒例のカメラショウを見に行った。この催しは開店とともにどっとカメラマニアが殺到するという有名なイベントで、ぼくも何度か行っているが、今回は松屋の社員の人からぜひ来てください、という手紙をもらったので、あえてその日に行くことにした。ぐるっとまわると欲しいカメラばかりが目に入るので、どうも参る。16ミリのスイス製ボレックスH16という、昔ぼくが使っていたものを熱心に操作し、買おうか迷っている青年を発見。値段を見ると二十二万円である。どういう目的で買うのかわからないけれども、昔ぼくも同じ機械を二、三ヵ月迷って買ったことを思い出す。八時に銀座一丁目の「ストラスアイラ」に行き、松屋のスタッフの人たち四人とビールを飲む。

三月三日

車で羽田へ。九時四十五分発のJAL機で福岡に行く。担当者が待っていた。車ですぐに福岡市内の城南市民センターというところに行く。同市の文化講演会である。終ってすぐに空港に戻り、七時に羽田着。車に乗って家に帰る。なんだかサラリーマンの日曜出勤のような日であった。

三月四日

午前中、自宅で原稿仕事。夕方から、築地《つきじ》の電通前にある、「ふく源」に行く。毎年この「ふく源」で、電通の成田社長と電通EYEの脇田社長とフグを食う会というのに呼ばれている。成田社長はなかなかきっぷのいい、太っ腹の経営者で、この二時間の特にテーマや議題のない雑談がとても楽しくて、贅沢《ぜいたく》な気持ちになる。

三月五日

中野の事務所で「文學界」の湯川さん及び寺田編集長と打ち合わせ。今年書き始める「文學界」での短編連作についての話をいくつか語り合う。

三月六日

朝九時に迎えのハイヤーが来ていた。十一時に東京プリンスホテルに到着。今日はイトーヨーカ堂の入社式で挨拶講演のようなものをしなければならない。入社式という緊張する堅い席で話をするというのは大変に苦手なのだけれど、イトーヨーカ堂は、昔ぼくが「ストアーズレポート」の編集長をしていた頃、よく世話になった人がたくさんいる。その頃広報担当だった内藤さんは、今は取締役になっているし、当時セブン－イレブン・ジャパンの経営幹部だった鈴木さんは、イトーヨーカ堂の社長である。控室で昔のなつかしい話をいろいろするのは楽しかった。やがて伊藤雅俊会長がやってきて、二十年ぶりの再会。「おお、あんたはちっとも変わってませんねぇ」と伊藤さんはにこやかな顔で、ぼくに笑う。伊藤さんこそ変わっていない。講演は千七百人近くの新入社員の前でするのだけれど、司会が徳光和夫さん。何しろ入社式だからみんな緊張しているので、ぼくも必要以上に緊張してしまって、どうもあせった。二十分ぐらいの短い話をして、ひや汗をかきつつホテルを去る。

夕方、ホネ・フィルムに行き、「ストラスアイラ」で新潮社の齋藤海仁、南方写真師の垂見健吾らと、今月行く小笠原《おがさわら》の取材についての打ち合わせをする。久しぶりに十日以上も、取材とはいえ島で過ごせるので、この取材旅行は楽しみである。

三月七日

家で一日原稿仕事。「週刊朝日」に連載が始まった小説は、一回十五枚で毎週木曜日が締切りになる。水曜日が「週刊文春」のエッセイの締切りなので、毎週水、木というのは午前中から油断ができない気持ちである。十五枚の小説は気分が集中していると、三時間か四時間で書くことができる。しかし、ちょっと展開につまずいたり、欲しいデータを探すのに手間どったりすると、一日以上手こずってしまうことがあり、書き出しがいつもスリリングだ。だいたいぼくはどんなものでも七枚を超えるとその原稿は完成するという、奇妙な自己的なジンクスを持っている。七枚まで達するとほっと一息。お手伝いさんに頼んで、カレーうどんを作ってもらい、三階の部屋から外を眺めながら、ふわふわと、やや安堵《あんど》の昼飯を食う。

三月八日

「ＳＦマガジン」に隔月連載をスタートさせるので、その原稿を週末までに書かなければならない。しかし、この週末は二泊三日の旅行だ。十時七分の新幹線で大阪に行く。ロイヤルホテルが新装になって初めて泊まる。だいぶ様子が変わっていて、部屋に入ると、自分のネームの入ったレターセットがあったり、絹のナイトガウンとでも言うのだろうか（まあ、ぼくは着る気は起きなかったが）、そのようなものがドレッサーの中にあるのでびっくりした。「ＳＦマガジン」の小説は、少々気負いがあるのか、なかなかはかどらない。七枚を突破しないうちに夕方になってしまった。ホテル一階のビアレストランで生ビールを飲みつつ、やや呆然《ぼうぜん》とする。

三月九日

午前中の「のぞみ」で博多に向かった。「のぞみ」の中で再び原稿にのぞみを託し、書き始めるが、横揺れが多いのとひっきりなしにトンネルに入るので、揺れる原稿用紙と激しい明暗が明らかに目に悪いということがわかる。博多で乗り換える。弁当を買って「かもめ23

号」に乗る。博多から佐賀まで四十分足らずなのだが、グリーン車に乗ると、いまやスチュワーデスのようになったその車両に専任の女性がいろいろ世話をしてくれる。おしぼりを持ってきたり、イヤホーンのサービスをしてくれたり、お茶を持って来てくれたり、周りの風景の説明をしてくれたりするのだが、こちらは原稿を書きたいので、どうもこの過剰サービスは正直言って少々わずらわしい。日本のサービスというのはどうも親切すぎて困るようなことがある。

佐賀駅には「ノーヴス」の井上さんが待っていた。佐賀文化会館に行って『白い馬』の上映とその話をする。その日は佐賀に宿泊。思えば佐賀県に泊まるのは初めてのことであった。夕食については何も考えていなかったが、タクシーの運転手に「佐賀県の有明海でとれる魚を食わせるようなところがないでしょうか」と訊《き》くと、それらしき店に連れて行ってくれた。その店はしかし九州中の名産品を集めているような店で、鹿児島の馬肉、熊本の焼酎《しょうちゅう》、有明海の魚などでカウンターで二時間。佐賀の繁華街は十時過ぎるともう酔っぱらいが道路の真ん中を歩いていたりして結構面白かった。

三月十日

レンタカーを借りて有明海を見に行った。思えばこのムツゴロウがいる干潟《ひがた》を見るのはその日が初めてだった。干拓したと思われる広大な敷地の中に、空港建設予定地というのがある。堤防の向こうは茶色に広がった波のない有明海だった。満潮で見渡す限りが茶色い海であったが、潮が引いた時の泥濘《でいねい》化した有明湾を見てみたいものだと思った。ぐるぐる回り、長崎道の高速を通って博多に向かう。レンタカーは博多で乗り捨てし、飛行機で家に。「SFマガジン」の小説はじわじわと十枚まで進む。

三月十一日

夕方、お茶の水の山の上ホテルに行き、集英社との打ち合わせ。三十分ずつ三人の三件積み重ね打ち合わせという連続攻撃である。まずは出版の村田さんと単行本に関するいくつかの打ち合わせ。続いて「小説すばる」の山田さんと雑誌に小説を書く件についてのいくつかの打ち合わせ。続いて文庫の片柳さんと文庫に関する打ち合わせ。その後みんなで銀座の「福臨門」に行き、集英社の山本取締役ほか、狩野出版部長代理、辻村「すばる」編集長、それに先程のみなさんと夕食。いろいろな話が出て、料理もうまく、楽しい数時間であった。

三月十二日

朝、車で藤沢《ふじさわ》に向かう。すさまじくよく晴れた日で、あたりの陽光が目に痛い。ダッシュボードの中のサングラスを出してかける。東名高速道路にはいつも都心から入っていたが、この日は多摩川を横切って川崎から入っていった。途中で空腹になり、道端のラーメン屋に入ると、これがとんこつラーメン屋さんだった。あまり客のいないちょっとシケた感じの店だったけれど、そこで出してくれたラーメンが本場の鹿児島ラーメンにひけをとらない、濃厚ギタギタの大変うまい味であった。「きっとここのおやじさんは鹿児島出身なんだろうな」と思いながら、おいしくいただく。

藤沢から一転して横浜国際ホテルへ向かう。しかし横浜市内の道が難しく、あちこち大分迷ってしまった。

夜は中野の「一本松」でやまがた林間学校に参加した娘らと小さなカンパイ。我が事務所の柴田《しばた》嬢にも参加してもらう。

ニューヨークにいる娘の葉《よう》が一週間ほどの予定で日本に帰国。久しぶりに「やあやあしばらく」と言いあう。

三月十三日

夕方、帝国ホテルで大和出版の編集者と打ち合わせ。いじめに関するテーマで緊急の子ども向けの本を出版したいのだが、という依頼である。本はもうこれ以上新しく書くことは出来ないのだけれど、この依頼については通常のスケジュールで否定するわけにもいかず、果たしてどのようなことを出版社側は求めているのかを聞くために、その担当者と会ったのだ。雑誌の何ページかの記事と違って、本となると相当その周辺についての取材や考え方をまとめなければならず、打ち合わせの段階では果たしてやれるかどうかは決めかねる状態だった。

その後「講談社出版文化賞」写真部門の選考会があり、篠山紀信《しのやまきしん》さん、熊切圭介《くまきりけいすけ》さん、佐藤明さん、田沼武能《たぬまたけよし》さんのみなさんと二時間ほど話をする。終了後、タクシーを飛ばして急いで新宿の「梟門」へ。ホネ・フィルムの吉田プロデューサー、リンさん、太田和彦、「週刊ポスト」の阿部さんなどと五月に撮影する予定の短編映画についての話などをする。

三月十四日

電車で横浜へ。産業貿易センター九階にある横浜シンポジアというところで、岸惠子さんがレギュラーでやっている対談番組に出演する。岸さんとは七、八年前に日本経済新聞で対談して以来、先日の「日本映画批評家大賞」の受賞パーティで久々にお目にかかり、その場で今日のゲストに来てくれないかと誘われていたのだった。一時間ほどいろいろな話をする。岸さんがぼくの本をたくさん読んでくれているのでびっくりした。終了後すぐに銀座の「ストラスアイラ」に行き、イラストレーターの和田誠さんと、ホネ・フィルムのスタッフらと食事。この五月に作るホネ・フィルムの短編映画三本のうちの一本「ガクの冒険パート2」というようなものの映画を、和田誠さんに監督してもらえるよう依頼していたのだ。忙しいなか和田さんは何とか引き受けてくれるようなので、大変うれしい気分だった。どんな映画にしていったらいいかというようなことを、ビールを飲みながら話をする。どちらにしてもその映画は和田さんに脚本まで書いてもらいたいと思っていたので、ぼくも思うところをいろんなふうに話す。和田さんはファーストシーンとラストシーンについてのイメージがあって、その話を聞いていると気持ちがうきうきしてくるようだった。

同時に作るアニメーションは沢野ひとしの『ワニ眼物語』（本の雑誌社刊行）の巻頭にある「スイカをとどけに」というちょっと不思議なヘンテコなミニストーリーをアニメーション化したいと思っている。その演出・構成は沢野の絵の最も良き理解者であるアートディレクターの太田和彦にやってもらおうと思う。遅くまで飲み、タクシーで家に帰る。

三月十五日

銀座のホネ・フィルムで、夕方から夏目書房のスタッフと出版準備をしている『かつおぶしの書』についての打ち合わせ。この本は林政明さんがかなりの取材や執筆研究をしている本なので、「これはリンさんとの共著にしよう」という話をする。その後この夏行なわれるやまがた林間学校についての打ち合わせをする。今年は十六塾。いくつか新規の塾があったけれども、基本的にはもう内容が固定化してきているようだ。その後ホネ・フィルムの岩切靖治と「松島」に行く。JR東日本の鈴木常務と弁護士の木村晋介と食事。鈴木常務の弟さんが弁護士で、例のエイズの訴訟について体を張って頑張っている人である。木村晋介のこともよく知っているらしく、さまざまな部分でいろいろな話をする。ぼくと木村は酒を飲んだ後必ずおソバを食べる。岩切は大きなオニギリを食べる。三人とも歳のわりにはいまだによく食うなあ、と言って笑う。ものすごい雨が降っていた。ぼくも木村も岩切も同じ方向なので、三人でひとつの車に乗って家に向かう。

三月十六日

車で茨城県の古河市《こがし》に向かう。ここには気球を揚げる「古河リバーサイドクラブ」というところがある。そのイベントに参加。終了後龍ヶ崎に向かい、龍ヶ崎市経由で夜遅く家に帰ってくる。

三月十七日

七時半に車で家を出て東京駅へ。日曜日なのでおそろしく早く着いてしまった。九時五十六分発の「のぞみ」で広島へ。広島国際会議場で花王の主催するイベントに出席。広島に行くと必ず顔を出してくれる松浦、広住、岡田、西神田夫婦のなつかしい人たち、そして「メリーさんの家」の王美麗さんも四十年ものの老酒《ラオチュー》を持ってやってきてくれた。本当は彼らと一杯飲んで泊まりたいところだが、そうもいかずあわただしく六時二十九分の「のぞみ」で東京に。駅から車に乗って家に。このところどうも日曜日にこんなふうに日帰りのあわただしい移動が続いている。

三月十八日

夕方まで中野の事務所で打ち合わせ仕事。六時に車で成田に向かう。北京《ペキン》発三時十分の飛行機は、十九時五十五分成田着の予定になっていたが、予定よりも十五分早く着陸。普段だと三十分くらい空港で待つが、その日はゲートから出てくるチベット帰りの妻とほぼ同時にロビーに入った感じだった。今回は四十日ほどの短い期間だったが、真っ黒に日焼けした妻はきわめて元気そうだった。帰りの道路は思った以上に空いていて、成田から家まで一時間半ほどで着いてしまった。夜遅く娘が帰宅。ニューヨークとチベットに行っていた親子がほぼ半年ぶりぐらいに対面するのだが、お互いに「やあやあ」といったような感じできわめてあっけらかんと日常的な挨拶を交わしているのが面白かった。

三月十九日

上原ゼンジが四谷で写真展を開いているのでそれを覗《のぞ》きに行く。しもたやの二階でちょっとわかりにくいところにその画廊はあった。入っていったが誰もいない。主催者もおらず、観ている人もいなかった。出入口のところに芳名帳があったので名前を書き、一枚一枚じっくり眺めて帰る。「ヌード」というテーマタイトルだったが、ヌードは五、六点。ゼンジがこんな写真を撮るのかと、感慨深く眺めていた。

夜は娘の誕生日だったので、久しぶりに親子三人でピエンロウの鍋《なべ》を囲み、ビールとワインで乾杯。和やかに三時間ほどいろいろな話をする。娘はニューヨークで二匹の猫と住んでいて、なかなか楽しそうな生活をしているらしい。夜更けに明日から出かける小笠原行きのための荷造りをする。十二日間の旅なので、あれやこれや、仕事や遊び道具などを詰めこむのに結構時間がかかってしまった。仕事の段取り等を考えているうちになかなか眠れなくなり、やっと眠ったと思ったら電話。時間は一時半であった。それが間違い電話である。陰気な男の声で、謝りもしない。こういう時の間違い電話というのはおそろしく腹が立つもので、むかむかしているうちにまた眠れなくなってしまった。どうも遠足に行く前の子どもみたいで恥ずかしいなあ、と思いつつも悶々《もんもん》とする。したがってひどい寝不足状態になってしまった。

三月二十日

五時に起きて昨日やり残した荷造りの続き。娘は六時にニューヨークへ向かって出発。ぼくは七時に車で出発した。中野の事務所に車を置き、タクシーを呼んで竹芝桟橋に向かう。竹芝にはすでに沢野ひとし、垂見健吾、齋藤海仁が着いていた。コーヒーを飲み、船の出発を待つ。船は十時に出航。小笠原行きの船は初めて乗る「小笠原丸」。千人以上の乗客が乗れる。ぼくの部屋は特等船室であった。バス・トイレ付きの個人仕様でなかなか快適である。ホテルのちっちゃな小部屋のような感じ。窓から海が見える。出航するとしばらくしてゆったりとした揺れがきた。昨日眠っていなかったので、すぐベッドに転がっているとたちまち寝入ってしまった。

三時ごろコーヒーを飲み、沢野らとしばらくバカ話。そのうちまた眠くなってしまったので、ベッドに横になっていたが、どうもあまり寝てばかりいられないということに気がつく。沢野ひとしと対談をしなければいけないのであった。「本の雑誌」編集部から託されたテープレコーダーをセッティングし、沢野と「あやしい探検隊」の初期のころの話を二時間ほどする。ビールを飲みつつ話をしているうちにほろ酔い状態になってしまった。

そうこうしているうちに夕方を迎えたので、四人で夕食。揺れる船内食堂でさらにビールを飲みつつ定食を食べる。あまりおいしい料理ではないがまあこんなものだろう。日本で最長距離の船の旅だが、もうすこし高級な料理を出してもいいのではないかと思う。

三月二十一日

目が覚めると太平洋の真ん中だった。ゆったりゆらりと揺れる船の中で起きるのはなかなか気分のいいものだ。外は高曇りの曇天。たいした波はないが、全体のゆるやかな船の揺れはずっと続いている。海を眺めたり、原稿を書いたりしているうちに二時に父島に到着。迎えに来ていたダイビングショップ「海神」の山田さんと初めて顔を合わせる。山田さんのところには十年前にダイビングに行こうと思って用意をしていたのだが、その時は海が荒れて行けなくなってしまった。その後もう一度小笠原に行くチャンスがあったのだがそれも何かもう忘れてしまったが、事情があって行けず、三度目のトライでやっと実現したのである。

その足でホテルホライズンに行く。小笠原には民宿しかないと聞いていたが、実は二年程前にできたホテルで、そこは三階建ての海に面した瀟洒《しょうしゃ》なつくりのプチホテルといった感じ。一階から階段、そして部屋に至るまで大きな白いタイルが敷き詰められていて、ひじょうに美しく、静かないいホテルだ。通された部屋も多角形の窓がすべて開閉できる、なかなかしゃれた作りになっており、大きな衣装戸棚、物書きにちょうどいいテーブル、ソファーなどがあり、ここだといろんな原稿仕事もできそうで安心する。今日締切りの週刊誌の原稿を書いているうちに夕方。目の前の海が夕方になって陽が出てきて、青く光っている。美しい海だ。

三月二十二日

薄曇りだが、気温は二十五度前後で快適である。シャツにビーチサンダル、短パンというスタイルで十分だ。レンタカーでとりあえず島をひと巡りしようということになり、海仁の運転でメインルートを走る。船が遠くで傾いているのが見える。今にも沈みそうな状態である。聞いてみると、外国籍の貨物船で中に積んでいた鉱石の荷が崩れて、傾いてしまったのだという。直すのが一騒動で、もう一ヵ月ほども傾いたまま沖合に停泊しているのだという。

島はあちこち工事だらけだ。年度末の工事ということもあるのだろうが、だいたい島というのは工事が多い。その工事で島の経済が成り立っているというようなところもあるのだが、島の人に聞くと、必要もないのにあちこち遊歩道を造ったり、海岸をコンクリートで埋めたりという相変わらずのアクラツ土建行政ぶりだ。見ていて悲しくなる。十年前に来ていたら

やつはずっと傾いたままだった。
船乗りたちは傾いたままこの中でくらしているのだ。

もう少し剝《む》き出しの自然があったのだろうな、と思う。大きな白いビーチに出た。観光客がちらほらいる程度。四人で並んで、海を見ながらビールを飲む。

　夜は町に出て、「島寿司《ずし》」に食べに行く。生ビールがあるのに驚いた。沢野もぼくも、くさやが大好きなのでくさやを注文すると、丸干しというのが出てきた。これがちっちゃな魚をまるのまま一夜干しにしたくさやで、実にうまい。「うまい、うまい」と言いつつ、みんなで十本程も食べて、ほとんど四人とも、ニンゲンくさや化する。百武彗星《すいせい》が見えるというので、夜更けに空を見上げると、北斗七星の少し下のあたりに、見事な尾を引いた彗星が見えた。肉眼でこのような巨大な彗星を見るのは初めてであった。北斗七星の柄の部分程の長い尾を引いている。昔の人がこういうのを見ると、きっとブキミに恐れるだろうなというのがなんとなくわかる。

ホテルに帰り、ロビーでウイスキーなどを飲む。同宿のお客の中に男の二人連れがいて、一人は作務衣《さむえ》を着て、体に入れ墨があちこち見える。ヤクザ関係の人かと思うが目もとがやさしい。一緒にいる連れの若い男は茶髪のロングヘアで、いつもニコニコニコニコ笑っている。何となく不思議な二人連れである。そのうち、どちらからともなく話をすることになった。入れ墨の人はそちら方面ではなく、彫り物師なのであった。驚いたことにぼくの本をたくさん読んでいて、このホテルで会ったことをその人は大変喜んでいた。

三月二十三日

沢野はいつも早起きだ。早朝起きて彼は彼で原稿仕事をしている。ぼくも午前中に原稿仕事。島に来ても原稿の仕事は同じようについて回るが、効率はかなり良い。南の島の陽光は気分が良い。目の前の海がはじけるような青さに変わった。何となくリッチな気分でみんなで浜に行き、ガスバーナーを使って昼飯を作る。沢野特製のイカスミスパゲッティである。ビールを飲みつつ出来立てのスパゲッティを食べ、暑くなると泳ぎに出る。極めて良好である。午後は島を歩き回り沢山の取材をした。

夕刻ホテルできのうの彫り物師のおにいちゃんと色々と話をし、体じゅうの入れ墨を親切に見せてもらう。胸に大きな牡丹《ぼたん》の入れ墨があるが、膝《ひざ》にはクレヨンしんちゃんの顔が描いてあって、「どうしたの」と聞くと、実は入れ墨の先生もしていて、生徒に体を使ってやらせたのだという。体じゅう入れ墨だらけ。

タマゴ六個使用のひたすらあっちあっちの玉子やきに
スパゲッティイカスミソースを合わせて食う。

三月二十四日

今日は空港建設予定地といわれている、兄島に船で行く。小船で出ると結構うねりがすごい。港のない浜に船をのりあげ慌ただしく上陸。三時間かけて山越えをした。原生林がひろがり、ここに空港をつくるのは人間のゴーマンだな、と思う。島の真ん中で沢野がカレーライスをつくる。夕方迎えの船で父島へ帰る。

三月二十五日

今日は南島というところに行く。海神の船で向かうが、この南島に行く途中で、いきなり狭い岩と岩の間を船が入っていくので驚いた。波が激しくなり、小さな船は木の葉のように揺れて、甲板に波がかなりかぶさってくる。転覆したら助からないなぁと思う。しかし、山田さんの操縦は巧みで、びっくりするほど狭い荒れた水路の中をス

荒波をこえていくと夢のように美しい島内の入江があった。

リヌケ、南島のひじょうに静かな自然の胃袋のような中に入って行く。中は信じがたいほど波が静かであった。岩に船を着け、荷物を降ろす。その反対側に行くと、白砂のところにトンネルから押し寄せた波が満ち引きするというすばらしい入り江があった。日本にこんな夢のような小島があるのだなぁと感激した。しばらくその島でのんびり過ごす。強い陽光を持参のタープを張って遮り、風の中で心地のよい空を眺める。その島には鮫《さめ》がたくさんいる。一メートル半ぐらいの大きさのネムリブカというやつで、これは以前日本海の飛島の鮫穴に潜って、百匹ぐらいが群棲《ぐんせい》しているのを見たことがあるので、あまりこわくないのを知っていたから、泳いで行って頭をなでる。

その日の午後の船で鯨を発見。あちこちにザトウ鯨が泳いでいる。船から十メートルぐらいの所に二頭のザトウ鯨がいきなり浮上した時は驚いた。いやはや鯨のでかいこと。史上最大の生き物なのだなぁということをつくづく感じた。このザトウ鯨よりも更に倍以上も大きい、シロナガス鯨を見たりすると、どんな気分になるのだろうなぁということを考える。

父島に戻ると、島のユースホステルに勤めている井原かおりさんと、その友人の盛川さんなどが駆けつけていた。それから、ぼくの本をたくさん読んでくれている人が結構いて、ホテルの食堂がにぎやかになった。オランダ人を夫に持つユキさんが明るい顔でやってくる。みんなで遅くまでレストランでビールを飲みながらいろんな話をする。

寝袋がとんでいく

この島では人面石がひろえる。

三月二十六日

小笠原父島。ホテルホライズン。いつものように朝六時に目が覚める。すぐにシャワーを浴び、気持ちをさっぱりさせてベランダに出ると、沢野の部屋のドアや窓は全部開いていて、洗濯物が干されている。ぼくより早起きの沢野のいつもの朝だ。顔を覗《のぞ》かせると、机に向かって真面目《まじめ》に仕事をしていた。考えてみると、二人とも同じ週刊誌の仕事をしているのだから、その締切りに同じように追われているわけだった。朝食は七時からなので、朝飯前の仕事というわけだが、これはけっこうハードだ。このホテルの朝食は厨房《ちゅうぼう》のコックさんがひじょうに腕のある人で、東京や大阪のホテルの、あの金額ばかり高くてしかも格好ばかりで、ほとんどうまくもなんともない朝食からくらべると、信じがたいほどのボリュームとうまさと温かさと気分のよさがあって、ぼくも沢野も海仁もタルケンもそろってご飯をおかわりする。その日は貝のみそ汁だった。うまい、うまいを連発して、みんなでいつものようにご飯とみそ汁を二杯ずつおかわりした。早起きをして、朝ご飯をたくさん食べる日というのはとにかく気持ちがいい。

ぼくも沢野も午前中は仕事することにした。ひと仕事を終えて、ベランダから外を見ていると、飛行艇が激しい水しぶきをあげて海に着水しているところだった。海上自衛隊の飛行艇という。ホテルの人に聞いたら一週間後にやってくる青島東京都知事の父島来訪のための離着陸訓練なのだという。小笠原は今、空港問題で揺れていて、われわれも空港予定地になっている兄島を一日かけてゆっくりながめてきたけれども、兄島にはこの島にしかない固有種の植物や虫がたくさんいて、それでなくとも少ない日本の原産種系の動植物の宝庫のようになっている。そういう島につきつめれば金だけの目的で空港をつくるというのは、なんだか人間の傲岸不遜《ごうがんふそん》の塊《かたまり》のような気がするのだ。島の人にとって空港は、何よりの切望の源であるのはわかる。いろいろ聞いていくと、最も重要なのは病気の問題である。極論すれば、その問題をまず解決するために、さまざまな分野と応急スピードで対応できる総合病院を島に造る方が話は先のような気がするのだ。しかし石垣島もそうだったが、空港問題は空港を造ることによって潤う一部の土建業者や、なぜかその土建業者が潤うと連帯的に潤っていく政治家のための極めて恣意的《しいてき》な経済政策であることが多い。この兄島の剝《む》き出しの自然風景を眺め、そして目下のこの諸島の空港問題を考えると、まさしく石垣島の新空港建設とまったく同じ構造が見えてくるような気がした。この島にやってくるのには船で二十八時間かかる。その時間・距離も問題になっているけれども、飛行艇を多用するという案をもっと進めたらどうなのだろうかなどと、その海上自衛隊の飛行艇の何度も何度もの離着陸の風景を眺めながら思ってしまった。

その日は午後に海に出て、シュノーケルで一時間ほど潜り、夕方ホテルに戻って体を洗ってから町に出た。沢野が妙に気に入っている店に行き、いつものようにくさやを食い、夜更けまで飲んだ。ぼくはみんなより一足先に店を出て帰りがけに空を眺め、北斗七星の長さぐらいになっている百武彗星《ひゃくたけすいせい》を見る。

三月二十七日

午後の連絡船で、母島に向かった。父島と母島は五十キロ離れている。五十キロさらに南に向かうのだから母島はもう少し暖かいという。船の所要時間は二時間。船室で本を読みながら、ほとんど眠っていく。五時過ぎに母島到着。父島から比べると港はだいぶ小さい。降りた所で民宿「ときわ荘」の主人、常盤《ときわ》隆二さんが待っていた。迎えのライトバンに乗って宿に行く。母島は今たくさんの客で、各民宿は満杯ということだ。われわれの部屋は四人いっしょの部屋で、二段ベッドが二つ並んでいる。昨日までのホテルホライズンのあのちょっと日本離れした、清潔で豪華な部屋から比べるとかなりの落差だが、しかしみんなでごそごそやっているひと部屋泊まりというのも楽しいものだ。

すぐに夕食になった。くさや狂いの沢野は「くさや、くさやあ!」と叫び、あのなつかしい父島と同じ丸干しをすばやく出してもらった。この島にも生ビールがあるのには驚いた。ジョッキの生ビールとくさやで気分良く酒を飲む。ひとしきり飲んだ後でなんだか旅の疲れが出た感じがあり、部屋に戻って、すばやく眠ってしまった。

三月二十八日

もう沢野のベッドは空だった。ぼくは二番目の起床である。すばやく顔を洗い、歯をゆすぎ、二十四時間稼働しているシャワーで頭を洗い、本日締切りの週刊誌の連載を部屋の小さなテーブルの上で書いていると、沢野が何か笑いながら帰って来た。「いました、いました、メ

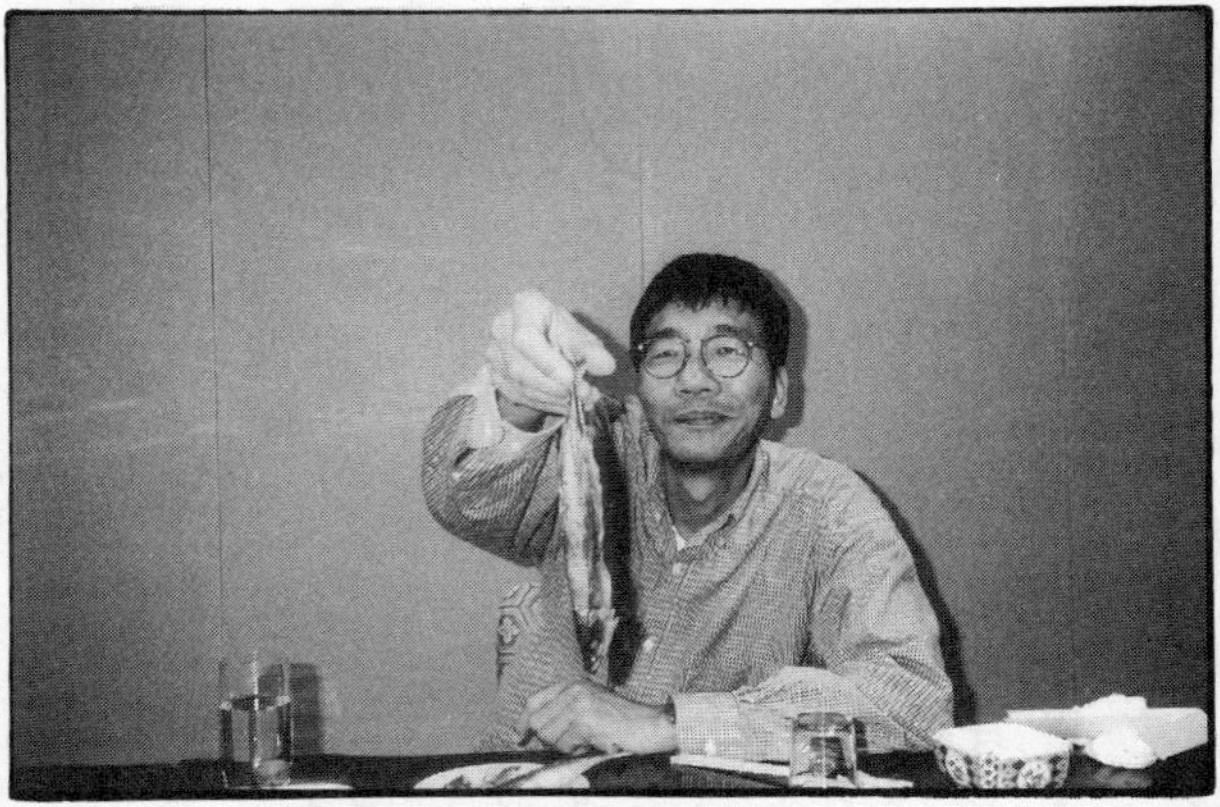
このクサヤのために生きてきたんだなあ。

グロがいました」とさらに笑っている。この島にはメジロではなく、目のまわりが黒い、メグロという、天然記念物指定の鳥がいる。早朝行って沢野はその鳥を見て来たのだという。思えば沢野は日本野鳥の会のメンバーである。信じがたいことに彼はいろんな鳥の名前を知っているのであった。「メグロなら東京の『本の雑誌社』に腹の出っ張った大きいのがいるぜ」などと、沢野とばかな話をする。

朝食を食べ、ぼそぼそ起きてきた海仁とタルケンとでまずは車で島をぐるりと回ることにした。父島から比べるとずいぶん小さな島で、あっという間に一周できてしまう。父島よりも母島は土壌が深いそうで、木の幹が太い。ここにはとても巨大な幹の黒い、黒炭に似たクスの木がある。しかしその木は戦争中にどんどん切り倒されてしまって、今は完全なものは一本しかない。

北浜というところに行った。ここは昔、四百人ぐらいの人々が住んでいる集落があったという。鯨をあげてそれを解体する仕事をしていたらしい。今は全く無人。北浜の正面に堤防があって、それはもうほとんど半分水没したような残骸《ざんがい》であるが、鯨漁で賑《にぎ》わった当時を偲《しの》ばせる風景でもあった。その堤防の上に数人の男が立って釣りをしている。聞くと、みんな都庁の職員であった。岸では展望台の工事をしていた。この母島も工事だらけなのだが、こういう場所に来ると、必ずいつもあるのは展望台というやつだ。コンクリート造り、そして屋根つきである。ぼくはどうもこの景勝地における屋根つきの展望台が不思議である。われわれがそうだったように、多くの人は眺望の良い所に来ると、頭の上に屋根があるような所にはいない。前後左右四方八方すっかり見渡せるところに立って、景色を眺めていたいからである。展望台の屋根というのは雨が降った時とか日差しの強すぎる時に役に立つのかもしれないけれど、雨が降った時というのはそもそもあまり展望などは意味はないものだ。どうもよくわからない。本音を言えば、この手のものは土木建築業者やその周辺の工事利権関係者のためのものであるような気がしてならない。

その日は島の観光協会に勤める平賀さんのお宅によばれ、手作りのごちそうをいただいた。亀の刺身、新じゃがの塩ゆで、島の野菜のサラダ、そしてやっぱり丸干しのくさやなどなど。珍しくてうまいものがテーブルにたくさん並んでいた。この島の主婦や旧島民といわれる欧米人の子孫の人などがたくさん集まってきて、みんなで賑やかに酒を飲んだ。

三月二十九日

昨日と同じように、朝食後すぐに南京浜に行った。その浜は丸い石がたくさん堆積《たいせき》している小さな入江で、鮫《さめ》がたくさんいる。この鮫はホワイトチップといって、父島の南島の鮫池の鮫と同じである。大きいもので体長二メートルぐらい。海岸にいるとその鮫がせびれを立てて岸辺すれすれに何匹も泳いで来るのが見える。その鮫の正体を知らないと、とても怖くて入って行けない雰囲気だが、しかしわれわれは知っている。ウエットスーツを着て、タルケンと一緒に鮫の住処《すみか》を訪ねた。岩の中を三十四匹ぐらいの鮫が群棲《ぐんせい》してじっとしている。潜って行ってその鮫のしっぽをつかむのがおもしろい。しばらくそうやって鮫と鬼ごっこをして遊んだ。鮫のしっぽをつかむと鮫は動き回る。いやいやをするように頭を動かすが、蛇と違って反転してつかんだ手を咬《か》むということがないからまず安心である。そうやって小一時間鮫と遊んだ。その帰りにひめじゃこをひとつ獲った。陸《おか》に上がって、ひめじゃこを刺身にしてビールで乾杯。こんなに気分のいいことはない。

その日の午後、連絡船で父島に帰った。夕方に父島到着。母島から帰ると父島のメインストリートは全くの都会である。スーパーに行って新聞を買った。新聞は六日にいっぺんの船でくるから一週間分がまとめられている。つまり買ったとたんに古新聞というものだけれども、まあなんというか唯一、都会の香りのする品物ではある。スーパーでは鯨の缶詰がたくさん売られている。ざっと見ただけで四種類。東京ではもうほとんど手に入らないものばかりなので、ぼくは逆上して一万五千円ほど鯨の缶詰を買ってしまった。思えばこの島はザトウ鯨のホエールウオッチングで今新しく脚光を浴びているところである。まあそのザトウ鯨を解体して缶詰にしているわけではないけれども、ホエールウオッチングをしている島で鯨の缶詰を強調して売っているというのも考えてみれば妙なことである。

その日は島の山の奥にある、「クラーンビレッジ」というところに泊まった。このビレッジのオーナーはいわゆる脱サラの人で、東京から夫婦でこの島にやってきて、民宿を経営している。水のないところで宿をやっているので、水まわりの問題に直面している。というのはこういう島では山の中に入ってしまうと、水道の配管ルートから全くはずれてしまい、水の供給がないのだ。水の供給のない民宿というのはほぼ絶望的なことになるけれども、この脱サラ経営者はひとつの水を循環させるという考えで民宿を経営している。まあ、島はそれでなくとも水が不足しているところだから、そういった思考思想というのは非常に大事なことで、「ひとつのモデルケースになっていけばいいのですが」と話していた。

焚火《たきび》を囲んでみんなで持ち寄ったいろんな食べ物を肴《さかな》にビールを飲んだ。鶏があたりを走り回り、犬や猫も動き回る。ジャングルの中の自然の風景がそこにあった。

三月三十日

今日は東京に戻る船に乗る。午前中荷物の整理をし、少し時間を作って、カメラを持って、ぼんやり海のまわりを歩き回った。島で会ったさまざまな人が集まって来て、これからのことも含めていろんな話をする。この島では宮部ユキさんととても親しくなった。旦那《だんな》さんがオランダ人でマーセルという。彼はムエタイをやっている。ムエタイというのはタイの国技で日本流にいうと、キックボクシングである。オランダというのはどういうわけか昔から格闘技が好きな国で、これは日本の格闘技団体、前田日明《あきら》のやっているリングスにオランダの格闘技選手がたくさん来るのでよく知っていた。ピーター・アーツとかディック・フライなどの選手の名前を言うと、マーセルは顔をほころばせて喜んでいた。彼自身も奥さんと一緒にタイでレストランを経営していた。まあそのレストランは成功せずにたたんで日本に来てしまったのだけれど、タイというのはとにかくオランダと同じく格闘技が好きな国で、このタイのムエタイというのは世界最強の格闘技であるとぼくは思っているから、マーセルとは実に話が合った。「東京に戻ったらぼくが持っている格闘技関係のVTRを送るよ」とマーセルは言った。マーセルの持っているVTRはヨーロッパから入って来るものなので日本と違う方式、パルというシステムだ。「パルの変換器あるか？」と彼は聞いた。ぼくの家にはないけれども、知り合いでテレビ関係者がいるからその人に頼むのでパルのシステムでも見ることができるから送ってくれとぼくは頼んだ。そんなわけで、宮部ユキ、宮部マーセル夫婦とは滞在中にまことに気分のいい友人になった。

お昼の船で出港。三月は年度変わりでもあって、海上自衛隊の人々もかなりの人が入れ替わるし、公務員や学校関係の人も本土に帰って行く。だからその航海の船は千人もの客が乗って満杯のようだった。デッキに立って、島で出会ったなつかしいたくさんの人々とお別れをする。堤防では、太鼓をドンドコ鳴らして、子供たちが別れの歌など歌っている。海が汚れるのでテープは禁止されている。そのかわり、みんなで大声でいろんなことを叫び合って別れていく。船の別れというのはなかなかいいもんだ。船が岸壁から離れると少し離れた所に待機していたたくさんの小船が「小笠原丸」を追ってきた。大きな旗を立て、スピーカーから「さよならー、元気でやっていけよー、また島にこいよー」というような声がたくさん聞こえてくる。大きな小笠原丸を追ってくる小さな船は十艘《そう》以上である。白波をけ立て、たくさんの人がデッキに立って手を振っている。思った以上に感動的な風景だった。この島で知り合ったユースホステルに泊っている井原さんや盛川さん、そしてマーセル夫婦なども小船のデッキの上で激しく手を振っていた。

航路は順調だった。途中何ヵ所かで鯨が潮を吹き、尾をふりあげて、潜って行く風景を見ることができた。日中はずっと船室で原稿仕事。夕方頃、甲板に出て、船内の人といろんな話をした。高校生や大学生の集団がいて、その人たちとたくさんの話をすることができた。ぼくの本を持っている人がけっこういて、サイン会になってしまい少々くたびれた。

沢野は船内で出会った何人かの人々と焼酎《しょうちゅう》を飲みながら、長いこといろんな話をしているようだった。ぼくは部屋で「ＳＩＮＲＡ」の原稿を書き続ける。いっしょに乗っている海仁が「ＳＩＮＲＡ」の編集者なので、何とか東京に着くまでにその原稿を手渡ししたいと思っていたのだ。原稿は今ほとんどファックスで送ってしまうので、担当編集者に生の原稿を手渡しするということはめったにない。こういう機会だからこそ、そんなクラシックな手法で担当者に原稿を渡したかったのだ。それはその日の夜までに渡すことができた。

八丈島に接近するころ夜更けになり、うねりがかなり出て来た。そのうねりの中でいい気分で眠っていく。

三月三十一日

船の中の波に揺れる眠りは朝まで気持ちがいい。とくにあわててどこかに行く用も全くないし、原稿も昨日書き上げてしまったし、気分良く寝坊した。船の到着は夕方だからこの時間、何をしてもいいという自由がある。晴れてきたので甲板に出て遠く伊豆七島の島の影を眺めたり、流れて行く雲を眺めたり、ひっきりなしに声をかけてくれるさまざまな乗船客と話をしたり、ビールを飲んだり、解放された時間を楽しんだ。

夕方、竹芝桟橋に到着。驚いたことに沖縄に行くと、いつもニコニコして顔を出してくる上原チカが桟橋で待っている。タルケンが連絡をしたらしい。上原チカは念願どおり、昨年全日空のスチュワーデスになった。スチュワーデス一年生だからけっこう厳しいらしいが、望みがかなえられたので、仕事は大変だけど、毎日がおもしろいです、とニコニコ笑いながら言っていた。みんなと握手をして、タクシーに乗って別れる。

四月一日

心身ともに解放された島の時間はあっけなく終ってしまった。いつものように自宅のベッドで起きて、いつものように朝食を食べ、いつものように事務所に出掛ける。その日は五時から帝国ホテルで「小説現代新人賞」の選考会があった。北方謙三、常盤新平、山田詠美《えいみ》、藤堂志津子、そしてぼくのメンバーである。今回の候補作は五編中四編が時代小説で、その中でも特にこれはおもしろいなと思ったものがすんなり新人賞を受賞した。これまでの選考経過の中では一番短時間で決まった作品だろう。車ですぐに赤坂の料理屋に向かった。その後、文藝春秋の「本の話」の巻頭特集で、東海林さだおさんと対談があるのだ。本や書店についての話をいつものように、大いに笑いながら二時間ほど話す。終るころ、「いやはや隊」の谷浩志と「週刊現代」の担当編集者の二人が待っていて、彼らと「週刊現代」で連載が始まる「あやしい探検隊　海山川酒焚火塾」の締切り間近の具体的な話をする。ひとしきり飲んだ後、谷浩志の知っている赤坂のバーに行き、すすめられるままに赤ワインを飲む。普段はめったにワインは飲まないので、その日は時間とともにボディーブロウのようにきいてきた。ワインの酔いで殆《ほとん》ど半覚醒状態でタクシーにうずくまったまま家に向かう。

四月二日

朝からお昼までいつものように家で原稿仕事。午後二時に帝国ホテルに行き、「ナショナルジオグラフィック」の大河原暢彦編集長と対談。もう足掛け四年ほど続いている「本の雑誌」の編集長対談の一環である。「ナショナルジオグラフィック」はぼくの愛読書の一つであるから、今日の対談を楽しみにしていた。聞くと、一冊の雑誌を作るのにみっちり四ヵ月間の時間をかけて編集しているという話である。毎月毎月その場しのぎであたふたと追われている「本の雑誌」としては誠にもって頭の下がる、そして耳の痛い話がその対談の中でたくさん交わされた。終了後、銀座のホネ・フィルムオフィスに行って、五月に予定している二本の短編映画の打ち合わせなどをする。その後はもうスケジュールがないので、プロデューサーやスタッフたちと「ストラスアイラ」に行って、閉店までじっくり時間をかけて作戦

タルケンのガールフレンドが港で待っていた。

会議をした。

四月三日

毎日いろんな関係者からたくさんの手紙をもらうのだが、今日もらった手紙の中に思わずうひゃーと驚愕《きょうがく》笑いをしてしまうものがあった。それは小笠原で出会った、あの不思議な彫り物師からの手紙だった。中に写真が入っていて、それは人間の太ももを写した写真だけれども、そこにはなんと、沢野が描くワニの絵と女の人の横顔、それにホネ・フィルムのロゴマークがある。沢野ひとしという文字もある。よく見るとそれはなんということだ、入れ墨なのである。つまりあの小笠原で会った彫り物師は東京に戻ってくるとすぐさま沢野のイラストとホネ・フィルムのマークを自分の太ももに入れ墨してしまったのである。

手紙には島でのおもしろかった日々の感想や、いつかぼくや沢野やその周辺の人たちみんなにいろんな入れ墨をしたいというお願いが書かれていた。

四月四日

十二時五十六分の「のぞみ」で名古屋に向かった。いつものように大丸の地下で弁当購入。お弁当広場と名付けられているこの売場にはざっと二百から三百種類ぐらいの弁当がある。ぼんやり行くと、目移りして何も買うことができないけれども、最近はもう好みのものはわかっているので、迷わず「さばのみそ煮と混ぜごはん弁当」という、ひじょうに下品な弁当を買うことにしている。これが新幹線の中で食うととてもなくうまいのだ。弁当を食いつつ、もうすっかり慣れてしまった「のぞみ」の縦横斜めの振動リズムの中で、きっちりと原稿を書いていった。

大曾根《おおそね》経由でホテルナゴヤキャッスルに入る。目の前に名古屋城が見える。名古屋城のまわりにはたくさんの桜があるのだが、まだ花は二分咲きぐらいである。ホテルの人が申し訳なさそうに「桜はまだですが」と言うが、ぼくは春をふっくらと待ち望むようなあの桜の二分咲きぐらいのほのかな紅色の群生した色が好きである。

京都大学の山中康裕教授と話をする。山中教授は心理学精神医学の権威で、ぼくはこの頃その方面にひじょうに興味をもっているので、この日の対談は実に意義のある、軽くそして重いたくさんの話をすることができた。

四月五日

名古屋空港に向かった。飛行機で福岡へ。日航ホテルに入って原稿の続きを書いていくが、どうもこの数日、鼻がぐずぐずして調子が悪い。鼻カゼのようだ。普段ほとんど風邪《かぜ》気味にはならないので、たまにちょっとした軽い風邪をひくと、全身のコンディションにずいぶん影響するのがよくわかる。

夕方飯塚《いいづか》コスモコモンというところに行って、『白い馬』の上映とその解説話。飯塚の市民団体が開催してくれたなかなか気持ちのホットなイベントであった。ホネ・フィルムの吉田プロデューサーと夜更けに福岡までタクシーで戻る。

四月六日

いつものように朝早く起きるけれどもやっぱり鼻がぐずぐずして全身の調子が悪い。このままでいると本格的に風邪をひいてしまいそうなので、こういう時にはハリがあると呪文《じゅもん》のようにつぶやきながら、角貝譲計《つのがいじようけい》先生の鍼灸《しんきゆう》治療センターに電話をする。夕方の予約が取れた。飛行機の中でもしぶとく原稿を書いていくが、全身のバランスがどんどん崩れていくのがわかる。あえぐようにして新宿の鍼《はり》の先生の所に行き、とにかくもう絶不調です。全身をハリセンボンにしてくださいと言って、ベッドの上に身を投げ出した。先生はぼくをすぐさまハリセンボンにしてくれた。中野の事務所に置いてある車で家に帰ったけれども、鍼というのは打ってから三十分ぐらいで全身の血液が回ってくるのでお酒に酔ったように頭が朦朧《もうろう》となってくる。その日もまさしくそれが極端に激しくやってきて、まあ、おそらく熱もあったのだろう。なんということだ、日ごろ通い慣れている自宅へ帰る道を間違えてしまって、とんでもない迷路に入り、一方通行その他でなかなか脱出できずにいつもよりも三十分も時間をロスしてしまった。

四月七日

鍼の先生は翌日はまだ回復はしないだろうけど、翌々日から回復するだろうと言っていた。ぼくは久々の休みを半日ベッドの中で過ごした。熱があるようだったが、しゃらくさいので計らなかった。でもこのハリセンボン攻撃が確実に効いてきて、午後からは熱も下がり、ぐんぐん気力や体力が充実していくのがわかった。夕方にはとうとうビールを飲めるまで回復した。「勝った、勝った」と笑ってビールを二本飲んだ。

四月八日

今日はお釈迦《しゃか》様の日だ。柔らかい春の日差しが注いでいる。もう体はすっかり回復したようだ。三階のベランダから外を眺める。津田塾大学の桜がずいぶん咲きそろってきた。庭には小さな桜の木が植えられて、健気《けなげ》に花を咲かせている。昨年まで樹齢十八年の大きな桜の木が庭の真ん中にあって、それがたくさんの花を咲かせるのが楽しみだった。しかし、その桜は枯れてしまった。枯れた原因はバカ犬モリが毎日せっせせっせとしょんべんをかけていたこともあるけれども、その木の周辺をそれまでコンクリートで覆っていたので、木の根が呼吸できなかったということが大きいようだった。木というのは広げた枝葉と同じくらい地下に根を張っているそうだ。その根の上をコンクリートで覆ってしまうと、正常な呼吸ができなくなって、結局枯れてしまう。都会というのも結局は大きなスケールでそのような状態になっているのだろうな、となんとなく庭の小さな、まだ幹の直径が一センチか一・五センチの桜の木を眺めながら思う。この木があの樹齢になるころ、つまり、十八年ぐらいになるころ、ぼくは果たして生きてこの木を眺めていることができるんだろうかなどということをふと思ってしまう。

小説の資料を捜すために車で早稲田に行って、二時間程、二十数軒の古本屋を歩き回った。収穫は十二冊。そのなかの二冊は決断をして行ってよかったな、とつくづく思うほどの貴重な本であった。

四月九日

新宿の仕事場に行き、そこに置いてある、地熱関係の本を参考にエッセイを一本。

夜、新宿のおでん屋で二時間ほど酒を飲む。もう一軒行こうか、という甘い思いを断ち切ってすばやく帰った。

四月十日

朝早く起きてこたつに入って、「週刊文春」の原稿。三月の末ごろ暑い日が続いてこたつをしまってしまったのだが、いわゆる花冷えというやつで、とてつもなく寒いので、こたつがなければとても仕事をやる気がしない。足を突っ込み、二時間ほどかけて、怠惰な原稿仕事をする。

夕方、熱い風呂にじっくり入り、岡山の地ビール「独歩」のスモールサイズを五本程飲み、本を読みながら眠る。そこそこ幸せな一日であった。

四月十一日

午後に神楽坂のセッションハウスに行き、明日から始まるぼくの今年初めての写真展「いとしい人々」のためのたてこみ（つまり、額の飾り付け）のチェック。今回は「アサヒカメラ」に連載した写真と、「婦人画報」に連載した写真を合わせ、人間を中心に編集し直したものだ。あまりぎょうぎょうしく、大きなパネルにせずに、小さな写真で文章と一緒にその気分を表現するということに徹した。二時間ほどで全体の雰囲気を作ることが出来た。「いやはや隊」の谷浩志がその終了時間に合わせてやって来た。「週刊現代」の一年間のプランを練る。彼の知っている神楽坂の小料理屋でけっこう長い時間をかけて、集中的にそのことの話をした。

四月十二日

今日から写真展が始まるので、お昼には会場に行き、来場者に挨拶《あいさつ》した。このセッションハウスという会場は神楽坂の奥まった場所の本当に小さな会場なのだけれど、たくさんの人がやってきてくれた。お客さんの数が減った時間を見つけて、原稿を書く。一日遅れの週刊誌の連載小説だ。午後は出版社の関係者と打ち合わせ混じりのいろんな話をする。

四月十三日

この日は午後から写真展会場で来場者に話をする催しが組まれている。「いとしい人々」という写真展のタイトルと同じテーマで、自分が思うそのようなことに関する話を二時間程する。その後、会場にやってきた和田誠さんと、近所のお鮨屋《すしや》さんでこのゴールデンウィークに撮影する二本の短編映画についての話をあれこれ。和田さんの監督する映画は「ガクの冒

神楽坂の小さな午後であった。

険パート2」のようなものだけれども、タイトルが『ガクの夢』というものになることを聞いて、ひじょうに嬉《うれ》しく納得する。じつにまったく本当に夢のあるタイトルだなあ。もう老犬に達したガクは楽しい夢と怖い夢を見るという構成になるようだ。

四月十四日

日曜日であるが、夕刻から「週刊現代」の仕事がらみで、真鶴《まなづる》半島でキャンプをすることになっていたので、車で出発。神楽坂周辺の道というのはあまりよくわからないのだが、何とかなるだろうと思って行った。しかし、行ってみると入れると思った神楽坂通りが歩行者天国になっていて、まったく入れず、どこをどう行ったらいいかわけがわからない。大久保通りに入っていって、あっちこっちから接近しようとするのだが、侵入禁止、右折禁止、左折禁止の看板がいたるところにあって、なかなか近づけない。やむなく警官に聞いたが、警官の教えてくれる行き方も一方通行とか進入禁止で全然行けないのだ。警官もあてにならないということがよくわかった。ぐるぐるぐるぐる周辺を回って、とにかく自力でなんとか接近していけるルートを開拓するしかないと決断した。そういうふうに決めるとあとは意地である。結果的には思いがけない細道や直角曲がりの道や、どっちの一方通行かわからないようなスリリングな道をガンガン突き抜けて、めざすセッションハウスに到着。後で聞いた話だが、この神楽坂通りは時間によって一方通行の方向が変わるという変則道路であるらしい。まあその日は休日だったので、どっちみち通れないのだけれど、平日は零時から十二時、十二時から二十四時というふうに一日が二つに分かれていて、一方通行の右左が逆転するのだという。ある政治家がそう決めたという話だが、まったく日本ならではの複雑怪奇な道路であるなあとげんなりしながら思う。

日曜日なので、写真展会場にはたくさんの人がやってきた。なつかしい人もいっぱいくる。

夕方、「週刊現代」の加藤記者が迎えに来て、彼と二人で真鶴半島に向かって出発。日曜日の下りルートだから、東名高速も、小田原・厚木道路も全部すいている。もう先発隊がとうに現地に入って、焚火や料理の支度をしているはずだから急がなければならない。「どんどん行くぜ」と覚悟を決めて、どんどん突っ走る。一時間四十分で真鶴半島の熱海《あたみ》の夜景に面したゴロタ石の広がる入江に到着。みんなは突風の中で焚火をしていた。その日のメンバーは、リンさん、大蔵、谷、太田、沢野といった面々だった。突風がとにかくすさまじい。焚火が風にあおられてあまり大きな炎を出すと危険な感じだ。まあ酔ってからでは面倒くさ

写真展に小笠原で出会った入れ墨兄さんがやってきた。

いのでとりあえずテントを張る。焚火に戻るとカツオとマグロといかの刺身を切ってくれていた。このカツオがとてつもなくうまい。聞くとその日の朝、地場の魚屋で仕入れたという。春先のカツオは脂がのっていてうまい。しかもその日のカツオはハラミなので脂がたっぷりのって、まるでマグロのトロのようだ。同じ皿にマグロの刺身があったけれども本当にカツオの方がマグロっぽい。焚火の煙を嗅《か》ぎながら、ビールを飲みつつ、波の音を聞き、対岸に熱海の夜景を眺め、こんなうまいものを食うというのも人生の喜びなのだなあとしみじみとした気持ちになる。くさや狂いの沢野のために、あの父島で会った彫り物師が手紙と一緒に送ってくれたくさやの包みを持ってきた。沢野は狂喜し、すばやくそれを焼いている。その日のリンさんのメニューは魚と蟹《かに》と海老《えび》と野菜をみそで煮たものだった。いかの一夜干しを炭であぶったり、まあ、ちょっと申し訳ないくらいの贅沢《ぜいたく》な酒肴《しゅこう》が並んでいるのだった。

ひとしきりの酒宴が終って、もう寝ようかと思ってテントに行くと、テントがない。あの突風でどこかに飛ばされてしまったのだ。ヘッドライトであちこち探ってみると、はるか崖《がけ》の上のほうに我がテントが逆さになってころがっていた。入口を閉めず、ペグでおさえていなかったので、中に入れたままになっていたエアーマットや寝袋がそのあたりに散乱していた。どうしようもない風景だった。もう酔っているし、それらのテントをまた再設置するのも面倒なのでそのままにして、車の中で寝てしまった。

四月十五日

小便がしたくて、まだ暗いうちに目が覚める。外に出て波に向かって小便をする。水を飲み、またごそごそと車の中の寝袋にもぐりこむ。一時間ほどすると、あたりが明るくなって自然にまた目が覚めてしまった。外に出ると沢野と谷が起きていた。今日はすばやく東京に戻らなければならない。サラリーマンの谷も今日は普通の出社をしなければならないという。彼は水を飲んで、そのまま一番で出発していった。なんとなくぼくもあわてて、そのあとに続く。沢野はコーヒーを飲んで飯を食ってから帰るという。そのまま東名を突っ走り、東京まで一時間半で到着。これがあと一時間遅れていたら、等比級数的に時間が遅れていくのだ。腹が減っていたので旧・新宿三光町の二十四時間営業の定食屋に行って、サバの塩焼きとコロッケ定食を食べる。しかしご飯がいかにも前の日のご飯とわかるようなヘンに硬軟バラバラのまずい味でみそ汁も四、五日煮詰めたようなドロドロ状態。昨日のリンさんの料理から比べるとあまりの落差だった。がまあそれしかないのでしょうがない。

まだだれもやってこない事務所に行ってしばらく眠る。午後から神楽坂の写真展会場に行き、文藝春秋、角川書店、「週刊金曜日」とそれぞれ打ち合わせ。写真展会場とはいいながら、ぼくにとっては仕事の打ち合わせ場所が移動したようなものだ。

四月十六日

朝からかなり激しい雨。気温もかなり下がっている。お昼に写真展会場に着く。この雨の中をたくさんのお客さんが来ていた。夕方ホネ・フィルムの吉田プロデューサーと間近に迫った二本の映画についての打ち合わせ。早めに帰宅。

四月十七日

お昼を目指して、中野の本の雑誌社に。沢野と一時間ほど打ち合わせを含めた対談。そのあと赤坂見附の住友電工に行く。クリントン大統領が来ているので、四谷から赤坂見附にかけての警備がばかばかしいほど厳重である。あれほど頻繁に検問するのなら、道路を閉鎖してしまったほうが話は早いのではと思うほどだ。

夜、サントリー本社のレストランバーでビールおよびウイスキーなどを飲み、十二時に帰宅。

四月十八日

朝から曇り空で肌寒い。「週刊朝日」の連載小説をこたつに入って書く。午後から散乱した机の上を整理。なかなか書けずにいた急ぎの手紙を一通書くが、出すべきタイミングからすでに半月ほど遅れてしまっている。夜、マグロの刺身やカレイの煮付けを肴にビールを飲む。

奥会津でぎらぎらした日

夜の狛犬は少々こわい。

四月十九日

夕方から京王線聖蹟《せいせき》桜ヶ丘にあるアウラホールで、「本の雑誌」でよくやっている発作的座談会のライブ版を行なう。「本の雑誌」の創刊二十周年を記念して、八王子市のくまざわ書店と京王電鉄とが共催して行なうもので、一種の立体イベントである。そこは家からタクシーで一時間足らずのところにあるので、余裕をもって向かったが会場は非常に大きな多目的商業ビルのような中にあって、見つけるのにひと苦労した。すでに沢野ひとしが来ているという。姿が見えないので一階上のホールに上がっていくと、そこにくまざわ書店があって、思ったところで沢野が本の立ち読みをしていた。「噂《うわさ》の眞相」であった。うしろから肩越しに覗《のぞ》いて「ウッフフ、おまえの行動はすべてわかっておるのだよ」といって脅かすと、彼はあわてていた。間もなく木村晋介が、そして目黒考二がやってきて、メンバーがそろった。

発作的座談会なのでテーマはまだ決まっていない。しかし京王線の駅のそばでやるので、なんとなく「東京私鉄沿線物語」というような内容にしようということになる。打ち合わせは三分ぐらい、すぐにホールに出ての話になった。約二時間。相変わらずの人生や世の中には何のためにもならない話をして近所の居酒屋で打ち上げ。生ビールがうまい。カツオのたたきがうまい。二時間ほど飲んでタクシーで家に帰った。

四月二十日

午後から神楽坂のセッションハウスに行く。夕方ホネ・フィルムのスタッフと次の短編映画のスタッフがやってくる。助監督は足立、製作部は亀田。そして今回の装飾部担当の人々と初めて会った。シナリオをもとにして、どのような道具や作るものが必要なのかをしばらく話し合った。

四月二十一日

九時に起きてすばやくシャワーを浴び、風が気持ちいいのでベランダに出て原稿仕事をする。お昼まで三時間集中、かなり進んだ。午後、セッションハウスに行き、やってくるたくさんの人々と会った。

四月二十二日

お昼にセッションハウスに行き、午後、晶文社の島崎氏、装丁家の平野甲賀氏と今年晶文社から出す写真と文章の本についての打ち合わせ。タイトルは『風の道雲の旅』となるようだ。そのあと、ホネ・フィルムの吉田、宇田川両プロデューサー、シナリオライターと二年後完成を目指して準備を進めている『中国の鳥人』についての打ち合わせ。彼らは中国雲南省でのシナリオハンティングをすませ、シナリオ作成に入っている。中国山岳地帯の村を舞台にした中国少数民族の人々のストーリーなので、どんなふうにしていくかちょっと見当がついていない。二年前モンゴルで映画を撮ったときの準備のころを思い出す。

四月二十三日

午後からセッションハウスへ。夕方、朝日新聞の記者が来訪、沖縄基地問題についてのインんがいて、いろいろな話を聞くことができた。タビューを受ける。今日は、思いがけない古い友達や東北や九州のような遠方からのお客さ

四月二十四日

午後からセッションハウスへ。スタッフに頼んでパンと牛乳の昼食。セッションハウスの近くにパン屋さんがあってそこで買って来てもらうパンがみんなおいしい。特にぼくはホットドッグとカレーパンに感動した。四角い箱に入った牛乳を飲みパンを食いつつ小部屋で原稿仕事をする。午後から「文學界」の編集長および担当者と、今年から始める「文學界」の連載小説の話をする。夕方、写真展を閉場。慌ただしく過ぎた写真展であった。

新宿に行き、「梟門」で映画スタッフと打ち合わせ。吉田プロデューサー、助監督の猪腰、足立、製作の亀田、撮影の中村征夫、撮影助手の橋本、照明の石田、記録の宮下、録音の本田の各氏、顔なじみの椎名組の面々と顔を合わせる。今日はメインスタッフの打ち合わせである。通常だと、もっと大きな会議室とかホールで二時間以上の時間をもってシナリオどおり細かく話を進めていくのだが、今回は短編で、しかもスタッフは少ない、さらにみんな顔なじみということも加えて、異例の居酒屋でのメインスタッフ打ち合わせとなった。生ビールを飲みつつ、シナリオの順番どおり映画の話をする。短編というのはいろんな意味でこんなふうに気が楽なところがある。しかし今度撮る映画は、海岸に大きな穴を掘ってその穴の中で芝居をするという、現場に行ってやってみなければどうなるかわからないという状況があるため、いくら打ち合わせを綿密にやってもラチが明かないというところもある。実質的

な打ち合わせは四十分たらずで終了し、そのあとはみんなでビールを酌み交わしながらさまざまな話の花を咲かせる。十二時過ぎにタクシーで自宅へ。

四月二十五日

五時に起きすばやく支度をして妻と成田空港へ向かった。妻は今日から八度目のチベット旅行。今回は二ヵ月足らずの旅だが、チベットの友人たちに頼まれたたくさんの品物やプレゼントを持って行くので荷物は大きなバッグ二つ。六十キロぐらいになっている。予定通り八時前に成田着。すばやくチェックインし、ホール二階のレストランで、カフェテリア形式の朝食をとる。妻はいつものように朝の定食、ぼくはかきあげうどん。これも恒例化してしまった。左右にタバコをぶかぶかふかす客がいてどうもつらい。成田のこういう店にいる客はこれからの海外旅行でみんなどこか浮足立って、上気しているところがあって、独特の雰囲気だ。妻を見送り、薄日の差している湾岸道路をひたすら東京へ。中野の仕事場に寄り、原稿仕事。夕方から田無《たなし》市民会館へ。

四月二十六日

ぼくも旅支度をととのえ、十時に家を出る。少し迷ったが、新しくできたという青梅に出入口のある、東京外環と接続する圏央道に向かった。ルートは思った以上にわかりやすく思った以上のすばやさで、関越道に入った。一路新潟方向に向かう。途中十分ほど休憩、サービスエリアで冷たいお茶を飲みさらにまた新潟へ。高速を降りると、広い空が目の前にあった。まだ十分花を残している川沿いの桜並木が美しい。さらに進んで行く。途中で道を間違えたような気がしたので、桜並木沿いで花見をしている親子連れに道を聞く。まだ若い母親だった。二人の子供がシートの上にきちんとかしこまって座り、のり巻きを食べているのがかわいらしかった。そこで道を聞いてよかった。危ういところで、反対側に行くところであった。二時に新潟寺泊《てらどまり》に着いた。坂を下りて行くと、目の前に大きな海が広がっている。なかなか胸の躍るような風景だ。「住吉屋」という旅館に到着。旅館と道を隔てた向かいの広場が駐車場になっている。ロビーに入って行くと、制作の亀田と鈴木がいた。先乗り班は七人ほどいて、ほかの人々は現場で仕事をしているという。すでに主役のリンさんは一日前から宿に泊まっているが、今日は朝から姿が見えないそうだ。どこに行ったか行方不明。部屋は四階の、海を横から見るところであった。ゴールデンウィークに入っていくので、宿は満杯状態でこの住吉屋にすべてのスタッフを収容することができず、半数は近くの別の宿になっている。おなかがすいたので、亀田、鈴木と近くのラーメン屋に行き、そのあと取るものもとりあえずという感じで、ロケ地の野積《のづみ》海岸へ。旅館からクルマで十分ほどのところであった。広くていかにも底の厚そうな砂丘が広がっていて、写真でしか見なかったけれど、この厚みのある砂浜であれば、ねらいのような映画の舞台になるなと安心。あちこち動き回って、撮るべき画面の方向などを少し考える。美術部のシンちゃんとガクさんと、簡単な打ち合わせ。それからさらにクルマで十五分ほどのところにある、駐車場跡地のようなところで設営中のロケセットを見る。発泡スチロールとイントレ（建築工事用の組みたてパイプ）で三階だてぐらいの大きな建造物ができている。再び宿に戻るとスタッフらがバスで東京からやってきていた。新潟から創エスピー阿部社長と杵渕さんがたくさんの差し入れを持って来てくれた。野田知佑、佐藤秀明、「週刊ポスト」の阿部副編集長、カメラの峯岸さん、犬のガク、ガクの息子のテツ、タロウなどもやってくる。にわかにあたりは騒々しくなってきた。夜、旅館で全員顔合わせの打ち合わせ。続いて宴会となる。サントリービールがたくさん。海の幸がたくさん。行方不明だったリンさんは午後遅くには宿に戻って来ていた。聞くと新潟競馬に行っていたのだという。

四月二十八日

朝六時起床、七時出発でクランクイン。野積海岸に集結。長岡の堀口君が助っ人の学生たちを引き連れて、手伝いにやってきてくれた。大変ありがたい。学生たちは男女ふくめて八名。映画はこうしたたくさんの手伝いが必要な野外ドタバタ大作業集団なのでもある。ファーストシーンはリンさんが道路をクルマで走って来て、海岸への道へ曲がっていくところを撮る。こういう場合は、上下線とも撮影の瞬間はクルマを止めねばならない。短い時間だけれど国道なのでかなりの交通量である。警察の許可も得ずにクルマ止めをするので、やや緊張し、身をすくめるようにして短い時間にこの導入部のシーンを撮ってしまう。それから舞台は人通りの少ない海岸へ通じる道になるから、ひと安心である。クルマの走行シーン、そして海岸でスタックしていくシーンを順々に効率よく撮っていく。天気は快晴とは言わないが、高曇りでまあまあの状態。風が思った以上に冷たく、フィールドパーカーなど着ていないと寒いくらいである。海岸から一キロほど離れたところに大きく迫る弥彦山《やひこさん》があり、そこの山腹夜は大勢で打ち合わせを兼ねた食事と酒飲みの世界になる。人間トンビのようでそれは気持ち良さそうだ。暗くなるころ本日の撮影終了。一同宿に戻り、からしきりにハンググライダーが舞い降りてくる。海からの風にあおられてフラリフラリと、

四月二十九日

朝五時起床、六時出発。早朝から昨日と同じ野積海岸で昨日の続きの撮影をしていく。この映画は話の順番通りに撮っていく。ユンボがやってきて砂に穴を掘る。設定では五メートルぐらいの穴になるのだが、全くの砂だけの海岸というのは、深い穴を掘るのが大変である。地元の橋本さん夫妻を中心とした食料チームがやってきて、お昼ご飯の支度をしてくれている。カレーの匂いが漂ってくる。こういうロケ地での昼飯で最高にうれしくおいしいのは、やはり野外料理の王様、カレーなのである。昼までの撮影はやや苦戦した。穴を掘り、そこにクルマが埋まっていくシーンが難しいからである。待望のカレーの昼食。ぼくは一杯半のおかわり。太陽の下でみんなで食べる昼飯というのは、映画ロケの一つの楽しみでもある。午後からひたすら撮影の続行、夕方暗くなって宿に戻り、昨日と同じようにお風呂に入って大勢で飯を食う。東京から講談社の小森昌氏がやってくる。久しぶりでうれしい。この日ぼくはどうも体の調子がよくなく、寒気がする。部屋に戻り、早いうちに寝てしまった。夜更けにかなり激しい汗をかいた。深夜だったが宿の人に頼み浴衣《ゆかた》を二枚もらい、それに着替えて眠る。浴衣三枚を汗でびしょびしょにして、朝、不快な気持ちはもうおさまっていた。高熱が出たのだろうと思うが、こんなところで熱を出してはいられない。強引に力ずくで治し

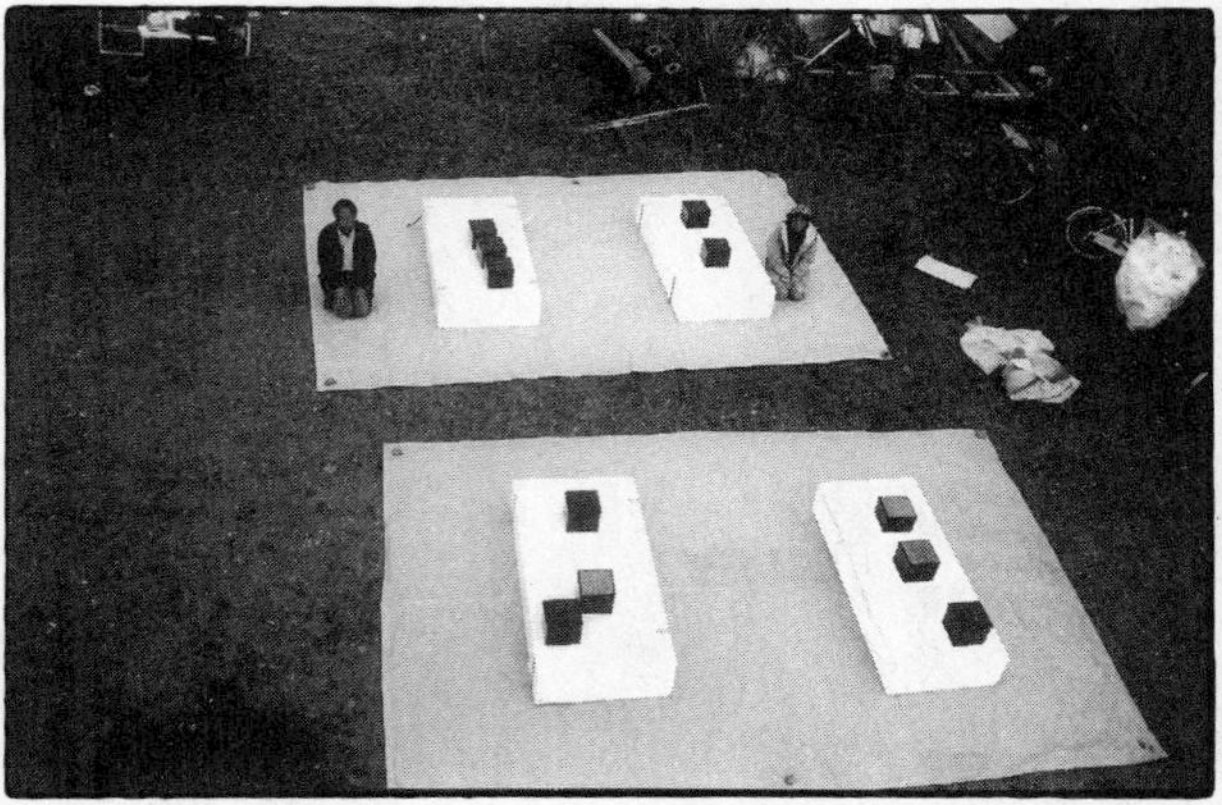

ひるめし後の反省。

てしまった。

四月三十日

あまり食欲がないので朝食はパス。そのまま海岸に行って撮影のつづき。新潮社の齋藤海仁、長谷川健一さんがやってきて、海岸で見物。橋本夫妻が昨日と同じように仲間と一緒に海岸で昼の料理を作ってくれている。夜のシーンがあるのでナイター仕事になった。今日で海岸の撮影は終了。夜激しい雨が降ってきた。雷をともなっている。

五月一日

朝五時起床、六時出発。別な海岸近くの駐車場跡にしつらえられているロケセットで今度は穴の中のシーンに移る。リンさんは初めての体験なのだが、非常にストレートにけれん味なくいい仕事をしてくれているので安心である。雨がときどきパラついて少々苦戦。まあしかし難航しながらもなんとかじわじわと撮りつづける。

五月二日

同じようにロケセットでの撮影。今日が最後の予定であったが、雨に災いされてもう一日延びそうである。今日から町は祭りである。遠くの住吉神社から祭りの太鼓や笛が聞こえてくる。雨がまた降ってくる。難航しながらつづける。夜またさらに激しい雨。夜更けに雨があがった。住吉神社の境内に向かう石の階段の左右に大きな箱灯籠《はこどうろう》がたくさんぶらさがり、そこに全部灯が入っている。風に揺れてまことに美しい。カメラを持って行って神社の横の宝物殿に安置されている神輿《みこし》や白い木馬などの写真を撮る。

五月三日

天気はなんとかもったので撮影続行。苦戦が続いている。しかし粘ったお陰で、九割方の撮影はすんだ。

五月四日

最後の日である。映画撮影用の自動車が壊れてしまった。しかし壊れても撮影にはもう支障ない状態になっていた。夜の最後のシーンを撮り終えてそのままクルマで福島に移動。メイキングを撮りに来ている高間さんと運転を交替しつつ、新潟・福島の移動ルートを突っ走る。夜十時に、沼沢湖《ぬまざわこ》近くの「湖山荘」に到着。二年ぶりの宿屋である。福島はまだ寒くところどころにたくさんの雪が残っているので驚いた。ロビーに先乗りして準備をしていた助監督の足立が待っていた。おなかがすいたので名古屋から来た外狩《とかり》さんからもらった味噌《みそ》煮込み

おしかけそうじ隊がやってきた。

うどんをつくってもらって、三人ですすって食べ、疲れていたので風呂に入ってすぐ眠ってしまった。通された部屋はなんだかひどくかび臭いところであった。窓には雪覆いの板がはられていてなんとも陰気臭い。ベッドは作り付けの二段ベッドだった。昨日までの新潟のあの開放的な海の見える部屋と比べるとかなりの落差である。まだここは冬なのだ。

五月五日

早朝ドバッというものすごい音で目が覚めた。何事かと思うと、いきなり天井から雨漏りである。それも雨が漏れてきたというレベルではなく、バケツで水をぶちまけたようなものすごい量の雨漏りだ。水を受け止めるものがない。やっとゴミ箱が見つかって、その下においた。ゴミ箱は五分ぐらいで水がいっぱいになってしまう。ものすごい漏り方だ。どうもタダゴトではないので、管理人室に行ったがだれもいない。二階のすぐ上の部屋にも行ったが、ノックをしてもだれも出て来ない。外は激しい雨。何がなんだかわからない。寒いので部屋においてあったコタツをつけ、さっきよりは少し量が減ってきたとはいっても、時々替えなければならないゴミ箱の水の番をするために起きていることにした。コタツにくるまって締切りの迫っている原稿仕事。八時に朝食。それまでには何度も水を替え、原稿もかなりすすんだ。管理人に雨漏りのことを言ったが全然来てくれる気配はない。その日は雨なのでどうも撮影はできないようだ。東京から和田誠監督がやってくる。ぼくはひと足はやくおなじみの「恵《え》比《び》寿《す》屋《や》旅館」に移動し、ひさしぶりの八町温泉につかり、川の音を聞きながらさらに原稿仕事。午後東京から太田篤哉をはじめとした「池林房」チェーンの人々がやってくる。みんなモンゴルでの映画撮影のときに飯を作ってくれた人々だ。ビールを飲み、こごみを食べながらしばし笑って話をする。夜また自室で原稿仕事。川の瀬音が聞こえてともすると眠くなってしまう。

五月六日

いよいよ和田誠監督映画のクランクインである。ひと足遅れて撮影現場に行くことになった。スタッフから渡されていた地図には廃校がありその角を左に曲がり桜の木を右に曲がるというようなことが書いてあった。しかし現場近くに行ってみると廃校はほかにいくつもあり、桜の木なんていったらそこらじゅう桜の木だ。いまちょうどこのあたりは桜が満開で、山里じゅうがボーッと桃色にけむったようだ。あちこち山の中を走り回るが、とうとう撮影場所は見つけられなかった。いったん宿に戻り、またべつの新しい撮影現場を聞いてそこに駆け

おしかけ丸太隊がやってきた。

つける。温泉沿いの只見川《ただみがわ》の岸であった。桜《さくら》吹雪《ふぶき》が舞っていて、とても美しい風景だ。撮影は動物が相手だけになかなか思うようにいかない。六年前に四万十川《しまんとがわ》で撮った『ガクの冒険』のことを思い出す。あのころのガクは一番元気のあるころで、とにかく放っておくと走り回っていた。しかしあれからの六年間というのはガクをすっかり老犬化させ、いまは逆に走らせるのが大変である。老境に達したガクが不思議な哀歓をもった眼でじっとあたりを眺めているというところは、なにかとっても切なくていい。

五月八日

撮影はかなり細かく場所を替えて進められていく。ベースキャンプとなる場所は桜と桐《きり》が林立したところで絵にかいたようにうつくしいところだ。多くの人間が朝から夜までそこを走り回って一心に映画を作り続ける。その日は夜間撮影がかなり長時間にわたって続けられた。ぼくは宿に帰って原稿仕事。もうゴールデンウィークは終るのでたまっていた仕事がうんざりするほどある。しかし状況はようやくそういう原稿を集中して書けるようになってきたので、あせりはない。

五月九日

朝から雨。これだけ雨が多いとほぼ撮影は絶望的である。低気圧がこのあたりまで北上してきているらしい。ほぼ一日待機、そして中止ということになってしまった。

五月十日

ようやく空が明るく広くなった。遅れていたぶんを取り戻すために精力的に動き回る。ファーストシーンの撮影。大きな鉄橋の上から、カヌーが下ってくるところを大俯瞰《だいふかん》でとらえる。そばで見ていてもわくわくするようなすばらしい情景だ。この映画はきっといいものになるだろう。午後から本名《ほんな》小学校に場所を移し、そこでの室内撮影。東京から高樹澪《みお》さん、内藤陳《ちん》さんがやってくる。

五月十一日

沼沢湖での撮影。スモークをたいて風との苦戦を強いられながらの撮影。ガクの夢の中の悪夢のシーンで野田さんが仮面をかぶった黒ずくめの黒いカヌーの男に追われるというところがある。その黒ずくめの男の役をおおせつかった。映画初出演である。それだけのシーンでも湖の上に煙をたいたり波や風を考えたりしなければならないので、ずいぶん時間がかかる。二時間ほどでそのシーンの撮影は終了。そのあとすぐに沼沢湖を後にしてクルマを運転しつつ東京に戻った。途中、郡山インターチェンジに向かう高速道路の風景がすばらしい。まだ午後の強い日差しがあたりに飛び散って光っているという感じだ。遠くの山々は雪を抱《いだ》いている。東京まで四時間四十分、久々に見る東京はやっぱり大都会なのであった。無人の家に帰って、クルマのトランクから二週間分の荷物を引っ張り出し、シャワーを浴びて自分の部屋の窓を開け、風をいれながらビールを飲む。ひと勝負終った。映画を撮影し、終って帰ってくるときのこの不思議な虚脱感がけっこうぼくは好きだ。

五月十三日

ややねぼう。遅い朝食をとって中野の事務所に行く。「週刊現代」の加藤さんらと打ち合わせ。そのあと「週刊金曜日」の本多勝一さんと担当編集者の佐尾《さお》さんがやってくる。「週刊金曜日」の執筆がながらく途絶えていて、今度、表紙から誌面の刷新にからめて、表紙の写真をずっと連載で担当していく話になった。週刊誌の表紙を毎週毎週やるなんてひじょうに魅力的な話だ。しかしこれで週刊誌連載は四誌になってしまった。夕方、新宿の「梟門」に行って三島らと夏に予定しているバリ島ゆきの話などをする。

五月十六日

朝起きてすばやく身支度をし、調布にある日活撮影所に向かう。十時半から、撮り終えてきたばかりの『遠灘鮫腹海岸《とおなださめはらかいがん》』のラッシュ上映である。約二時間の長さだった。これを編集して三十分ぐらいにしなければならない。初の総合ラッシュというのは、はたしてこれで映画ができるのだろうかという不安をもたせてくれる。まだ音のほとんど入っていない、編集もまったくされていない長い長いフィルムの連続を眺めながら、数日前の短かったけれど熱く燃えた奮闘の日々を思い起こす。終了後クルマで中野の事務所に行き、新宿の仕事場に久しぶりに行く。

五月十七日

前々から手紙等でやりとりをしていた船橋の映画フィルムコレクターとの話が進み、その人が所持しているミッチェルという往年ハリウッドなどで活躍した35ミリの映画撮影機を見せてもらいに行く。船橋市前原町の地名は知っていたが、三十数年ぶりにやってくる町なのでもう何がなんだかまったくわからない。三十分ほど迷ってマンションに着いた。驚いたことに老人の一人暮らしで、八畳ほどのひと部屋に映画機材が所狭しとおかれてあって、まるでそれはタイムワープした宝の部屋のようであった。やや逆上しつつ、いろいろな話を聞く。

夜、新宿の「池林房」で今回の新潟での撮影にはるばる沖縄からやってきた古川さんが明日沖縄に帰るというのでみんなで送別会のパーティをやっている。そこに出席。古川さんは『うみ・そら・さんごのいいつたえ』の時にスタッフとして加わった人だが、石垣島にすっかりほれ込んでしまい、その映画をきっかけに石垣島に家族ともども住んでしまったという人だ。泡盛を飲みながら夜更けまでみんなでいろんな話をする。

五月十八日

武蔵野公会堂で、市の主催による『うみ・そら・さんごのいいつたえ』の上映会とぼくのQ&A方式の話の場が設けられる。吉祥寺までは家からクルマで一時間もかからないのであるが、新しいお店が開店したとかでほとんどクルマが進まない状態の大渋滞。どうもあせった。

五月二十二日

午前中原稿仕事。たまっていた原稿の締切りがこのところ毎日怒濤《どとう》のように押し寄せてくる。夕方赤坂見附の「ローゼンハイム」で新潮社の編集者と、今年発行される単行本と文庫本についてあれやこれや話をする。そのあと弁慶橋近くの「維新號《いしんごう》」に行く。「週刊文春」に連載してる「新宿赤マント」が数週間前に連載三百回になり、その三百回記念のお祝いを歴代の担当者が集まってドーンと盛大にやってくれた。総勢十数人の顔触れ。ぼくの事務所の柴田、西村嬢も参加。最後は花束をもらってしまった。

五月二十四日

二回目の映画のラッシュ上映。ところがついつい緊張感を失ってぎりぎりまでねぼうしてしまった。起きてすぐクルマを突っ走らせて日活撮影所へいく。映画はもう三十五分台にまで縮まっていた。目標まであと五分切ればいいということになる。ありがたいことだ。なんとか当初考えていた映画らしい状況になってきた。終了後中野に行き、少し打ち合わせ仕事。それからタクシーで新高輪《しんたかなわ》プリンスホテルで行なわれている集英社七十周年パーティに出席。パーティというのはあまり行かないが、久しぶりの立派な場所での豪華なパーティにややとまどう。たくさんの人と挨拶《あいさつ》し歓談。いろんな人といろんな話ができるので、その場になじんでしまうと、パーティというのもなかなかいい。終了後、北方謙三、大沢在昌《ありまさ》、藤原《ふじわら》伊織《おり》、嵐山光三郎さんら、日ごろ親しい作家と銀座のクラブへ。伊集院静さんも合流した。十二時近くまで飲んで嵐山さんとタクシーに乗って家に。

五月二十五日

二ヵ月に一回、原宿のユニオン教会で行なっているクレヨンハウス主催の「絵本たんけん隊」に出席、三時から五時まで教会のステンドグラスを背景に話をする。

五月二十六日

午前中珍しく呆然《ぼうぜん》と寝ていた。お昼に起きて、キャンプ道具をクルマに放り込み、富津《ふっつ》海岸に向かう。日曜の下りはすいているので、快適な走りだ。まだ日が高い三時過ぎに富津に到着。「週刊ポスト」の阿部副編集長、リンさん、太田和彦、P高橋などが笑って待っていた。海を見ながら東京湾で獲れる赤貝やトリ貝、アナゴなどの焚火《たきび》料理で気分よくビールを飲む。

オーハ島の焚火人生

住人五人ハブうじゃうじゃの島で
しあわせでした。

五月二十七日

青山にずっと住んでいる藤井京乃さん親子とは十数年来の知り合いだ。十年ほど前に「青山を研究する会」という私的研究サークルをつくり、東京の真ん中の住宅街という、今では少々特殊な状況になっている世界の問題点やら可能性やらをさまざまに追究する組織を運営してきた。そこの研究会に呼ばれて青山スパイラルホールにでかけた。なんだか蒸し暑い日だった。高校の教室ぐらいの大きさのところで、机を並べてお勉強スタイルでみなさんが話を聴く。さまざまな企業の経営者や政治家の広中和歌子さんなどが聴いているので、どんな話をどんなふうにしたらいいか悩みながらぼそぼそと話をする。そのあと日経新聞の「ひと半世紀」という連載コラムに関するパーティに出席する予定だったが、どうもパーティというと直前に急にいやになって敵前逃亡してしまうケースがよくあり、その日もそうしてしまった。

五月二十八日

調布の日活撮影所で『遠灘鮫腹海岸《とおのなださめはらかいがん》』のラッシュ三回目。十時を目指して家からクルマでいく。大体四十分から五十分くらいの時間距離だった。もう三回目で三十分の時間を切り、フィルム編集はほぼ完成の状況になってきた。今日も蒸し暑い。日活撮影所のレストランでスタッフとコーヒーを飲む。しばらく雑談ののちに家に帰り、部屋に風を吹き流しながら原稿仕事。夕方まで集中して書いた。

五月二十九日

三時からインタビューと打ち合わせがあるので、クルマで中野の事務所へ。この八月に二子玉川髙島屋で行なわれる、自分に関するイベント展示会に関連したインタビューを受ける。そのあと、「いやはや隊」の谷浩志がやってきて打ち合わせ。「週刊現代」ではじまった「あやしい探検隊」の今後のスケジュールに関する話だ。夕方、「多奈何寿司《たなかずし》」に行き、久しぶりにとりたての、築地直送のうまい魚に喜ぶ。

五月三十日

午前中かなり集中して小説原稿を書く。午後一時までに十二枚。まあまあのペースだ。すばやく家を出て、六本木の全日空ホテルへ。「本の雑誌」で隔月に連載している編集長対談の、今回はその二十回目。お客さんは「暮しの手帖《てちょう》」の宮岸毅氏である。「暮しの手帖」は編集長という明確な名刺をもった人がいないそうで、まあ、実質的にその役をやっている一人が宮岸毅氏なのである。広告をいっさい入れず、五十万部をコンスタントに発行している。ある種の日本の代表雑誌の中《うち》に入るであろう。かねてから興味をもっていた雑誌だったので、熱を込めていろいろな話を聞く。商品テストの苦労話、きわめて家庭的な「暮しの手帖」の内側の編集仕事話などなど、ざっくばらんに聞きたいことを片っ端から聞くことができた。

そこから、目黒考二社長、吉田伸子編集者と三人で新宿へ直行。七時から紀伊國屋ホールで行なわれる「本の雑誌」主催、二日連続の公開座談会のためだ。しかし、時間がまだ早かったので、「犀門」に行ってビールを飲む。今日はぼくが司会をするので、少しアルコールを入れておこうという算段である。

今日は嵐山光三郎、夢枕獏、宮部みゆきの三氏をゲストに、自分のもの書き仕事も踏まえて、作家がものを書くということ、それにからむこれまでのさまざまな経過的エピソード、目下の問題点、今後の課題といったものを、自由に話す。嵐山さんのざっくばらんな話が一座をリードしてくれる。一時間くらい経ったころ、ぼくはその直前に飲んでいたビールがたまってきて、こらえきれず中座してトイレに行く。どうもみっともない。そのあとみんなで再び「犀門」へ行き、二時間ほど打ち上げのビール大会。

五月三十一日

お昼から調布の日活撮影所でセミオールの試写。もうほぼこれで完成だろう。翌週のオールラッシュに向けて最後の細かい打ち合わせ。

夕方六時半に紀伊國屋ホールへ。今日は沢野ひとし、目黒考二、木村晋介とぼくの四人による発作的座談会。テーマは発作的に直前に決める。客席は超満員。二時間、木村の司会でさまざまなことを話す。終了後、昨日と同じように犀門に行って打ち上げの乾杯。山と溪谷社の三島と、登山家の大蔵喜福がやってきて、沢野を含め四人で七月に行くインドネシア旅行の打ち合わせ。十二時まで飲んでタクシーで家に帰る。

六月一日

今日は本来なら午後から東京弁護士会の主催によるいじめ問題のシンポジウムに出席する予

定だったが、ここの担当の杜撰《ずさん》さに耐え切れず辞退する。結果的にはそのあと、この会に出席した人から随分手紙をもらった。ぼくが行くからということで参加した人たちだ。どうも、後味の悪い顚末《てんまつ》だった。

土曜、日曜と家で原稿を書く。「ＳＩＮＲＡ」の特集三十枚。

六月三日

調布日活撮影所で、音楽および効果の打ち合わせ。音楽は高橋幸宏さんがやってくれる。お兄さんのノブさんや幸宏さんと久しぶりに会った。コーヒーを飲みながら一時間ほど話をする。

六月四日

二時から京王プラザホテルで「週刊金曜日」のための対談。『さわやかエネルギー風車入門』（三省堂選書）など、たくさんの著書をもっている牛山泉さんである。風車には前から興味があって、この本はだいぶ前に読んでいた。牛山さんの本はそれ以外にもほとんど読んでいて、今日はその風車やそれに関連した水車、地熱発電など、さまざまなエネルギーに関する話が聞けるので楽しみであった。北海道余市にある家に風車をつけて、その風力発電で自分の仕事場の電気を保ち、その下で原稿を書くというのが、なんとなしのわが将来の夢である。願わくばその風車も自分でつくってしまいたいと考えている。牛山先生と話をしているとそれも十分可能であるということだ。できれば風車だけでなく、ソーラー発電もつけて、風のないときは太陽でもエネルギーを得られるようにしたらよいと勧められた。近くに川が流れているので、その川から水車のエネルギーを取るという、太陽、風、水の流れ、三分各界のエネルギー作戦も可能なので、そんな話も夢をまじえながらあれこれするのが楽しかった。
そのあと、中野の事務所に行って「週刊文春」のインタビューを受ける。

六月五日

三時半に起きて四時にクルマで家を出た。成田に向かう。早朝の高速道路はとても気持ちがいい。成田直前ぐらいで、きれいに夜が明けてきた。太陽光線が鋭く、すばらしくいい天気になるようだ。バンコクからやってくる飛行機は一便である。二ヵ月ほどの東チベットの旅から帰ってきた妻が日に焼けた顔でゲートから現れた。強い日差しの中を家までまっしぐらに帰る。午後から夕方にかけては、ずっと家で原稿仕事。

六月六日

昨日の原稿仕事の続き。「小説新潮」の短編小説を一日かけて書き終える。
夕方、冷やした岡山の「独歩」ビールを飲みながら、妻から東チベットの話などのあれこれを聞く。

六月七日

十時に迎えのハイヤーがやってくる。パレスホテルに向かい、東芝関係の催し物に出席。東芝の西室社長としばらく話をする。そのあと文京シビックセンターに行って、映演共闘という日本の映画各社の組合の人たちによって構成されている組織のセミナーに出席。みんなとても熱心に聴いてくれてうれしかった。

「海猫屋」のカレーとコーヒーでしあわせでした。

六月八日

妻とともに十時半の飛行機で北海道の千歳へ。レンタカーを借りて余市に向かう。北海道は空が大きく抜けて心地の良い天気だった。途中、小樽の「海猫屋」に寄り、カレーと水餃《すいギョ》子《ーザ》を半分ずつにして食べる。

「海猫屋」の主人に、今年の冬はきつかったよ、という話を聞く。余市には三時頃入った。いつも行く新岡さんのお店に行き、ヒラメやシャコを購入。サティという大型スーパーに行き、五日分の食料を買って北のカクレ家へ。わが家の裏山から前庭には、人間の背丈程もあるイタドリの木が密集していて、すさまじい緑のかたまりになっている。約半年ぶりだ。家の中は北海道特有のゾウリムシがたくさん死んでいた。掃除するのに一時間半ほどかかった。窓を開けると海からの風が入ってくる。その風に乗って、祭りばやしが聞こえてくる。

今日は余市祭りの宵宮らしい。遠くの町の音や海の風が山の上にあがってくるのを感じているのはなかなか心地が良い。新鮮な北海道の海の気配を料理とともに喜ぶ。

六月九日

朝から祭りばやし。スピーカーで美空ひばりのお祭りマンボや村祭りの音楽がひっきりなしに聞こえてくる。この町のお祭りは、ちり紙交換のようなスピーカーをつけたクルマがそこらを走り回って、一日中そんな音楽を聞かせているらしい。気持ちはわかるが一日中聞かされるのはどうもかなわない。本を読み、サウナに入り、ビールを飲み、部屋で音楽を聴いて眠る。

六月十日

今日もいい天気だった。朝、ツバメがいきなり数百羽、家のまわりを群舞していた。何事かと思っているとノスリが突然現れた。この猛禽《もうきん》に追われていたのかもしれない。

この日も良く晴れ、いい風が吹いている。太陽の光が東京よりも強く、しかし風が冷たいので、物陰にいると寒いくらいだ。この乾燥して陽光の強い状況は、アフリカや山岳高地の気候によく似ていて、ビールを飲むと一番気持ちがいいのだ。しかし、昼間から飲んでしまうと仕事にならないので、我慢をして原稿を書く。今日もお祭りマンボや村祭りの音楽がいつまでも聞こえてくる。

夕方、地元の果樹園系の青年組織、「青梅会」の伊藤会長から電話があり、明日草刈りに行きますよ、という連絡。ありがたいことである。

六月十一日

今日もいい天気だった。午前中やはり原稿仕事。このカクレ家にくると、とにかく原稿がよく書ける。本もよく読める。うれしいことだ。夕方ごろ、「青梅会」の人々が十人ほど、トラクターを何台も連ねてやってきた。トラクターの後ろに大きな草刈り装置がついていて、それらでぐるぐる走り回る。ふたつの山の斜面、野球場二面ほどのスペースに密集したイタドリを約四十分程できれいに刈ってしまった。ちょうど床屋に行って、頭を坊主にしたような感じになっているのでなんだか面白い。そのあと、「青梅会」のメンバーの一軒に行き、みんなで野外バーベキューをする。草刈りをしているとよくヘビに遭うという話を聞く。まだこの辺りにはマムシが結構いるらしく、ぼくの家の山にもマムシが住んでいるところがあるそうだ。北海道にはクロヘビという空中を飛ぶヘビがいて、それも結構おっかないという話を聞いた。

今日で予定原稿は全部終った。「SINRA」の最終回を書いた。「SINRA」の原稿はよくこの北海道の家で書いていた。原稿に必要なたくさんの資料を段ボールに入れて東京に送り返す準備をする。

六月十二日

七時の飛行機で羽田へ。迎えに来たハイヤーで、中野の事務所経由で自宅へ。ハイヤーを待たせておき、次に出る旅の準備をして赤坂プリンスホテルへ。今日は赤坂プリンスホテルに泊まって、新潮社の出版関係にからむ仕事をする。文庫の長谷川さん、出版二千円、アメリカ牛のステーキが三千円という日米格差であった。

夜、太田和彦がやってきていくつかの打ち合わせ。

の中島さんと三人で地下のステーキハウスへ。日本の近江牛《おうみぎゅう》のステーキは二百グラムで一万

六月十三日

同じホテルに宿泊した中島、長谷川両氏と、朝八時半から集中した編集仕事。夕方までたっぷり時間をとって、ほぼ九割方の仕事をする。七時から、C・W・ニコルさん、倉本聰さんとホテルの最上階で食事。ご両人と会うのは久しぶりである。倉本さんは、二日前にカナダから帰って来たばかりだし、いろんな話が飛び交い楽しい時間を過ごすことができた。

六月十四日

六時に起きて七時すぎにクルマで羽田に向かう。飛行機のなかで中村征夫と会った。那覇で谷浩志、岡田昇、リンさんと合流。岡田昇とは二年ぶりだ。カムチャッカでずっと熊を追っていた岡田は、二年前と比べると十キロほど太り、岡田そのものがカムチャッカの熊のようになっている。

嘉手川学、講談社の野田記者とさらに合流し、一時間の待ち時間で久米島《くめじま》へ。久米島ははじめてだ。もうここはすっかり真夏となっていて、頭がくらくらするほど暑い。

われわれの目指す島は久米島の隣にある人口二十人の奥武島のさらに先にある、人口五人のオーハ島である。このオーハ島の先に小さな無人島がある。

このように段階式に人間が少なくなっていく島の、まずは人口五人島をベースキャンプに

しようという作戦である。

船にわれわれ八人のキャンプ用品を載せる。かなりの量であった。

奥武島とオーハ島の間は約四百メートルの川のように水流の激しい海峡で隔てられている。船は波うち際に乗り上げ、そこからみんなで荷物を次々にあげていく。このオーハ島にはハブが随分たくさんいるそうで、海岸べりにあるモクマオウの林の中には入って行かないほうがいいと島の人にいわれた。強い陽光がジリジリ照りつける中で、汗をかきながら大きなタープを張る。タープがないといずれにしても熱死してしまうだろうというようなひどい強烈な光である。テントを張り、炊事の場を作る。スコップにトイレットペーパーを設置し、近くの村（といっても三軒しかない）の住民のところへ行って挨拶《あいさつ》をし、水をもらい、とりあえずの生活基盤をつくった。

太陽は七時ぐらいまでギラギラ輝いているが、夕方の風が少しずつ冷たくなっていき、人心地がつけるのだった。漁船から氷をもらい、ビールはしっかり冷やすことができる。那覇の市場で手に入れてきた島ラッキョウやカジキの刺身などで、すばやく一杯やる。潮風が吹き抜けて誠に気持ちがいい。ここはいい島である。

この日はぼくの誕生日だった。誰かがシャンパンを用意してくれた。リンさんがなんと石油缶をオーブンにしてケーキを焼いてくれた。思えば誕生日は、昨年は吐噶喇《とから》列島の宝島でやはり焚火《たきび》を前にして祝ってもらった。その前はモンゴルの草原で映画の撮影中であった。モンゴルでも焚火を前に乾杯した記憶がある。

ハブは朝と夜が危ない。が、しかし、これだけ暑いと、日差しのところには絶対出てこないはずである。夜は満天の星になった。カムチャッカで毎日星を眺めていた岡田は大変星に詳しく、夜は彼から星座の講義を受ける。この日はじめて蠍座《さそりざ》や、ベガ、アンタレスなどの星を覚えた。

六月十五日

キャンプは早朝が一番気持ちがいい。朝早く起きて、リンさんの入れてくれたコーヒーを飲み、どんどん明けていくまわりの風景を眺めているのはいい気分だ。朝食を食べ、海で泳ぎ、貝や魚を捕り、まあ久しぶりにおじさんたちの夏休みのような生活が始まった。

昼はリンさん特製のタンタン麵《めん》である。ギラギラと熱い日差しの中で、一口食べると全身がカッカとするような辛い辛いタンタン麵を食べるのはかえって心地がいい。そのあとまた海で泳ぐ者、昼寝する者、本を読む者、ぼくのように原稿をアホくさく書く者など、思い思いの一日を過ごし、夕方の涼風とともにまた冷たいビールと海の幸の乾杯。夜は再びみんなで星を眺める。垂見健吾はいつも人工衛星を点検している。酒や話に疲れてきた者から、順次テントに入っていく。

六月十六日

この日も昨日と同じような朝がやってきた。早朝のコーヒーを飲み、明けてゆく海峡を眺める。朝の風が心地いい。コアジサシが白い羽をすばやく羽ばたかせ、鋭く小魚を獲るのを眺めているとあきない。背後ではアカショウビンが鳴いている。孤島の朝は生物たちのさまざ

リンさんのつくった流木タンタン麺。
からくてあつくてうめいうめい。

まに動き回る姿や音が心地いい。朝食が終るとスコップとトイレットペーパーをもって、それぞれがそれぞれのほぼ個人的に決まっているクソ場に行って朝の作業をする。その日は漁船を頼み、近くの珊瑚礁《さんごしょう》に行って漁師と一緒にサザエ獲りをした。サザエやヤコウガイ、オニダルマオコゼの収穫を持って午後遅く島へ帰り、それらを肴《さかな》に、わりあい早くから夕方の酒宴に入った。オニダルマオコゼは刺身と唐揚げにした。サザエは壺焼きにしていると時間がかかるので、いっぺんにどっと茹《ゆ》でてしまうと身がはずしやすく食べやすいということを漁師から教えてもらい、リンさんがしきりに感心していた。

夜は遅い夜食のうどんが出てきた。焚火の周りで食べるうどん。みんなものすごい食欲で、足りないというので、次はソース焼きソバが出てきた。誠に幸せな日々である。

六月十七日

島の住人のところへ行って体を洗わせてもらう。冷たい水が心地いい。朝食をすませ、すばやく撤退作業をする。潮の関係で朝十時にはこの島を引き上げなければならない。久米島に行き昼飯を食べ、それからゆっくりと那覇に向かう。飛行機のなかで東京のニュース。東京は梅雨空《つゆぞら》であるという。夏の国から湿っぽい都会に戻る。まあ、分かってはいるけれども、なんともコンチクショウの気分だ。

六月十八日

中野の事務所に行き、終日原稿仕事。先月から始まった「週刊金曜日」の表紙写真の連載のための写真選びなどをする。夕方新宿の「梟門」に行って生ビール。

六月十九日

午前中、家で原稿仕事。午後新宿に行き、やはり新宿の居酒屋でビール。毎日同じような日々になってしまう。友人の友田さんのパーティがあって、その二次会に参加。そのあとタクシーで家に帰る。

六月二十日

午後から幕張メッセに行く。何人かの友人と小学校の恩師のところへ訪ねる打ち合わせをし、海側にできた「海を眺めることが出来る居酒屋」というところで、数時間飲む。昔話がいっぱいでた。夜遅く自宅に帰る。

六月二十一日

夕方から急に胃が痛くなる。原因不明の胃痛だ。胃が痛くなるということは滅多にないので、不思議な気持ちだった。鏡の前でベロを出してみると、まっ白になっている。どうも急性胃炎かなにかのようだ。そういえば、このところずっと暴飲暴食が続いていたなぁと思い、お腹をおさえて、ベッドの中で本を読んでいるうちに眠ってしまった。

六月二十二日

胃痛は治っていたが、あまり食欲がないので朝食はパスする。お昼前の新幹線で名古屋に。思えば新幹線に乗るのは久しぶりだ。東海テレビのテレピアホールというところで行なわれている、身体障害者の組織による二日間にわたる映画祭に呼ばれたのだ。『白い馬』上映のあと、映画評論家の白井佳夫さんとの対談。終ったあとすばやく東京に帰る。

六月二十三日

午後から妻と車で高崎へ。煥乎堂ホールで行なわれている写真展に出席するためだ。煥乎堂の高橋社長や岡田専務、装丁の多田進さん夫妻、前橋の知り合い含め、十数名でちょっとクラシックな感じのレストランでビールを飲み、話をし、わりと早い時間にホテルに帰って眠る。

六月二十四日

四時に起きて、今日中に決めなくてはならない単行本のタイトルを考えている。「あやしい探検隊」の新しいシリーズである。前回の単行本は『あやしい探検隊　焚火酔虎伝《すいこでん》』というタイトルだった。今度は小学館から出す。リンさんを中心としていろんな日本の古い食材を研究しながら、蘊蓄《うんちく》をワイワイ述べあうというシリーズで八品目を対象にした。狸汁《たぬきじる》や猪《いのしし》の肉、竹の子、油揚げ、赤貝などである。いろいろ考えていてふとひらめいた。『あやしい探検隊　焚火発見伝』である。八つの品目というのがヒントだったけれども、うん、これは我ながらいいタイトルだなぁなどと、一人でウヒウヒ笑って喜ぶ。

「週刊文春」用のエッセイを四枚書き、六時半にホテルを出る。早朝の関越道はガラスキである。気分良く飛ばして家に帰る。八時前についてしまったので日本の正しい朝食を自宅で食べる。

どかどか隊バリ島ひとまわり

アグン山頂上で人生を考える
沢野画伯であった。

六月二十五日

夕方六時に銀座のホネ・フィルムへ。千葉県船橋沖の埋め立て計画で問題になっている三番瀬に関するフォーラムが七月二十七日に幕張メッセで開かれる。三番瀬フォーラムに前回出席し、今回も出席する予定になっていたが、バリ島旅行中で行かれない。事務局の人がビデオで発言してもらいたいということで、ビデオカメラを持ってやってきた。約十分間というのだが、ライトと共に向けられるビデオカメラに十分間で自分の考えを原稿もなしに的確に語るというのはかなり難しい。しかし、やるしかないので、とにかく現在自分が思っていることをありのまま話した。

そのあと「週刊現代」の連載「焚火塾《たきびじゅく》」についての打ち合わせを担当者とする。七時から銀座六丁目にある「シェ・ルネ」で、岩切靖治の読売広告社取締役就任祝いのパーティに出席。木村晋介が司会をする。大きな羊を上手に焼いたものが出てきた。生ビールも今日は特別に持ち込みで飲める。懐かしい顔ぶれで、男ばかりのパーティだった。

六月二十六日

「週刊朝日」の連載小説の締切りなので、朝九時から自宅でずっと書きつづける。午後一時に終了。まだ余力があるので、そのまま一週間後に予定されている小説原稿の書き出しを少し考えてみる。早いお風呂に入ってビールを飲む。平和な一日であった。

六月二十七日

ニューヨークで暮らしている娘の所にまだ一度も行っていないので、妻が一週間ほどの予定で出掛けることになった。時間があいていたので、クルマで成田まで送って行く。四時四十五分発の飛行機。妻はチベットに行くときは、いつも百キロぐらいの大きな荷物で土木作業員のようなラフな服装だが、今日は和服を着て小さな荷物。なんだかいつもとずいぶん勝手が違う。成田で降ろして、そのまま東京に戻る。夕方、「池林房」に顔を出し、本の雑誌社の目黒考二と太田篤哉、ビップの明石さんとで、久しぶりのマージャン。十二時にタクシーで帰る。

六月二十九日

朝十時から日活撮影所。今日は『遠灘鮫腹海岸《とおのなださめはらかいがん》』のダビングである。二時間近い長編のダビングだと何日もかかるが、今日は三十分の映画なので一日でやってしまう予定。すこぶる気が楽だ。梅雨《つゆ》が明けるのか、とても暑い。一日中、クーラーのきいた暗いスタジオの中で、とにかくグイグイと強引にダビングの作業をする。夕方六時には終了。これで完成である。ロビー周りの小さなフロアで完成の乾杯。いつもの映画スタッフが集まって二時間ほど気分のいい酒を飲む。

六月三十日

午後三時に新宿御苑にある木村晋介事務所へクルマで迎えに行く。木村晋介を乗せて箱根の強羅《ごうら》へ。どのルートを通って行くか迷ったが、東名高速で行く。箱根の山は濃い霧が立ち込めていた。「強羅環翠楼」に到着。日曜日からの宿泊となると、あまり客はいないのでのんびりしたものだ。間もなく沢野ひとし、目黒考二、本の雑誌社の浜本茂がやってくる。「週刊現代」の取材も兼ねているので「週刊現代」の野田さんと、中谷さんが参加。夕方六時には熱い風呂に入り、ビールを飲みつつ発作的座談会を始める。いつもならこのまま泊まっていくのだが、ぼくはこの日は深夜に旅館を出て、東京に向かう。途中のサービスエリアで仮眠。

七月一日

明け方五時に新宿に到着。中野の事務所のプライベートルームに行き、シャワーを浴びて少しさっぱりする。午後はそのままそこで原稿仕事。夕方七時に新宿の「船橋屋」に行く。そこは最近山と溪谷社の三島悟が見つけた、キスのテンプラがうまい店だという。しかも生ビールがあるというので、今日の打ち合わせ場所はそこに決まったのだ。すでに山と溪谷社の三島と沢野ひとしが来ていて、間もなく大蔵喜福が到着。四人で今月の後半に行く、バリ島旅行の最終打ち合わせ。山と溪谷社の取材仕事なので、バリ島といってもわれわれのプランのメインは登山である。アグン山という三千百四十メートルほどの高い山がある。のっけからそこに登る予定である。三時間ほどで店を出て、そのままタクシーで家に戻る。

七月二日

時間まで家で原稿仕事。迎えに来たクルマで銀座に向かう。「ケテル」というドイツ系の料理を出すビアレストランで、文藝春秋で出版する予定の東海林さだおさんとの対談集の最終対談を行なう。テーマはその対談集の各章タイトルと、本のタイトルを決めるのである。二時間半ほどまあいつものように気分良く、ビールを飲みながらの面白話に終始した。終了後、ハイヤーで自宅に戻り、少し家で追加の酒を飲んで本を読みながら寝る。

七月三日

午後の便でニューヨークから帰って来る妻を迎えに成田へ。予定通りの時間にゲートに妻は現れた。そのまま自宅へ。ちょうど混む時間なので成田空港から三時間ほどかかってしまった。ニューヨークにいる娘の様子などいろいろ聞く。このところユーラシア大陸への旅行の多い妻はニューヨークで初めて見た人々の話をかなり興味深げにしていた。町を歩く人々の姿が毅然《きぜん》としていて、みんな油断のならない颯爽《さっそう》とした歩き方をしていることについて感心したという。

七月四日

朝九時半、迎えのハイヤーで東京駅へ。東京駅から新幹線で旅行に出るのは久しぶりだ。文藝春秋の設楽さんがホームで待っていた。「ひかり」で名古屋に向かう。わずかの待ち合わせで高山本線に乗って飛驒《ひだ》の高山へ。ここは昔、新婚旅行で来た所だ。駅前の風景は当時とあまり変わっていない気もするが、では新婚旅行当時の風景がどうだったかというとその記憶はほとんどない。どうもこれはどっちにしても、あいまいなわけだ。迎えのクルマで岐阜県の古川町《ふるかわちょう》に向かった。小一時間ほどで到着。川沿いに建てられた古い立派な旅館、「八ツ《や》三館《さんかん》」に到着。愛想のいいおかみが迎えてくれた。通された部屋ですぐに今日中が締切りの原稿を書く。そうこうしているうちに迎えのクルマが来て、古川町の中学校の講堂へ。文藝春秋主催の文化講演会である。今回は黒岩重吾さんと二人で今日と明日、二つの町で講演をする。ぼくのあとに黒岩重吾さん。

ひと足先に旅館に戻りお風呂に入ってふたたび原稿仕事のつづき。部屋に呼び出しがきて、町長や教育長、元学校長といった全面的〝長〟関係の人たちとの、まあ、打ち上げ宴会ということになる。旅館の大広間にめいめいの配膳《はいぜん》があり、まず宴会開会の辞というのがある。それから祝い歌があり、日本の古くからの伝統的な宴会はかくあっただろうといった進行ぶりがなかなか興味深い。酒造りの町でもあるらしく、たくさんの地元の酒がふるまわれた。ぼくはもう少しビールが飲みたかったのだが、まあしかし地元のしきたりに合わせて、やったりとったりの杯の宴に移行。十一時ごろに解散。部屋に戻る。

七月五日

雨模様だった。旅館の窓を開けて外の空気を入れながら、近くのお寺にやってくる観光客の姿などをぼんやり眺める。地元の渡辺さんのやっている酒蔵を見学し、大きな昔造りのお宅に案内される。葦簾《よしず》張りの襖《ふすま》がめずらしい。この町はこういったものをポピュラーに使っているらしい。十一時十分高山発の列車で名古屋に。名古屋駅で乗り換え、三時過ぎに掛川に到着した。今日は黒岩重吾さんが先になり、ぼくがあとになるので、駅前の旅館に入り原稿仕事。「小説現代」の短編小説を書きつづける。ぼくは六時三十分からの一時間の話。終了後、主催者から貰《もら》ったお鮨《すし》を持って新幹線に乗る。設楽さんとビールを飲みながらお鮨をつ

宴会は地元の祝いうたから始まった。

まんで東京に戻る。東京着十一時三十五分。こんな時間に東京駅から中央線に乗るのは久しぶりだ。

七月七日

広尾の「シェ・モルチェ」でホネ・フィルムの吉田浩二プロデューサーの結婚パーティに出席。彼は二度目の結婚である。立食式の、あまり肩のこらない自由スタイルのパーティだった。映画スタッフが大勢来ていたので、どうもその連中とひとかたまりになってしまう。吉田浩二の奥さんはレコード会社にいたそうで、その関係者が大勢参加していた。司会をはじめとした、こういったパーティでの芸達者がたくさんそろっているのでびっくりする。ぼくにはとてもあのような天真爛漫《らんまん》なパフォーマンスはできない。

七月八日

午後遅く、銀座のホネ・フィルムへ行き、集英社の村田さんと打ち合わせ。そのあとホネ・フィルムのスタッフらと、間もなく完成する『しずかなあやしい午後に』の宣伝プランなどについての話をしばらく進める。

七月九日

午後一時過ぎの新幹線で名古屋に。ずっと原稿を書きつづける。名古屋ヒルトンに宿泊。なんだか、ひどく疲れてしまったのでルームサービスをたのみ、原稿のつづきにひたすら突入。十一時ごろ、ミニバーのブランデーやウィスキーなどをストレートであけてその勢いで寝てしまう。

七月十日

朝の新幹線で東京に。そのままホネ・フィルムに直行し『しずかなあやしい午後に』と同時上映される『ツェツェルレグ』の再編集についての打ち合わせをする。そのあとつづけて二件の打ち合わせ。八月に行なわれるやまがた林間学校の内容についての話を主にする。タクシーで中野の事務所へ。

七月十二日

少し迷ったが、クルマはやめて電車で出掛けることにした。五反田《ごたんだ》で降りてイマジカへ。四時に音楽家の高橋幸宏さんと対談。彼と組んだ映画作りはこれで四本目になる。六時に第三試写室のロビーに行くと、もうたくさんのお客さんが来ていた。和田誠さん、沢野ひとし、中村征夫と世間話をしているうちに試写の開始。二本の映画を上映。和田さんの映画は『ガクの絵本』とタイトルがかわり、その日初めて観る。ガクの子のタロウがとてもかわいい。

終了後、ホネ・フィルムのパンフレット用座談会を太田和彦の司会で和田誠さん、沢野ひとしと三人で行なう。そのままホネ・フィルムのクルマで新宿の「犀門」へ。和田組、椎名組合同の打ち上げ。百人ほどのスタッフや関係者が集まっていた。

十二時ごろ疲れて家に帰ろうと思い、外に出たら、クルマが捕まらない。よく考えたら今日は金曜日だった。バブル景気がはじけてから、金曜日であろうが土曜日であろうが、クルマは簡単に捕まえられたが、またクルマの捕まらない状況が来たのであろうか。三十分ほど待っていたがとうとう来ないので、あきらめて新宿御苑の仕事場に歩いて行く。寝袋にもぐり込んで、そのまま眠った。

七月十三日

六時に起きてやや二日酔い気味の頭を水で冷やす。八時三十五分の新幹線で西明石《にしあかし》へ。強烈に暑い日だった。加古川《かこがわ》市民大学に出席。

四時五十分の姫路発の新幹線で東京に戻り、そのまま家に帰った。あさってからのバリ行きの前に書かなければいけない原稿がうんざりするほどある。今日はもうやる気がないので、翌日の日曜日にすべての仕事を集中させることにした。

七月十四日

朝から原稿を書きつづける。夕方三時までに三本仕上げ、それから旅の支度をした。急遽《きゆうきよ》思いついてやっているような支度なので、不備なものがいっぱいあるが、まあ気にしないで行こうということにした。

夕刻熱いシャワーを浴び、ビールを飲む。

七月十五日

タクシーで成田空港に。九時に沢野ひとし、三島悟、大蔵喜福と四名、無事顔はそろう。すぐに搭乗手続きをし、書店に行っていくつかの本を買い、JAL機で出発。飛行機の中で、到着するまでに「週刊朝日」の小説を書かなければならない。

ジャカルタに午後四時に到着。一時間半のトランジットの間でようやくビールを飲む。デンパサールには八時半に到着。そのままタクシーでバリ・ハイアットホテルに向かった。初めてのバリ島である。東京とさして温度は変わらない感じだが、闇《やみ》が濃い。バリ・ハイアットは大きなリゾートホテルで、とにかく全体に照明が暗いのが、なかなかよろしい。部屋の表示が日本のやり方と違っているので、自分の部屋に戻るのがなかなか難しい。沢野などは、ぐるぐる十分くらいあちこちまわってもまだ自分の部屋が見つけられない有り様だった。

ガムランというものだというが、広大な庭の敷地のどこからか、竹をパイプにした楽器を打ち鳴らす音が心地よく響いてくる。この曲が風に流れてくるのを聞きながら、とりあえず庭園のイタリアンレストランに行き、この国のビンタンというビールを飲む。なかなかポピュラーな苦みでおいしい。スパゲッティやインドネシアの魚料理などを食べ、十二時過ぎに部屋に戻って寝る。

七月十六日

午前中は部屋でずっと原稿仕事。お昼に現地アドバイザーのアグースさんと打ち合わせをし

日本から嫁いでいってバリ島のヨメになった。

た。アグースさんはウブドでレストランと小さなホテルを経営。以前山と溪谷社に勤めていた荒海《あらうみ》としこさんと結婚している。なかなか日本語も上手で好感のもてる人であった。

午後、三島と大蔵はアグースさんと町へ出て買い出しをする。翌日からの登山に備えた食料などの買い出しである。

夕方、ホテルの近くにある中華料理店で食事。そこでも二人で演奏する簡単なガムランの曲が流れてきてなかなか感じがいい。

七月十七日

アグースさんとカッさんがやって来る。カッさんというのはなかなか呼びにくいのでカッちゃんと呼ぶことにする。カッちゃんはトヨタのトラック、おそらく日本で販売されなかったであろう不思議なかっこうをしたクルマに乗ってやってくる。そこにわれわれのキャンプ道具をはじめとした荷物をすべて積み込み、二台のクルマに分乗して出発。

スラットという、高原の町に向かう。バリ、ヒンズー教の総本山であるブサキ寺院がある。われわれはそこで腰巻きを買い、ハチマキを締め、この国の伝統的な正式スタイルをしてブサキ寺院に参拝し、正式な祈りを捧《ささ》げる。そうしないと、その日の夜から登りだすアグン山の神の怒りに触れて神隠しにあってしまうのだという。

七月十八日

午前二時に起きる。遅く寝たのは十時半くらいの人もいるから、二時の起床というといましがた寝たばかりという気分である。暗いなかで身支度を整え、迎えに来たアグースさんとカッちゃんのクルマでアグン山近くの登山道に向かった。アグン山はヒンズー教の山なので、本日は山を望む中途の石造りの石神の前で線香をあげ、花を捧げる。その背後に黒々とした山の偉容が見える。

暑い国だが、アグン山は三千百四十メートルの高い山なので登っていくにつれてどんどん風が冷たくなってくる。一般の人はあまり登ることがないようで、登山道はほとんど直登である。頂上近くのトッツキは石の四十度くらいの斜面になり、日本の登山道だと確実に鎖場になりそうな所をぐいぐい登っていく。六時すぎに山頂に到達。力ずくで登ったという感じだ。雲がはるか下に見える。日の出を見て休息後、来た道をまた垂直に降りて行く。

軽い昼食を済ませて三十キロほど離れたアメットという所に向かう。アメットは海岸沿いである。コテージに泊まる。

七月十九日
午前中、コテージや海でごろごろする。久しぶりに激しい山登りをしたので太ももが痛い。夕方、近くの村に出て海岸沿いの漁師やその子どもたちの写真を撮る。
夕食は村の屋台がたくさん集まっている所で食べる。日本でいう焼き飯、焼きソバ、焼き鳥などがあって、これがとてつもなくみんな安くてうまい。
七月二十日
午前中は比較的のんびりとして過ごし、週刊誌の原稿を少し書く。午後、キンタマーニへ向かう。ここの千七百メートルほどの山、バトゥール山に翌日登る予定だ。その日はテントを張った。村の人がおもしろがって覗《のぞ》きに来る。一人の少年が魚を釣ってやって来た。その少年は焚火にあたっていつまでも帰ろうとしない。とうとうわれわれと一緒に一晩過ごしてしまった。
七月二十一日
明け方四時に起床。身支度を整えてバトゥール山に向かう。アグン山に比べると、今度の山はずっと楽である。登山客もアメリカ人をはじめ、ドイツ人などもいて結構にぎやかだ。明け方山頂に立つ。休火山で、噴火口からはあちこちに蒸気が出ていた。二十年ほど前に噴火したそうである。ゆっくり下山し、そこから百五十キロ以上あるウブドに向かう。夕方、ウブドに到着。
七月二十二日

ウブドのコテージで荷物の整理。午前中、近くを歩き回る。夕刻、ウブドで最高級というホテル、アマンダリにチェックインした。夜、近郊の村まで行き、ケチャという男たちの集団舞踊を見る。松明《たいまつ》の火をかざした中で、腰巻きひとつの男たちが激しく動き回る。精神のトランスポーテーションを完全にしているような激しい踊りだ。非常にすばらしく、感動的だった。

アマンダリ・ホテルは、このバリ島最高のホテルといわれるだけあって、至る所に高級な施設が並んでいる。しかし、それらのものを使ったり利用したりする時間があまりなく、どうももったいない宿泊であった。

七月二十三日

午前中にネガラに向かう。もうジャワ島に近いこの島の西のはずれの海岸で、一軒の空き家を紹介された。そこで自炊。沢野ひとしがカレーを作った。肉が手に入らないのでゆで卵を肉がわりに使う。トウガラシのたっぷり入った、なかなかに味のいいカレーであった。三島がインゲンの入ったオムレツを作る。酒が入ってくるともっぱら先日見たケチャダンスの話をみんなでする。ケチャはバリの人達にとっては有名な踊りのようで、みんな知っている。それぞれが両手を差し出してケチャの真似《まね》をする。沢野は特にケチャダンスに心を惹《ひ》かれたようであった。

電気が暗いので本を読むことができない。ヘッドランプを点《つ》けて、日本に帰ったらすぐ招集される文学賞のための候補作小説を読む。今回は五編の小説をこの旅の間に読まなければ

火のおどりを見たあとはビールがうまい。

ならない。一編が五百枚前後なので、単行本五冊を読み切ることになるわけだ。ヘッドランプの明かりというのは首を動かさねばならないので結構疲れる。

いつの間にか眠っていたが夜更けにものすごい蚊の襲撃で目が覚めた。沢野が窓を開けたままにしていたのだ。蚊は部屋中を飛び回っている。小さな蚊で激しく音が大きい。海べりで暑いので寝袋にもぐりこむこともできず、ただもうあきらめて蚊に刺されるしかなかった。

七月二十四日

翌日、手足が蚊に刺されてボコボコになっていた。朝の明るい光の中で見ると、おお、なんということだ、部屋の隅に蚊取り線香があった。これをつければまったく何の問題もなかったのに、とくやしがってもはじまらない。気を取り直して荷物を再整理し、身軽になってナショナルパークの中にあるジャングル地帯に入っていく。標高五、六百メートルの丘をレンジャーの案内であちこち歩き回るが、出発が遅かったので、朝ならば見ることができる珍しい鳥や、ブラックモンキーという全身真っ黒の猿などをとうとう見ることができなかった。

下山した場所は、バリ島で唯一のキリスト教の小さなエリアだった。空は晴れわたり太陽の光がものすごい。村の人々が好奇心を剝《む》き出しにして眺めている。いかにもなにか手伝いたくて仕方がない顔であった。この国の人はとにかくみんな人の良さをそのまま顔に表している。ウブドに戻り安宿に宿泊。

七月二十五日

午前中ぶらぶらし、午後、トゥラガ・ワジャ川に行き、ゴムボートのラフティング。約十二キロを下る。川の瀬は三級から三・五級くらいのものでなかなか快適であった。夕方少し雨が降った。

七月二十六日

午前中のんびりし、さらに周辺の写真などを撮りに歩く。夕刻は、町に出て食事。

七月二十七日

チャンディダサからウルワツへ向かう。今日は大きなホテルへ宿泊。西洋風になっていて、宿泊客は台湾人がほとんどのようであった。強いクーラーがきいている。

七月二十八日

ぼくにはまた、原稿の締切りが襲いかかって来る。ここのホテルは目の前が大きな海、バリ海だ。巨大な波がはじけ、雲の多い空が頭の上に広がっている。

荷物をまとめて午後、クタの海岸へ。クタは日本からたくさんの若い人が行くので有名な場所だ。サーファーが群がっていて海岸べりはさまざまな国際色豊かな人々が無差別に歩き回ったり泳いだりしている。

夕方、空港へ行ってのんびりする。アグースさんやカッちゃん、アグースさんの奥さんなどに見送られて、ＪＡＬ機でデンパサールを出発。

七月二十九日

朝八時三十分に成田へ到着。ジャカルタから隣の席に、生後三、四ヵ月くらいの赤ちゃんを連れたお母さんが乗ったので、その子が気になり、座席の前の睡眠用の小さなカゴを蹴飛《けと》ばしてしまわないかと、寝るときにどうもそのことが頭にあって、あまり深く寝入ることができなかった。前の席で沢野ひとしが長時間クーカークーカーと実に心地良さそうに眠っているのを見て、むかむかと腹が立つ。

成田からタクシーで中野の事務所に向かった。東京は思った以上に蒸し暑く、その空気の中にいるだけでぐったりと疲れてしまいそうだった。夕方、家に帰った。アメリカに帰る予定の岳《がく》が一日延ばしてまだ家にいた。妻と三人でそうめんを食べる。久しぶりの日本のそうめんは、つくづく体にやさしい食べ物だなあと思った。

七月三十日

午前中、いくつかの細かい原稿仕事。朝からファックスがたくさん入って来る。あっという間に東京の慌ただしいふだんの生活に戻ってしまうのが悲しい気持ちだ。

午後、迎えのハイヤーがやって来る。そのクルマで五反田のイマジカに。この秋に上映する『しずかなあやしい午後に』の同時上映作品『「ツェツェルレグ」〜モンゴル草原の花』の再編集試写を観るためだ。『しずかなあやしい午後に』は十月に行なわれる東京国際ファンタスティック映画祭に招待された。うれしいことである。試写のあと簡単な打ち合わせ。

そのあとすぐにホネ・フィルムに行き、新潮社の来年のカレンダーの宣伝用の記述をする。

そのあと霞《かすみ》が関《せき》に向かい、新潮社の「日本ファンタジーノベル大賞」の選考会。パリにいる間、毎日ずっと読んでいたこの文学賞の応募作品の選考会である。荒俣宏《あらまたひろし》、安野光雅《あんのみつまさ》、矢川《やがわ》澄子《すみこ》の各選考委員が先に来ていた。三十分ほど遅れて、井上ひさしさんがやって来る。選考会は約二時間。この文学賞はぼくは初めて関わったものなので、どんなふうな尺度で選んでいくのかがわからず、最初は少し戸惑ってしまった。

終了後、関係者を交えての小さなパーティ。新しい選考委員ということで選考経過の報告などをそのパーティで述べる役割を負わされた。終了後、クルマですばやく家に帰る。日本の夜はいつまでも果てしなく蒸し暑い。

山形千百キロ呆然的ヨコ移動

檀太郎さんは酒場が似合うのだ。

七月三十一日

テレビ朝日の四日連続ドキュメンタリー番組ライアル・ワトソンの「風の博物誌」のナレーションどりを行なう。二日で四時間分のナレーションというと結構な分量がある。プロではないのでおなじ声の調子、おなじトーン、おなじイントネーションというのがなかなか難しい。小さな録音室に入って麦茶やウーロン茶などをひっきりなしに飲みながらとにかくひたすらトライ・アンド・エラーで進めていく。その間、このところずっとぼくの動向を追っている「フォーカス」が取材に来た。ナレーションどりをしているところを撮ろうというわけである。

予定よりも二時間ほど早く終了し、クルマでそのまま二子玉川高島屋へと向かった。ホネ・フィルムの最新作『しずかなあやしい午後に』の一般向け試写会を午後から行なうのだ。席は発売一日目でソールド・アウトしたらしい。うれしいことだ。しかしその反面まだこの映画は一般の人に観てもらっていないので、はたしてどんな評価を得られるのか不安でもある。玉川に着くと遠くの人々のなかに野田知佑さんの顔をみつけた。彼も少々早めに来てしまったという。ビールでも飲んでいようかなと思ったが、とりあえず会場に行って控室で次次やって来る日頃の仲間たちを待つ。中村征夫が娘さんを連れてやって来た。沢野ひとし、林政明、谷浩志、そして和田誠さん、音楽をやってくれた道下和彦《みちしたかずひこ》さんなどの面々が揃《そろ》う。

木村晋介がすれすれにやって来た。映画はもともと映写会場のないところでやるので思った以上に画面が小さく、後ろのほうはあまりよく見えないというような状態だった。まあ、しかし仕方がない。終了後「つばめグリル」でビールを飲み乾杯する。おそくなって帰宅。

八月一日

昨日に引き続き赤坂見附のプロセンスタジオで一日中「風の博物誌」の収録。夕方五時に終了した。銀座の「ブラウマイスターハウス」に行き、冷たいビールで一息つく。今日から八月だ。ますますビールがうまくなると思うと大変にうれしい。

八月二日

クルマで羽田へ。夏休みに入っているので空港はごった返していた。十二時二十分の飛行機で福岡に到着。そのままホテルに入って今日締切りの週刊誌の原稿を書く。「ノーヴス」の井上さんが迎えに来てくれ、その社員三谷君の新車で「まどかぴあ」につれてってもらう。三谷君は最近結婚したばかり。新しい真っ赤なクルマもうれしそうである。井上さんいわく「ただし、ローン満載のクルマだ」と。「まどかぴあ」というのは大野《おおの》城市《じょうし》にあるホールである。今日はここで講演会。「フォーカス」が取材に来る。終了後、福岡の「ひょうたん」というお店に行き、みんなでひさしぶりに乾杯をした。

八月三日

早朝起きてルームサービスの朝食。ホテルの朝というのは非常に無機質的だけれども、食事をし、空港に向かうというような段取りの場合はその無機質的なところがかえってぼくには具合がいい。飛行機は順調に出る。ずっと「新潮ミステリー倶楽部《クラブ》賞」の応募原稿を読んでいく。今回からこの文学賞は四百字づめの原稿用紙千枚という大長編になったので読むのは大変である。飛行機のなかでずっと読んでいく。駐車場からクルマですばやく自宅へ。

今日も暑い。家に帰るとスイカやメロンや果物の缶詰などが宅配便でどかどか来ていた。このところ家族はいないので、スイカをこんなにたくさんもらっても困る。近くにいる弟に電話をしてその多くを持って行ってもらった。夕食を食べる前にビールを飲む。それから仕事をすればいいんだと思ったけれど、ついついビールがすすんでしまい、ほとんど仕事をする気力も能力もなくなってしまった。こんなときはプロ野球中継でも見ればいいんだけれど、昨年からテレビは見ないということに決めたので、この空白時間をまたミステリーの応募原稿を読む時間にあてる。これならば多少眠くてもなんとかやっていける。

八月四日

気がついたらベッドの明かりがこうこうとついていた。ゆうべ原稿を読みながら電気をつけたまま眠ってしまったのだ。今日も暑い。一日中原稿を書いて過ごす。

八月五日

十一時十分の「こだま」で静岡の掛川に行く。掛川で「あすなろ夢講座」の講演を一時間半ほど行ない、終了後すぐさま家に帰って来る。妻が小さな旅から帰って来たのでこの日は食卓を一緒に囲み、おいしい鉄板焼きでかなりビールを飲んでしまう。

八月六日

豊島区《としまく》にある豊島公会堂で全国の学校の先生たちの研修会である児童文化研究会に出席。ぼくの書いた『岳物語』をテキストとして取り上げてくれており、そういうものを書く周辺というような話をする。全国から参加した先生たちが暑いなかで真剣に研修スケジュールをこなしているのがなかなか美しい光景だった。

終了後タクシーで神保町へ。時間があったので古本屋を歩き、何冊か珍しい航海記ものの本を発掘。今日、神保町を歩く予定はなかったので、こういうときの本の発見は大変うれしい。

山の上ホテルに行き、夕方から小学館で出版する『あやしい探検隊　焚火《たきび》発見伝』のあとがきについての座談会を行なう。阿部副編集長、林政明、太田和彦、P高橋たちとともにカレーライス、ラーメン、コロッケにまつわる少年時代の思い出についてのおじさん懐古座談会を行なう。そのあと、太田和彦が推奨している神田美土代町《みとしろちょう》近くの居酒屋に行き、ビールなどを飲む。ぼくは一足早く自宅に帰る。

八月七日

事務所のスタッフに来てもらい、新宿御苑にある昔の仕事場の掃除。長いこと使ってなかったので廃墟《はいきょ》同然になっているが、ここをなんとか復活させようとゴミなどを大量に出す。

夕方「本の雑誌」の目黒考二と新宿の「犀門」で合流。太田篤哉もやって来る。数日前急死してしまった友人の明石賢生《あかしたかお》を偲《しの》ぶ会になってしまった。

八月八日

クルマで野田市へ。「川を考える集い」に出席。

八月九日

まったくこの八月は忙しいものだ。十時にクルマで家を出て羽田に到着。一時十五分発の出雲《いずも》行きの飛行機に乗る。出雲行きくらいのローカルになると、羽田の発着場は一階になり、飛行機までバスで行くというB級扱いになるのがおかしい。本多勝一さんと同じ飛行機になった。

出雲空港に降りると、もあーんとした熱気が体の隅々まで取り囲むような状況だった。タクシーで松江のワシントンホテルへ。とりあえずチェックインして部屋で持って来たミステリーの応募原稿を読んでいく。夕方松江市内の本日のシンポジウムの会場へ。外へ出ると空気のなかに水分がものすごくたくさん含まれているということがよくわかる。五歩も歩くと汗がどっと出てくる。着ていたシャツがたちまち汗だらけになってしまう。この夏一番の蒸し暑さのような気がする。ここは海が近いからそれだけ湿気が多いのだろう。

会場に行くと石坂啓さんや保母武彦さんなどが到着していた。今日は宍道湖《しんじこ》の干拓工事再開についての抗議的なシンポジウムを行なう日だ。宍道湖は三十数年前に中海を干拓し、汽水湖（海水と塩水が混入している湖）の豊饒《ほうじょう》な海のかなりの部分を消滅させてしまった。その工事はまだオバケのような理由で続いていて、その詳しい内容を調べていくと、まったくうんざりするようなあいかわらずの土建屋国家日本の構造が見えてくる。今日この会場に来る間ずっと宍道湖の沿岸を走る道路を通ってきたのだが、遠く山並みが見えるまことに美しい湖で、今この汽水湖が日本で一番豊かな生物を宿しているという。しかしこの辺りに持ち上がった干拓再開の理由は、土地を造ってその土地から作物を得るというのがひとつ。減反政策が進んで離農の農家が増え、時代は明らかに逆行しているというのにへんてこな話である。まあここも、長良《ながら》川《がわ》の河口《かこう》堰《ぜき》問題と同じように根底の部分で一部の人々においしいお金が絡んだプロジェクトであるということが、かなり露骨に見えている。終了後地元の有志のみなさんと近所の居酒屋で打ち上げの乾杯。たくさんの人びとと挨拶《あいさつ》し、やや人疲れしてしまった。ホテルに戻りぶっ倒れるように眠った。

八月十日

朝六時に起き、七時にタクシーで米子《よなご》空港に到着。しかしなんてこった、空港は七時半にならないと開かないのだった。仕方がないので三十分ほど空港の玄関の前でしゃがんで応募原稿などを読む。それから腹が空いたので空港のレストランに行って朝定食というのを頼んだ。例によってベニヤ板のような薄く切り裂いた塩鮭《しおじゃけ》と袋に入った海苔《のり》と生たまごであった。しかもご飯がもうあと少しで熱気を失うというくらいの冷え冷えご飯である。ここに生たまごをかけて食うというのもなんとも辛い話だ。こんな朝食を食っているのは日本人だけだろうな、と思う。

東京に到着。その足でまっしぐらに家に帰る。家には珍しくクーラーがついていた。夕方近く妻と近所に買い物に出掛け、夕食は鉄板焼きにする。これはビールを飲むときにまことに都合のいい料理でおいしかった。

八月十一日

クルマで深谷に行く。深谷市民文化会館でこの地域の農業関係の人たちのシンポジウムに参加。忙しいことだ。

家に帰ると妻が書斎の全域に荷物を広げ、数日後に出掛けるメコン源流探検隊の準備をしていた。またどうやら百キロぐらいの重さになりそうである。

八月十二日

今日から自宅にこもって原稿を書くことにする。「文學界」で始まる三ヵ月おきの連載小説の一回目。枚数が百枚で近頃三十枚、四十枚の短編しか書いていないから百枚は最低四日間はいるだろうと見当をつけたのだ。

今日も朝からすさまじく暑い。世の中はお盆で大移動が始まっているらしい。しかし、この期間基本的に家から出ないことに決めたので、世の中がどんなに移動しようが一日渋滞しようがいいのである。朝から原稿書きに突入したが、その前にやるべき細かい仕事がいくつもあってなかなか本編に入れない。夜、ビールを飲みつつ妻と夕食。今度の旅のあらましなど聞く。タイの国境近くの奥地に入っていくメコンの源流をこの旅でたずねる。二ヵ月とちょっとの期間になるそうだ。

八月十三日

朝七時に家を出て成田へ。妻を送る。大きな荷物だがそのうちの半分近くは知りあいに持っていくお土産《みやげ》のようだ。そのまますばやく家に帰りいよいよ原稿スタート。朝からクーラーをつけていたので外の熱気もなんのその、具合よくものを考える部屋の温度になっている。とにかくとりあえず書く。夕方七時に二十枚終了。本当はこの枚数では厳しいのだが、もうビールが飲みたくてたまらない。明日うんとがんばろう、と自分にいってビールに突入。

八月十四日

朝八時起床。十時に机の前について原稿書き。七時までに三十枚書き進んだ。もっと書きたいのだが力尽きてビールへ。

八月十五日

昨日と同じように十時に原稿を書きはじめる。八時までかかって五十枚書きあげることができた。熱いお風呂に入りビールを飲む。

八月十六日

今日は八時にスタートした。五十枚を突破すると、書くべき方向がかなり明確に見えてくるのでスピードが速くなってくる。夜十時までに残り五十枚を書いてしまった。久しぶりに百枚原稿。机の上に百枚の束をトントントンと束ね、よし、やるときはやるんだからな、とひとりで呟《つぶや》いてビールへ。

八月十七日

クルマで羽田へ。羽田空港に「文學界」の森さんが来ていた。原稿を渡す。まだ少し時間があったので、ふたりでロビーのカレーのカウンターに。最近発見したのだがここのオムレツカレーというのが大変にうまい。ドライカレーをオムレツにして、そこにスープ風のカレーがかかっている。羽田の食い物はこれまでのところことごとく羽田レベルだなと思っていたが、このオムレツカレーだけは別格だ。森さんもうまいうまいといっている。
一時近くに福岡到着。日航福岡で井上さんと待ち合わせ。すぐ近くの博多井筒屋に。今日からここでぼくの写真展が行なわれているが、それに関連したサイン会がここである。夕方から都久志会館というところでこの写真展にからむ話をする。終了後、嵐山光三郎さんや檀《だん》太郎さんらがゾロゾロと控室に入ってきたのでびっくりした。偶然ぼくのその話の会のことを聞いて顔を出したのだという。それじゃあみんなで飲もうということになる。とりあえずその前に決まっている二時間ほどの食事の席を終えてから嵐山さんたちと合流した。中洲《なかす》のなかなかあやしからんクラブが待ち合わせ場所だ。そこでやや強めの景気付けの酒などを飲み、その足で中洲のマジックバーに行った。カウンターにすわると「何にしますか」と一人の男がテーブルの前にやって来て、口の中からぞろぞろとトランプのカードなどを五、六枚ひっぱり出すのでびっくりしてしまった。目の前で見せてくれるマジックのほとんどがそのタネがわからず、アレヨアレヨと眺め、アレヨアレヨと酔ってしまう。そのバーを出て中洲の屋台に行き、檀太郎さんご推薦のラーメンを食べる。ぼくは逆上し、思わず替え玉を頼んでしまう。ホテルに帰り、ぶっ倒れて寝る。

八月十八日
朝十時の飛行機で東京に。そのまま家に帰り、週刊誌の原稿仕事。夕方ひとりでビールを飲む。

マジックバーはとにかくあやしいところだった。

八月十九日

久しぶりに銀座に行く。三笠会館で今度、山と溪谷社から分かれてポカラ出版をつくった、阿部正恒さんの、「ポカラ」創刊号についての座談会をする。浅井愼平さん、池内紀《おさむ》さんと三人で、「ポカラ」的な生き方は何かというようなことを話し合う。ポカラとはつまりのんびり自分のペースで、というようなことである。

終了後、神田に行き、三省堂でサイン会。サイン会というのは大変気恥ずかしいものであるし、精神的に疲れるので極力やらないようにしているのだが、今回は本の雑誌社が力をこめて出した「焚火叢書《そうしょ》」三連発のうちの一冊、『鍋釜《なべかま》天幕団フライパン戦記』のサイン会であり、我があらゆるものの母体である本の雑誌社の関連イベントであるから、よーし、ということになった。神保町は土地柄、学生風の若い人がたくさんやって来る。なつかしい顔もけっこう見ることができた。
その後、赤坂のレストラン「燦鳥《さんとり》」に行き、谷浩志、三島悟と生ビールを飲みつつ、「あやしい探検隊」、「いやはや隊」の今後のスケジュールについて話をする。

八月二十日

今日も昨日の続きのサイン会である。二時から吉祥寺のパルコブックセンターで。続いてすぐ「本の雑誌」の浜本と一緒に銀座に向かい、教文館で同じくサイン会。昨日の神保町、今日の吉祥寺、そして銀座と、それぞれやって来てくれた人々は二百人以上であり、二日のうちにトータルで七百人ぐらいの人にサインをしたが、それぞれの土地柄、吉祥寺は家庭の奥さんが子供連れでやってきたりすることが多く、銀座は圧倒的にOLやサラリーマンの人が多く、なかなか特徴的であった。終了後、銀座「ケテル」の地下に行き、ドイツの家庭料理アイスバインを肴《さかな》に生ビールを飲む。目黒考二と浜本茂、そして本の雑誌社のスタッフ等である。

八月二十一日

午後、五反田イマジカに行く。植村直己《なおみ》記念館の運営をしている日高町の人たちがやって来て、「植村直己賞」についての打ち合わせ。その後新潮社のテレホンサービスの録音をし、試写会。『しずかなあやしい午後に』にようやく沢野ひとしのアニメーション『スイカを買った』が加わり、三作出揃った。そのあと新宿の「犀門」に行き、打ち上げのビールを飲む。
今日は全国の映画上映のイベンターの人たちがやってきたので、北海道から沖縄までのなつ

やまがた林間学校の娘ら。

かしい顔が揃った。それらの人々と夜更けまでざわざわと嬉《うれ》しく酒を飲む。終了後タクシーで自宅へ。

明日からのやまがた林間学校のための荷物の支度をする。すべてが終ったのは二時過ぎであった。

八月二十二日

荷物をクルマに積み、山形に向かう。片道五百五十キロほどらしいが、どうも昨日寝不足なので、途中で眠くてかなわない。安達太良《あだたら》山《やま》のサービスエリアで少し休憩。途中で事故渋滞が重なっていて、思わぬ時間遅れ。一時半のやまがた林間学校の開校式には間に合いそうもない。ぼくは校長なので、そこで何かいわなければならないのだが、無理らしいので校長代理を木村晋介に頼む電話をする。結局その日は目的の山形県加賀山町には午後六時少し前に到着という、大変な遅刻状態であった。

やまがた林間学校は今年は千五百人ほどの参加者であった。開校式を終えたあと、百人規模に分かれて各地区にクラスが散る。ぼくのクラスは焚火塾で、百二十人の参加者がいた。焚火を囲みビールを飲み、まずその日はさまざまな話をする。夜遅くまで焚火の火が燃えていた。

八月二十三日

昨日の続き。このクラスはとにかくテントを張ってその中で眠り、空を眺め、風に吹かれ、好きなようにこの三日間を過ごすというテーマにしているので、特に何もやることはない。昨年も同じ場所でキャンプをしたが、今年はなんだか妙にあくどい虫がたくさんいて、ぼくも早朝原稿を書いていたら、足を十五、六ヵ所さされてしまった。蚊とも違って傷口から血が流れ、強烈にふくれる。こういう虫にさされたことのない女の人は、大変なようだ。スタッフたちと生ビールを飲み、宮古からやってきた高橋政彦君の手土産のクジラなどを食べる。大変うまい。

この日は雨がたくさん降ってきたので、夜は屋根のあるところでみんなと話をする。

八月二十四日

昨日までの雨がすっかりやみ、気持ちがポカンと抜けるようなすさまじい好天気だった。カッと熱い太陽が照りつけ、まさに夏そのものである。風景がとても美しい。昨日までの雨にけぶった風景もよかったけれど、やはり夏はこんなふうに空が青く抜け、白い雲が流れる風

沖に鮫がでています、と浜辺のスピーカーは伝えていた。

景が楽しい。

午後までぶらぶらとその草原で過ごし、本日のフィナーレ会場に向かう。上山《かみのやま》は競馬場がフィナーレ会場で、そこに各地に散らばっていた千五百人の人たちが集まってくる。終了セレモニーのあと、大勢の人々と共にビールを飲み、宿舎に帰る。「あやしい探検隊」の面々と温泉に入りながら、最近の近況を話し合う。野田知佑さんが二日後アメリカにいるぼくの息子とアラスカの川下りをするという話を聞く。親の自分が息子の様子をまったく知らないというので、少し笑ってしまう。夜十二時過ぎにすばやく眠る。

八月二十五日

六時に起き、七時の朝食をすばやく食べて、クルマで東京に向かう。今日もすばらしくいい天気で、なんだかこのまま山形を去ってしまうのが惜しいくらいだ。東北道を東京に戻るつもりだったが、あまりのいい天気にもったいなくなり、常磐道に向かう。あてずっぽうにいわきの塩屋岬に出る。途中でホカホカ弁当を買って浜で食ったが、これがまことにうまくて、これまで食ったどのホカホカ弁当よりもおいしかった。おいしい原因は、うまい米であった。もう一個食いたいくらいだった。波が高く、海岸の放送塔が、今日は鮫《さめ》がいるので注意しなさい、というようなことをいっている。海は全面遊泳禁止だった。でっかい波を眺めながら、堤防で三十分ほど居眠りをする。それからやおらまた東京にまっしぐら。今回は山形を往復で千百キロ走った。夜自宅に到着。ヤレヤレとため息をついてどどんと眠る。

八月二十六日

家で原稿仕事。結構いろんな原稿が溜《た》まっていて、夜までたっぷり原稿づけの一日だった。

八月二十七日

クルマで東京駅近くのパレスホテルに行き、新幹線で京都へ。夕方戻ってきて、パレスホテルに宿泊。

八月二十八日

早朝六時に起き、すぐに出発。栃木県の益子《ましこ》の所定の場所に集合。読売広告社やその関連のスタッフらと合流し、目的地へ。雨が少しずつ降りだしてきた。一日かけてエドウィンのジーンズのコマーシャル撮影。家の中や軒下の撮影設定なので、雨が降ってもなんとか撮っていける。監督の奥さんの友人たちが豪華な食事を用意してくれて、昼食、夕食共にとてもおいしい料理が出てくる。夜は近くの温泉ホテルに宿泊。その温泉ホテルは本物の大量のお湯が出てきて幸せであった。岩切靖治、高橋舜らと遅くまで酒を飲む。

八月二十九日

早朝六時に起床。週刊誌の原稿を書き、十時までに二本仕上げる。その後昨日のコマーシャルの撮影の続き。夕方終了し東京に戻る。

八月三十日

午前中、最後まで残ってしまった「新潮ミステリー倶楽部賞」の原稿を読む。正午に全部読了。大変疲れた。三時からホテルエドモントで選考会。三十四歳の女性が受賞した。そのあと簡単なパーティ。タクシーで家に帰る。

八月三十一日

三時に原宿へ。三年間隔月体制で続けていたクレヨンハウス主催の「絵本たんけん隊」の今日は最終回。これはいつも教会で話をするのだが、あっという間の三年間であった。終了後、新宿経由で家に帰る。

八丈島荒波台風風呂

鮭が一箱に五匹。つまり一匹百円なのだ。

九月二日

今日は主として打ち合わせの日だ。午後に中野の事務所に行き、仕事場で少しの間、片付け仕事。この仕事場も三年目になる。本棚に入れた本の整理や机の中のいらない書類その他の掃除などをしたいと思っているのだが、なかなかできない。窓の下の大きな沢山の引出しの中には写真関係の資料やカメラの部品、整理したい映画関係の資料など、いろんなものが放り込まれている。いつかやろうやろうと思っているうちに、あっという間に一年、二年と経ってしまう。一仕事しようとするとどれも一日や二日ぐらいかかりそうな大作業なので、もしかするとこのまま一生この部屋の片付け仕事ができないのではないかと、ふと考える。

三時半に「環境新聞」の女性記者とカメラマンがやって来た。「環境新聞」というのはブランケット判(大判)の立派なつくりの新聞で、このようなものが出ているとは知らなかった。紙面もきわめて正統的な真面目《まじめ》な視点からの記事がたくさん出ていて感心する。取材は主として東京湾の三番瀬についての問題だった。女性記者はなかなか周辺事情について詳しく、好感が持てた。

そのあと西新宿の小さなスタジオに行き、三省堂の教科書に出ているぼくのタクラマカン砂漠の写真入りの取材記にからむ録音の仕事をする。まあこれは、自分の写真集についた文章を朗読するだけだからそれほどの労力はいらない。一時間ほどで済ませ、新宿西口の高層ビル街へ。高層ビルの地下にはたいてい書店が入っている。しかも夕方以降はとても空いているので、こういった書店で本をゆっくり探すのは好きだ。その日行った書店はあまり品揃《しなぞろ》えが良くない。めぼしいものは何もなかった。

　六時半にヒルトンホテルの二階にある「王朝」という中華料理店へ。新潮社の「ＳＩＮＲＡ」で連載していた「タクラマカン砂漠博物記」の打ち上げと、それにからむ代々の担当編集者との、まあ久しぶりの酒飲み懇談会だ。沢野ひとしもやって来た。円形テーブルを囲んで十人前後の知り合った仲間たちが生ビールを飲みながら円卓の上の中華料理をつつく、というのはなかなか楽しい。あの中華料理のぐるぐる回転する丸い台は日本人が発明したものだ、と沢野ひとしがいう。彼はときどき奇妙な知識を披露する。二時間半ほど飲んでタクシーで家へ。ニューヨークの娘からファックスが入っていた。「ニューヨーク通信」。もう、二十六号になっている。サンタクルーズにいる息子からは何の便りもない。八月後半から九月にかけて、野田知佑さんとアラスカに行っているという話を聞いていたが、どこでどんな旅をしていることかまったく見当がつかない。妻はメコン川源流へ向かってもう一ヵ月近くいない。電話通信手段はないから、こちらも連絡はまったくなし。まあ、そういうもんだろうと思いながら本を読みつつ眠る。

九月三日

早朝六時に起きてすばやく準備を済ませ、クルマで中央高速を小淵沢《こぶちざわ》に向かう。快晴である。しかもその快晴は上に「すさまじい」がつくような、本当に陽光が辺りの空気の中で飛び跳ねているような素晴らしい日だった。八ヶ岳の山麓《さんろく》にある乗馬クラブ、ラングラーランチに九時過ぎに到着。文藝春秋のグラビア取材をずっと続けている大東《だいとう》カメラマンと直子記者がすでに来ていた。ここの経営者の田中さんと久しぶりに再会。田中さんは二年前、やまがた林間学校でぼくのクラス「乗馬塾」でお世話になった人だ。そのときは全国から三十頭くらいの馬が集まった。そのリーダーをつとめてくれたのが田中さんである。今日は「週刊現代」の「あやしい探検隊　海山川酒焚火塾《たきびじゅく》」の取材で、まあ、とにかく一日中、馬に乗っていればいい。馬に乗るのは二年ぶりだった。山形で乗った大きなクォーターホースに乗る。モンゴルの荒々しい馬と比べると、この調教されたクォーターホースは外国製大型車、フルオートマチックという感じで、その気になれば前後左右気持ちのいいほど自由に操ることができる。よく訓練された馬に乗るのはうれしいものだ。その日ラングラーランチに来ていた他のお客さんたちと一緒に、外に出かける。乗馬用語ではこれを外乗という。遠く八ヶ岳が見えるすさまじい快晴の下で馬を走らせる。馬というのは乗っているのを見るとらくちんそうに見えるが、実際乗るとかなり激しい全身運動である。お昼過ぎに戻って来て、ビールを飲み、みんなでわははと笑い合う。午後は障害物の練習。バーを横に張った高跳びを生まれてはじめてやる。アパッチという名の馬は、ピョンピョン跳ぶのが好きなようで、初心者のぼくを乗せてピョンピョン跳ぶ。馬の背はそれでなくとも高く、それがさらに一メートルくらい跳び上がるのだから、相当な高度感である。しかしやってみるとこれがまことにおもしろい。十分堪能《たんのう》した。午前中野原を突っ走り、午後は障害物競走をやり、夕方は慣れない馬運動で全身がよれよれになっていた。リゾナーレ・ビブレクラブ小淵沢という、思いがけないほど大きくて立派なリゾートホテルに宿泊。同行取材の講談社と文藝春秋の編集者と夕方ビールを飲むが、なんだか全身がくたびれていて早く寝てしまった。

九月四日

早朝五時に起き、ガラスキの中央高速をすっとばす。家に着いて「週刊朝日」の連載小説の原稿書き。午後からまたクルマで東京駅に向かい、静岡へ。駅前ホテルで一泊。

九月五日

朝九時の新幹線で東京へ。銀座一丁目のホネ・フィルムに行き、宮部みゆきさんと対談。「新潮社雑誌広告の100年」というパンフレット用のものである。終了後銀座の「ストラスアイラ」でブラウマイスターの生ビールをぐびぐびと飲む。

九月六日

日比谷のプレスセンタービルに向かう。三年前に発足した「C.C.C（自然文化創造会議）」の主要メンバーと記者会見。この「C.C.C」は自然保護関係をメインとしながら、行政と連携を取り合って、反対だけの運動ではなく行政の予算をもう少し会話のある友好的な自然保護関係の意図に沿った工事にしてもらおうという、新しい考え方によるシンクタンク集団だ。メンバーは倉本聰さんが議長、C・W・ニコルさんが副議長、評議委員として野田知佑さん、立松和平さん、稲本正さん、そしてぼくなどが加わっている。一時間の記者会見にはテレビを含めてかなりの記者が集まって来ていた。よくテレビで見るような芸能界の記者会見と違って、こちらのはきわめて地味である。一時間ほどのやりとりが終ったあと、記者会見台を取っ払って参加した記者とコーヒーを飲みながらざっくばらんにいろいろな話をすることになった。おかげでたくさんの記者と話すことができた。

夜、朝霞市《あさかし》に向かう。小学校の旧友の猿田《さるた》敏明《としあき》と再会。夜更けに家に帰る。

九月七日

なんだか非常に蒸し暑い。お昼過ぎに東京駅に向かい、大丸で弁当を二つ買う。一時五十六分の「のぞみ17号」で岡山へ。ニューヨークの友人、ジャーナリストの田村明子さんがやって来たので、彼女と一緒に弁当を食いつつ西への旅。五時十一分に岡山着。タクシーでその日の目的地である中世夢《ちゅうせいゆめ》が原《はら》というところへ向かう。ここで毎年ホネ・フィルムは野外映画会を開いている。今回は新作の『しずかなあやしい午後に』をこの野外映画会で試写会上映しようという趣旨である。一時間半かかり、運転手と一緒に迷いながら目的の山の上へ。もうすでにホネ・フィルム関係者はたくさん来ていた。映画会への参加者は千人以上だ。辺りが暗くなると満天の星が現れ、まことに願ってもないシチュエーションになった。和田誠、林政明、佐藤秀明、道下和彦、太田和彦、各関係者、和田さんの奥さんの平野レミさん、それから九州の井上さん、人妻ナオちゃんなどの懐かしい顔ぶれが揃う。「夢番地」の広住さんが今回のメインプロデューサー。彼の力のこもった初プロモーションである。ドルビーサラウンドシステムでセッティングされた野外映画劇場は音の広がりが相当に広く深くなかなかのものであった。終了後その場所で焚火を囲んでの打ち上げ。こんにゃくがうまい。この

中世夢が原であやしい夢の一夜だった。

近辺で獲れたイワナをたくさん焼いている。おでんが温かい。星の光の中でみんなで笑って飲みあい、乾杯をした。十二時に終了。ワゴンタクシーで岡山東急ホテルへ。一時間少しかかった。着いたときはもう一時近かった。フロントにみんなの鍵《かぎ》が出ている。封筒に「しずかなあやしい御一行様」という表示。広住さんのセッティングらしいが、なかなか味があるツアー名である。

九月八日

今日は特に仕事はなにもない。原稿を書きつつ東京に向かい、途中で打ち合わせ。午後の早い時間に自宅に帰り、原稿仕事。

九月九日

激しい雨。クルマで下丸子《しもまるこ》のキヤノン本社へ。「キヤノン写真新世紀」第十四回の写真の審査会に参加。写真評論家の飯沢耕太郎さんとひるめしを食いながら対談。そのあと、巨大スペースいっぱいに広がる写真の審査に加わる。荒木経惟《のぶよし》さんがやって来た。この写真コンテストは若い人の参加が多く、その写真の過激さがなかなか素晴らしい。毎月「アサヒカメラ」に写真を連載している者としては大きな刺激になった。終了後すばやく、雨の中を帰る。

九月十日

成城学園の東宝撮影所でホネ・フィルムの短編映画、今年もっとも最後に完成したモンゴルの花と自然を描いた『ツェツェルレグ』のダビング。ナレーション原稿を書きつつ、ナレーターにそれを読んでもらうという、泥縄もいいところの最終仕事をする。昼食に久しぶりにテンヤモノのてんぷらそば。もうこれ以上のびることができませんというくらいにのびきっていた。夜まで仕事がかかってしまった。東宝のダビング・スタジオはいつも使っている日活スタジオとは雲泥の差の素晴らしさ。画面は日本劇場並みに巨大だし、スタジオそのものがとてつもなくでっかい。映写装置は最新鋭のものであるらしく、まあとにかく、こんなに立派なスタジオでダビングしたことはない。ホネ・フィルムがこんなに贅沢《ぜいたく》をしていいのだろうかとびびってしまうくらいだ。これはこの映画にかかわった一連のプロデューサーが違うためである。

九月十一日

朝から一日中自宅で原稿書き。集中して三十枚書き進める。夕方七時からビール。なんだかたくさんの電話が入って来て、てんてこまいの状態になってしまった。

九月十二日

同じく一日中原稿仕事。夜、七時からビール。二日間ほぼ同じような仕事をした。原稿トータルで五十枚。

九月十三日

二時から四谷にあるスタジオ・ダバスでビクターのビデオフェスティバルにからんだ録音仕事。終了後「梟門」に行き、看護婦さんたちとビールを飲む。医療界最前線のいろいろな話が聞けておもしろかった。タクシーで自宅へ。ほとんど気絶するように眠っていく。

九月十四日

クルマで羽田へ。十時半の飛行機で千歳へ。久しぶりの札幌である。札幌三越で、関連イベントが行なわれている。ホネ・フィルムの吉田と合流。夜、土屋ホームの久保さん、アナウンサーの林さんなどとススキノの小料理屋でビールと食事。なかなか明るくて楽しい一夜であった。最後に札幌ラーメンを食べてホテルへ。十二時過ぎにいい歳をして札幌ラーメンなどを食べるというのもよくないのだが、しかしどうも酒を飲むとこのラーメンというのがたまらないのだなあ。

九月十五日

午後の飛行機で東京へ戻る。センチュリーハイアットで宿泊。原稿書き。ビール。文学賞選考会関係の本を集中して読む。

九月十六日

九時四十五分の飛行機で小松へ。降りたところでホリプロのあべまみさんと合流。一緒のタクシーで金沢に入る。金沢も久しぶりだ。あべさんは今、風間深志のマネージメントをしているそうで、風間関連のおもしろ話を聞きながら行く。夜、金沢の仕事関係の人から食事に誘われたが、今日はとにかく酒をすっかり抜こうという気持ちがあったので、ホテルに籠《こ》もって外へ出ず、睡眠薬を飲んで寝てしまう。ちょっと疲労気味だったので丁度いい体力調整になった。

九月十七日

十時三十五分の飛行機で羽田へ。駐車場においてあるクルマでホネ・フィルムへ直行。朝日新聞の「小説トリッパー」の長田さんと打ち合わせ。中野を経由して家に帰る。

九月十八日

五時から中野の事務所で毎日新聞の取材を受ける。そのあと銀座の「ケテル」に行き、友人らと生ビールで乾杯。ここのアイスバインを食べながらビールを飲むのはたいへんうれしい、ということに最近気がついた。

九月十九日

三時から中野で写真セレクトの仕事。夜、酒を飲んで家に帰る。

九月二十日

七時に迎えのハイヤーが来た。すばやくパッキングした荷物を放り込んで、一路羽田へ。平日の朝だが、高速道路入口まで地元ならではの秘密の道をどんどん教えて、すばやく空港に到着。ラウンジで熱いコーヒーを飲みながら、週末のいくつかの週刊誌原稿を書く。十時三十分のANA機で千歳へ。北海道は雨だった。今日から月曜まで小樽から余市にかけての海山川酒焚火キャンプ大作戦が始まるのだが、到着早々雨というのが少々つらい。しかし、今日は小樽で泊まるだけだから、まあ、とりあえず先のことは心配しないことにする。

千歳でレンタカーを二台借りる。メンバーは「あやしい探検隊」の三島悟、大蔵喜福、谷浩志、それに「週刊現代」の編集者、担当記者、カメラマンの三人が加わった。昼過ぎ、小樽のグランドホテル・クラシックに到着。小樽は今日も観光客がぞろぞろ歩いている。これまで余市に向かうたびに、観光客がいつも大勢いる小樽は見慣れているが、今日はそのぞろぞろ歩きのひとりにどうやらなるようだ。ホテルはいわゆるプチホテルというやつで、昔の建物を利用した、天井の高いこざっぱりとしたなかなかいいホテルだった。「あやしい探検隊」と編集班は、荷物をほどく間もなく町にキャンプ関係の買い物に出かけた。ぼくは部屋でさらに原稿仕事。夕刻まで原稿を書いたり、うとうとしたりした。館内電話が入り、夕食の時間ですよという。みんなでぞろぞろと小樽の夜の町へ出て行った。

どこへ行くというあては特にない。まあ、望みとしてはとりあえず生ビールを飲みたい。それから海の幸の酒の肴《さかな》があればいい。うろうろ歩いているうちに、ガード下でそれらしき店を発見。中に入って行くと、観光客がやはり大勢いた。ビールをたて続けに飲み干しながら、北の獲りたての魚などを食う。一段落して、さらにその路地の奥へ。三島が発見した客のまったくいない、暇そうなバーに入って約三十分。やがてタクシーで、「海猫屋」に行った。ここは夜は居酒屋バーのようになる。倉庫を改造したこの店は、いつも余市に来るときに昼間寄って、コーヒーとカレーを食べている。今日は酒の客だ。ここにも生ビールがあった。主人が手際よく、大変フトコロの深い味のするサラダや魚の料理を作ってくれた。一足先にホテルに戻り、本を読みながら眠る。

九月二十一日

早朝目が覚める。少し寒いと思っていたら、昨日二重窓の外側を開け、内側に少し隙間《すきま》をつくったまま眠ってしまったのだ。雲が速い勢いで流れ、青空が見える。あのどしゃぶりの雨が嘘《うそ》のように、今日は急速回復である。大体ぼくはいつでも天候にものすごく強いのだが、今回もどうやらこれで第一日の登山作戦は勝ったようだ。朝食を済ませ、パッキングを済ませ、どんどん余市の方向へ向かう。翌日下る予定の余市川を偵察しながら、ずっと上流方向へ上って行く。二台の車の連絡をするために、簡易ハンディトーキーがあまり大して必要でない連絡を繰り返す。余市川は昨日の大雨でかなり増水、水色は茶色く濁っていた。結構流れが速く、思ったよりも楽しめそうな川である。いくつかのポイントで、カヌーが降ろせる。途中鉄橋の下に、五級ぐらいの瀬がある。ここを越えるのはちょっと大変そうだ。偵察は二時間ほどで済ませ、方向を山に向ける。今日登る山はニセコアンヌプリである。千三百八メートルの低い山だが、冬場に何人か死んでいるようで、秋の陽光が辺りにはじけとんでいるようで、まことに素晴らしいシチュエーションだ。少々アプローチは遅れたが、身支度を整え、登山開始。一時間半で登頂する。頂上でパンにチーズ、ハム、トマト、レタスなどを勝手にはさむいつもの三島流洋風昼食。各自缶ビール一個。小樽の赤ワインをみんなで分けて飲む。目

山頂で三島スペシャルランチを食う。

の前の羊蹄山《ようていざん》に笠《かさ》をかぶったような雲がかかっており、なかなかおもしろい。ぎらぎらと陽光がここでも辺りに飛び散っている感じで、このように気分のいい登山は久しぶりだ。ゆっくり下山。「薬師温泉」というところに投宿。ここは以前、積丹《しゃこたん》半島一周の気《き》儘《まま》な旅をしているときに立ち寄ったところで、かすかな記憶がある。岩の中に濁ったお湯と澄んだお湯のふたつの温泉があるが、窓のない温泉でなんだかすごく全体に暗い感じである。外に露天風呂があるという。みんなで行ってみると、茶色く濁った沼のような温泉で、中は日向水《ひなたみず》ではないかと思うくらいぬるい。ところどころにしかし、ぶくぶくと泡が出ているので、たしかにここは温泉のようだ。中に入って首までつかったが、ぶくぶく泡が出てくるのでまるでおならをしているようだ。あったまってビールを飲むというようなわけにはとてもいかない。上がるとがちがち震えるのであわてて温泉の中の濁り湯に入った。しかしこの濁り湯もさっきより屋根がある分だけ温かいという程度で、やはりここもフロ上がりはヨロコビのビールというわけにはいかない。それでは、と今度は澄んだ温泉のほうに行ったが、ここも前より二度くらい温かい程度で、体温とほとんど変わらない。どうもここは湯治するようにゆっくり一時間も二時間も入って体の芯《しん》から温める温泉のようだ。われわれビールわっせわっせ班にはむかない。あきらめて風呂から上がり一室に集まってクーラーボックスに冷やしてある、「秋が香るビール」を飲む。今ぼくはこのビールが世の中でいちばん好きだ。ビール宴会ののち夕食。夜はまた少し雨が降ってきた。

九月二十二日

身支度を整えて余市川に向かう。アリスファームの藤門弘《ふじかどひろし》が息子の仁木《にき》を連れて来た。仁木は小学六年生。以前見たときよりもずいぶん大きくなっていた。カナディアンカヌー三杯にふたりずつ分乗。出発のところでまず、ぼくと三島のカヌーが転覆した。中に乗せてあったほとんど飲んでいないジャックダニエルが流出。川は思った以上に流れが速い。しかしその分おもしろい。鉄橋の下で三島が杜撰《ずさん》な接岸に失敗。ぼくは岸に這《は》い上がったが、三島は五級の瀬に流されぼこぼこにされる。右手に負傷。これはまあ、自業自得の傷である。海から上って来るでっかいシャケの姿がたくさん見える。この余市川もずいぶん前からシャケがまた帰って来るようになった。しかし途中に梁《やな》がつくられていて、そこでたくさんのシャケがひっかかっている。イクラをとるだけのための仕掛けである。なんだかひどくかわいそうな気がする。昼食はホカ弁と陸上サポート隊がつくるラーメン。ずいぶん腹が減った。荷物を撤収しそのままいったん余市のぼくの北のカクレ家に行き、荷物を少しひっぱり出し、いつも行く魚屋さんに寄ってキャンプのための魚を若干注文。でっかいシャケが一匹百円であった。なんてことだ。それから小樽の西の外れにある海岸に行き、テントを設営した。そこには北海道の海水浴場発祥の地という看板が出ていた。三島の手の負傷は骨まで至らず、なんとかその日の料理仕事ができるようだ。今回は三島がキッチンの主任なのだ。たくさんの食材がならんでいる。焚火を起こし、ビールを飲み、いつものように突如的に焚火宴会に突入。素晴らしい夕焼けが広がっている。その夕焼けを眺めて酒を飲むだけで、なんだか我が人生素晴らしいぞ！　というような気分になる。夜、ぽつぽつと雨が降り出してきた。テントに入り雨の音を聞きながら眠る。

九月二十三日

まだ暗いうちに起床。朝食は大量のイクラとあったかいご飯。つまりイクラ丼《どん》である。さらに昨日残ったご飯で、林《リン》さんチャーハンがつくられる。朝からビールを一本飲む。天気はまあまあ。午前中に撤収し、ふたたび千歳に向かう。千歳は三連休の最後なので、行楽客でごったがえしていた。発作的ではあったけれども、北の国の海山川酒大作戦は変化に富んでなかなかおもしろかった。

九月二十四日

銀座のホネ・フィルムに行き、夕刻から打ち合わせの連続。「海燕」編集長、集英社の山田さん、JASSインターナショナルというアウトドアメーカーの経営者と打ち合わせ。六時から「アトーレ」で菊池仁をはじめとするサラリーマン時代の懐かしい連中と酒。終ったあとめずらしく銀座のクラブに行く。

九月二十五日

埼玉県の八潮市に向かう。途中、草加《そうか》の駅で女学生の白ソックスだぶだぶの醜い集団とたて続けに遭遇。その後ろから今度はズボンずり下げパンツ丸出し男がやって来る。どうもこれもなんでこうなってしまうのかというくらいみっともない流行《はや》りもので理解に苦しむが、まあ流行とはそういうもんなんだろう。ズボンずり下げ男がズボンをずりずり下げつつ駅の便所に向かって行く。ズボンずり下げ男と駅の便所が関係すると、この風景はとてもやばいものになるということを発見。ズボンずり下げ男は公衆便所の前の自動ちり紙販売機でちり紙を買っている。ズボンを下げつつちり紙を買っている風景というのは、あまりにもマヌケで笑える。夕方、中野の事務所で新潮社の編集者と打ち合わせ。来年一月から「新潮」で超常小説の連載を開始することにする。そのあと毎日新聞多摩版の取材。来月行なわれるぼくの映画祭の取材だ。七時から朝日新聞政治部の記者がふたりやって来る。政治に関する取材である。

九月二十六日

自宅の隣の津田塾大学で毎年秋に行なっている拡大授業の臨時講師で出席。一時から二時半まで階段式教室で、最近思うところなどを話す。夕方、ホネ・フィルムで急ぎの仕事。

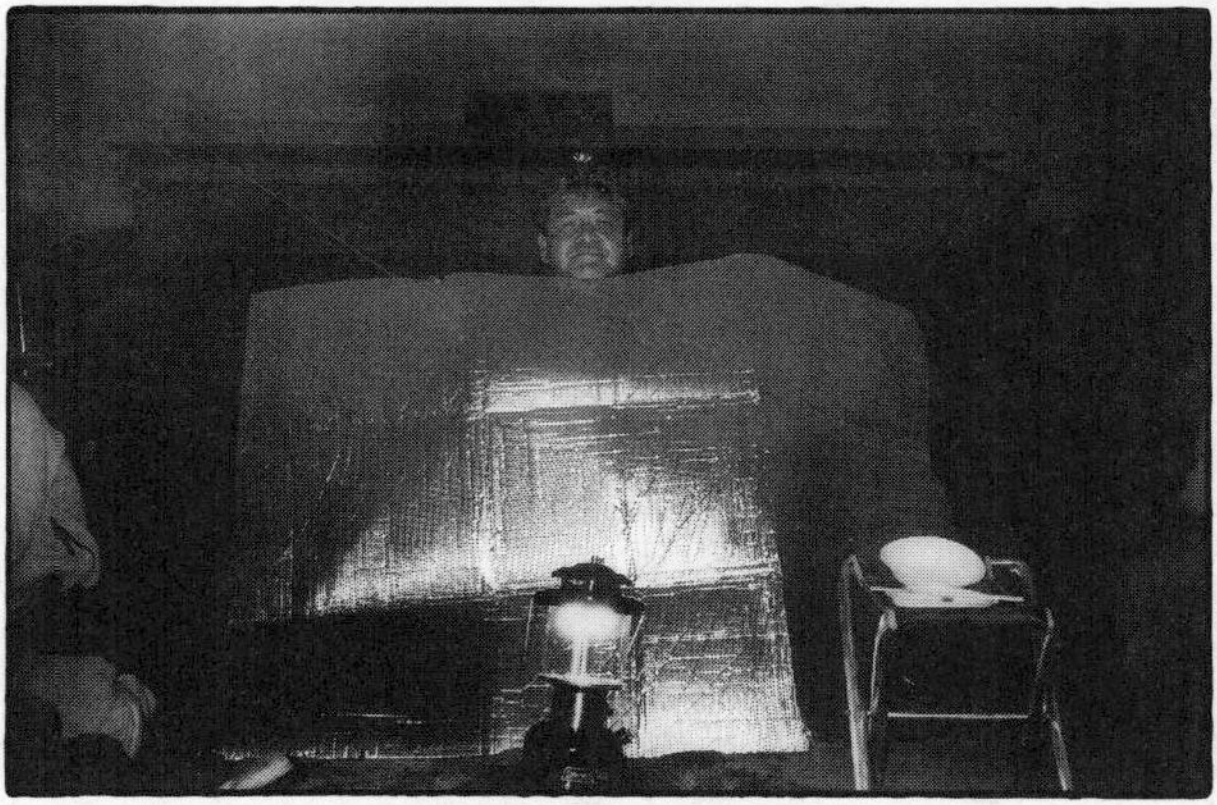

この人はバカなのではない。写真の照明係なのだ。

七時からまたもやアトーレで余貴美子さんと食事。

九月二十七日

世田谷《せたがや》弦巻《つるまき》の田村能里子《のりこ》さんの家に行く。田村さんは今朝、バンコクから帰ってきたばかりだという。今、バンコクで大きな壁画に挑戦中なのだ。クルマで渋谷に行きＢＥＡＭで和田誠さんと公開対談。

九月二十八日

午前中家でずっと原稿仕事。週刊誌の原稿はもう完全に毎週のルーチンワークの中に入っているが、隔月で組み合わされている小説誌の連載が原稿を書き出すまでに少々時間がかかる。三時に家を出て京橋へ。「雪園」という中華料理店に行く。今日は一九八八年にタクラマカン砂漠のまんなかにあるロプノールと楼蘭《ろうらん》に探検隊を結成して行った人々との久しぶりの再会酒宴の日だった。早稲田の長澤和俊教授が食道癌《がん》で少し体を悪くしたが、元気な姿を復活させていた。朝日新聞社の轡田《くつわだ》隊長をはじめとして、懐かしい面々が揃っている。みんなきっちり八年分歳をとった。ぼくもそうなんだろう。青島《チンタオ》ビールとアサヒビールとキリン一番搾りの三種類のビールが出た。この店は従業員が全部中国人のようである。老酒《ラオチュー》がうまい。赤坂プリンスホテル経由で自宅に帰る。

九月二十九日

クルマで羽田へ。パーキングへクルマをおいて、十二時発の飛行機で八丈島へ。谷浩志、太田和彦、林政明らと一緒になる。今日は八丈島で、ホネ・フィルム恒例の焚火つき酒宴の日である。しかし、台風が接近しているので漁師のカズは空港にはいなかった。神湊《かみなと》へ行くと台風接近の準備のために船をロープでつなぐ仕事を大急ぎでやっていた。いつも行く藍ケ江《あいえ》は大きなうねりがきていた。台風接近は確かなようである。カズのお父さんやその友人の漁師らにこの前の台風の話を聞く。堤防から距離にして百メートル、高さにして三十メートルほどのところの漁協の家が波によって壊されているのを見ると、その風波の恐ろしさがイメージできる。

東京からは三百人ほどが参加した。映画会場には町長をはじめ、いつもの顔ぶれが揃う。島からも三百人ほど参加し、体育館は人でむれ、暑いほどであった。映画上映後、今回は台風がらみの風が強いので、堤防での宴会はあきらめ、中之郷《なかのごう》小学校での三百人宴会となった。オナガダイやカジキマグロの刺身、その他、海の幸がわんさと並んでいる。みんな満足そうであった。いつものように南国温泉ホテルに入り、海の見える露天風呂で手足を伸ばす。風波はさらに強まっているようだ。

北のカクレ家で栗ひろい

こうしてじわじわ鮭を追いつめていく。

九月三十日

八丈島の焚火《たきび》付き映画大会の翌日。外から吹き込む嵐の音がものすごくて、見る夢はすべてその音が関係しているものばかりだった。明け方四時頃目が覚めた。やや二日酔いぎみで頭が痛い。光のない海だが、嵐の波頭が白く崩れるのがわかる。寝ようと思ったけれど音がものすごくてどうしても寝られない。仕方がないのでお風呂に行った。露天風呂につかって嵐を体で感じようかと思ったが、行ってみるとそんな悠長な余裕などない。屋内でガラスを絶えずガタガタ揺らす嵐の音を感じながらぼんやり全身をお湯に委《ゆだ》ねる。部屋に戻ってももう寝る気はなくなってしまったのでぼんやりしていた。思いついてテレビをつける。この頃ずっとテレビを見ていないので少し抵抗があったが、天気予報を見る必要がある。しかし、まだどこもやっていなかった。そうか、日本はまだ一応健全なんだな、と思う。一時間ほど「週刊文春」の連載エッセイの原稿を書く。

六時過ぎまたテレビをつけてみる。台風は二十号と二十二号がやって来ている。二十号が八丈島に接近しているようだ。七時半に朝食。食べ終ってすぐに空港に行った。飛行機はどうやら一便は出るようだ。昨日、映画会やそのあとの宴会で出会った人びとがやって来る。一便の人が多いようだが、二便以降の人もいるようだ。飛行機の予約をしていなくて当日にと思っている人もいるらしいが、どうもそれは厳しそうだ。八丈島は台風が来ると船も飛行機も止まってしまう。まあ、今くらいの接近なら午前中はもつだろう。午前中だと三便飛ぶので相当数は帰れそうだ。やって来た飛行機に乗って東京に戻る。置いてあったクルマで中野に向かう。その間に電話をしてみると、二便以降が飛んでいないということだった。なんてことだ。自宅に戻り少し片付け仕事をする。

夜、八丈島から連絡が入った。ほとんどの人が宿泊を延長し、十ヵ所以上の民宿に分散しているという。宇田川プロデューサーが残っているので、状況が把握しやすい。今度の旅は全員が自分の好きなように交通機関を選び、自分の好きな宿に泊まるといったすべて個人参加型になっているのでわれわれがすべての参加者の足を確保する義務はないのだが、しかし、嵐で島に取り残された経験は過去自分にもあり、結構それは見通しのつかないもどかしさがあるものだから気の毒に思う。宇田川から各民宿の電話番号のファックスをもらい、それぞれの民宿に電話した。みんなから状況を聞き、まあ、こういうことも一生のうちにめったにないことだからかえってそれを楽しんでください、というようなことを伝える。夜更けまで原稿仕事をして眠る。

十月一日

朝起きて八丈島に電話。宇田川から島の状況を一括して聞く。みんなそれぞれの民宿で、それぞれが被災者集団のようになって地元の人と結構密度濃く混じりあっているということだ。まあ、やれやれと思う。午前中家で原稿仕事。午後からクルマで八王子に向かう。八王子芸術劇場というところで講演。八王子市長がぼくの本をいろいろ読んでくれているようで、楽屋でしばらく話をする。終了後クルマですばやく家に帰り、お手伝いさんの作ってくれていたおでんを食べ、ビールを飲む。八丈島に電話。状況はかわっていない。もしかすると明日もだめだろうというような見通しになっているそうだ。やれやれ。

十月二日

午前中、家で原稿仕事。午後、渋谷のゴールデンホールに行く。講談社の川端さんと単行本発行についての打ち合わせ。そのあと、時間どおりにやって来た和田誠さん、沢野ひとし、太田和彦などと今年のホネ・フィルム映画『しずかなあやしい午後に』についての記者会見をする。終了後、渋谷パンテオンへ。東京国際ファンタスティック映画祭に招かれた『しずかなあやしい午後に』の舞台挨拶《あいさつ》。そして上映。終了後近くのビアレストランでみんなで酒を飲む。高間さんがやって来てくれた。タクシーで家へ。八丈島に電話。飛行機が動き出し、かなりの人びとが帰り始めているという。

十月三日

八丈島に電話し、東京帰還作戦がほぼ終了しつつあるということを聞き安心する。クルマで朝日新聞社へ。全日本写真連盟の創立七十周年を記念した写真展の審査員をする。一万点以上の写真を眺めていく。神経と時間をたくさん使う仕事だ。昨日いきなり風邪《かぜ》をひいてしまい、鼻水が出てどうしようもない。ふだんめったに風邪をひかないが、いつかかったかわからない風邪であった。しかし、全身のだるさとかそういったものはなく、ただただひたすら鼻水が出る。典型的な鼻水風邪というやつだろう。審査をしながら絶えず鼻をかんでいるのでみっともない。終了後、銀座八丁目の「つばめグリル」にいって、生ビールとアイスバイン。

十月四日

午後の便で新潟に向かう。「週刊現代」のいつものスタッフメンバー、それに谷浩志、川上裕、上原ゼンジの「あやしい探検隊」の面々。新潟に到着し、すぐにタクシーで港へ。小一時間ほど時間待ちし、佐渡島《さどがしま》に向かう。水中翼船は時速八十キロでびゅんびゅんとばしていくので気持ちがいい。ぼくは原稿をかかえているので休憩所から船の中までずっと仕事をしていたが、メンバーはみんな心地よさそうに眠っている。船の中の眠りというのは気持ちがいいのでうらやましいなあと思う。

午後五時に佐渡の両津港に着く。島の空気は穏やかに和んでいた。迎えのバスで指定の宿屋に行く。ハイツホテル青木。ここは「週刊現代」加藤さんの高校時代の友人が経営しているのだという。通された部屋は湖が真正面に見えるいいところだった。まあとりあえず、という気分で温泉に行く。このところ週末はいつも温泉に入ってのんびりしている。これはありがたいことだ。スタッフは町に買い出しに行ったようだ。

午後六時半、ロビーに集合し、加藤さんの家に行く。そこにはすばらしい海の幸料理が広がっていた。ありがたいことに、生ビールのサーバーがあって、生ビールをがんがんと飲めるようになっている。これはすばらしい。漁師の仕出しの人が来て、魚も焼いてくれる。サンマがうまい。刺身や舟盛り、カニも出てきた。こんなに歓待されていいのだろうか。まあしかし、遠慮せずにぐいぐいといただく。いい気分になって宿に戻り、そのままぶっ倒れて眠る。

十月五日

午前中、ぼくは部屋で原稿を書き続ける。「小説新潮」の「熱風」という短編。新幹線でよく、車内が暑すぎたり寒すぎたりすることが多い。この冷房がどんどんはてしなく寒く寒くなっていってしまったらどうなるんだろうという、まあ、どうということのない単純アイディアを発展させていく相変わらずの馬鹿話だ。が、しかし、きちんと書いていかねばならないので時間はかかる。

部屋割りを示す貼《は》り紙には「あやしい探検隊」と書かれている。この「あやしい探検隊」が宿の掃除のおばさんにはやっぱり相当にあやしく思えるらしく、外で話しているのが聞こえる。「この、アブナイ探検隊って一体なんなんでしょうねぇ」というような雑談だ。アブナイんじゃなくてあやしいんだけどなぁ……と思ったけれど、そういうとかえってわけがわからなくなるだろうから黙っていた。

お昼までに原稿を片付けて島の反対側にある磯《いそ》に向かった。そこではみんなが磯釣りをやっている。獲物はメジナで、川上がぐいぐいとたくさん釣り上げている。ぼくも遅ればせながら参加したが、ちっちゃなベラの類《たぐい》が釣れただけだった。

夕方、加藤さん親子が浜に磯鍋《いそなべ》をセッティングしてくれた。ジャガイモとタマネギを入れ、魚の出汁《だし》でうまい汁を作る。クーラーボックスの中のビールを飲み、夕日を眺めてしばし歓談。至福の一時である。そのあと宿に戻る。食事をしようと通りがかりの鮨屋《すしや》に入った。大きな鮨屋だった。ブリ丼《どん》というのがある。アワビ丼もあった。イカ丼というのもある。なんだかこのあたりの鮨屋はなんでも丼《どんぶり》の上にのせてしまうようだ。「週刊現代」の野田さんがブリ丼に挑戦。鉄火丼のようにブリがのっかっている。なかおちのあたりはうまいが、あとの肉はちょっと鉄火丼とは歯触りが違って評価が難しそうだ。アワビ丼というのも試してみたかったが、ここのご飯のかたさとアワビのかたさでは食べる前に見当がついてしまう。佐渡島のカツ丼はカツをのせてそこにソースをかけてあるだけのところが多い。とにかく丼が一味違う島のようだ。宿へ帰り一風呂浴びて眠る。

十月六日

快晴。突き抜けるようなすばらしい日差しである。二台のクルマに分乗し、佐渡の金山に向かう。佐渡には何回か来ているが、金山に入るのは初めてだ。観光客がたくさんいる。昔の金山坑道をそのまま観光用に設《しつら》えているのだが、ずいぶん奥深く入っていくので驚く。ところどころにロボットというにはちゃちな人形が動いている。動いてテープが喋《しゃべ》るというシステムで、いろんなことをいっている。薄暗いなかでふんどしひとつで働いている動く人形の姿を見ていると、凄《すさ》まじかったであろう当時の風景の片鱗《へんりん》を思うことができる。水を上げる機械の筒型の上部にハンドルがあって螺旋《ねじ》を回すシステムになっている。これはアルキメデスのスクリューといってなぜかぼくは昔から知っていた。一年ほど前には、「アルキメデスのスクリュウ」という小説を書いたくらいだ。これがどうしてこの金山にあるのか、ということが不思議になった。歩いていくと、このアルキメデスのスクリューについての解説があった。その解説にも、「ヨーロッパの伝来だが、どうして当時佐渡にこのシステムが入ったのかは不明である」と書いてある。

金山を出て今度は砂金とりに出かけた。砂金とりも観光化されていて、A級B級C級とその難易度によってコースがある。A級はまあ、いってみれば池のようなところにあらかじめ砂金をばらまき、それをコテで探して掬《すく》いとるというような、金魚掬いのようなものだ。もうちょっと本格的なものを、ということで、その近所にある砂金の流れる川に案内してもらった。ここでは本当に砂金がとれる。用具の名前はわからないが大きくて平べったい板の上に川の土砂をたくさん入れる。そして徐々にそのドロを洗い流していき、最後に砂金を探すというやりかたで、なんとなく砂金のとりかたというのは頭の中にあったが、実際にやってみるとその理屈がわかってくる。要は、重たい金の比重を利用したとりかたなのだ。短い時間だったが知っているようで知らないことを体験するのはなかなか面白かった。途中、お酒の共和国という、まあつまりは地元の酒蔵の工場見学を観光化しているところへ行き、その酒蔵の酒を一口飲む。ドライブインのようなレストランに入って昼食。港に行って来たときと同じルートを逆に辿《たど》りながら自宅に戻る。小さな、しかし結構みんなでわははは、わははと笑い合った秋の面白い旅であった。

十月七日

正午にクルマで家を出て、新宿で太田篤哉と女優の景山仁美さんを拾う。一路箱根へ。今日は先頃死んだ明石賢生を懐かしみつつ、追悼しつつ激闘するマージャン仲間との一泊旅行である。温泉マージャンは死んだ明石賢生が最もやりたがっていたことだったので、彼がついに参加できなかったのは悲しいけれど、まあみんなで明石のことを思い出しながらパイを打とうという目論《もくろ》みである。湯本のホテルはつはなというところだった。大きな格調高いホテルである。「噂《うわさ》の眞相」の岡留さんがもう到着していた。篤哉と温泉に入っていると目黒も到着。遅れて亀和田武もやって来た。われわれにはちょっと上品な夕食を食べ、すぐさま戦いに突入。一時までやってぼくは眠った。めずらしく勝った。

十月八日

七時に起きてひとりで朝食を食べ、すばやく東京に帰る。残った連中はお昼まで戦っていたということだ。

家に帰って原稿仕事。週刊誌の小説とエッセイを一日かけて書き続ける。

十月九日

昨日の続き。小説を書き続ける。夕方から、作ってもらった湯豆腐でビールを飲む。平凡だが仕事の充実した一日だった。

十月十日

十一時四十五分の飛行機で北海道の中標津《なかしべつ》へ。十月十日は全国的に晴れるといわれているが、この日もまさしくそうだった。飛行機の窓から見える中標津近辺の風景はもうすっかり茶色と黄色の秋の気配を濃くしていて、そこを白銀の川がうねって走っていく。スケールの大きな気持ちの引き締まるいい風景だ。中標津からレンタカーを借りて東洋グランドホテルに向かった。先だっての鼻水風邪はその後治ってしまったと思っていたのだが、鼻水風邪から背中うすら寒風邪に移行したようで、なんとなく背中がうすら寒い。部屋に入るとエアコンのどこかが壊れているらしく暖気が入ってこない。追い詰められている原稿があるので、テーブルに向かってしばらく書いていたが、どうにも背中が寒いのでこれはなにか熱いものを食べようとレストランに行くと、このレストランは和洋中なんでもこいのお店であった。そこで熱いもやしそばを注文。非常に洒落《しゃれ》た店で、なんだかそんなところでもやしそばを食べるのは申し訳ないような雰囲気である。そのあと温泉に入った。また今週も温泉である。露天風呂があってそこからは標津川が見える。なかなかいい気分であった。その日の夜、町の居酒屋で昔新日本プロレスにいたジョージ高野さんと逢った。彼とは十四、五年前、メキシコの町で何日間か暮らしたことがある。その時一緒にいたのはヒロ斉藤と小林邦昭で、毎日タコスを食べ、テキーラを飲んでいろんな話をしたものだ。ジョージ高野と生ビールを飲み、昔話をしばらくする。

十月十一日

今日もすばらしい天気だった。上空まできれいに澄み上がった感じである。陽光がキラキラ光っている。レンタカーで海に向かった。対向車も同じ方向に行くクルマもほとんどないので、思わず鼻唄が出てしまう感じだ。

標津の海はしずかに広がっていた。空は薄紫に翳《かげ》っている。よく晴れた日の空というのは薄紫色になるものだ。海の向こうにクナシリ島が浮かんで見える。大きな島だ。外国がこんなに手が届くようなところにある。その道路を海岸沿いに進む。途中の小さな川の欄干《らんかん》でおばさんがふたり、下を覗《のぞ》いている。なにかなぁと思って降りてみると、シャケの追い込み漁のようなことをやっている。網の中にたくさんのシャケがかかっていた。羅臼《らうす》を回りウトロに抜ける。山道だ。左右の紅葉がさらに美しい。この紅葉の中をぐんぐん登っていく。一番高い見晴らしのいいところでクルマを停《と》め、またしばらく海とクナシリを眺めた。ウトロの近くの川にもシャケがたくさん溯上《そじょう》していた。彼らは相当に傷つきくたびれ果てている。観光バスの人びとがそれらを眺めていた。ウトロからアバシリまで、さらに海岸線をのんびり進む。アバシリの町は夕日が差し込んでいて、なんだか町中いたるところ眩《まぶ》しい感じだった。網走セントラルホテルに投宿。このあたりのホテルは駐車場が無料でどこに入れてもいいというのがなかなかうれしい。

夕方、町に出た。東京で流行《はや》っている女子高生のルーズソックスが、こんな遠くの町でもちらほら穿《は》かれ始めている。しかし、見ていると二十人にひとりくらいの割合だ。思い返してみると先日行った佐渡島には、まだこのルーズソックスを穿いている姿はなかった。海を隔てたところは少し遅れるのだろうか。あてもなく川沿いの小さな居酒屋に入った。カウンターと小上がりのある典型的な北海道仕様で、大きな網でたくさんのシャケを焼いている。シャケのにおいがまことに心地いい。カニとタコの刺身でぼんやりビールを飲んだ。隣の客が声をかけてきた。彼は二週間の北海道の旅だという。二時間ほど飲んでホテルに帰った。

十月十二日

七時に起きてすぐに朝飯を食い、女満別《めまんべつ》に向かった。交通量が少ないから空港までの時間計算が簡単にできてありがたい。レンタカーを返すとあたりは異様なにおい。なんですか、と訊《き》くと、空中散布の肥料のにおいだという。女満別空港では俳優の中村敦夫《あつお》さんと歌手の金田たつえさんに逢った。この時期東京へ向かう飛行機は満席だった。東京へ戻ると、また原稿締切りが待っている。飛行機の中にいるあいだに少しでも書いてしまおうと、またじわじわと原稿用紙に向かう。羽田に置いてあったクルマで自宅に戻り、熱い風呂に入って、ふぅ、などとため息をひとつ。また、小さな旅が終った。

十月十三日

今日も出かけなければならない。京浜急行上大岡にできた、京浜百貨店の開店記念にからむサイン会だ。晶文社で出した『風の道 雲の旅』が今日のサイン本。クルマで行くがどうもこのあたりは初めてのところなのでぐるぐると迷ってしまった。やっとどうにか到着。たくさんの関係者を紹介されたがこのお店の副社長の鈴木祥三さんは昔「ストアーズレポート」をやっていたころによく逢った伊勢丹の人だった。なんだかとても懐かしい。サイン会は大勢の人が来てくれた。二千六百円と高い本なのだがありがたいことである。終了し、その足で箱根に向かう。箱根まで二時間。「萬翠楼福住」に到着。すでに目黒と浜本が来ていた。今日は「本の雑誌」の四人座談会である。沢野ひとしがやって来たが、木村晋介がまだ来ない。とりあえずお風呂に入って飯を食おうということになった。ここはもう、いつもこの座談会をやっているところなので、宿のほうも心得ている。大きな舟盛りの刺身が出てきた。ビールを飲んでいるうちに木村晋介到着。ひととおり夕食を片づけてからウイスキーと焼《しょう》酎《ちゅう》を飲みながら発作的座談会に突入。今日の最初のテーマは「もし、超能力の人びとを集めて会社を創るとしたら、どんな仕事ができるか」というようなものだった。夜十二時過ぎまで大小三つの馬鹿話を済ませた。くたびれはてて眠る。

十月十四日

全員そろって旅館の朝食。アジのひらきが大変うまい。木村を乗せて東京に戻る。外は雨だった。木村を彼の事務所へ送り届けて中野経由で自宅に帰る。

十月十五日

また、小さな旅の始まりだ。午後、福岡に向かう。福岡の日航ホテルに投宿。迎えが来てベネッセコーポレーションの人たちの案内で市内の料理店に行く。ここでは韓国風の味《み》噌《そ》鍋《なべ》をごちそうになる。肉と野菜を入れて辛いのを豪華に食べる。なかなか結構であった。十二時前に宿に戻り、眠る。

十月十六日

六時に起きてシャワーを浴び、今日締切りの週刊誌の原稿を書く。八時にルームサービスで朝食。迎えに来てくれたベネッセの人と電気ホールへ。一時二十分の新幹線で博多から岡山へ向かう。岡山で十五分の待ち合わせ。「南風9号」に乗って四国の須《す》崎《さき》へ向かう。列車は空いていた。旅人はみんなふたり連れだった。結構長い時間乗るので、ずっと原稿を書き続ける。須崎は高知と中村の丁度中間くらいと聞いていたが、降りたとたんに海の気配のする場所だった。

高知に向かい「城西館」に泊まる。高知はよく来て泊まっていたが、この大きなホテルは初めてだ。温泉旅館で一番上に大きな展望風呂がある。いわゆる温泉旅館と都市ホテルをミックスしたようなところで、地方都市はむしろこういう宿のほうが寛《くつろ》げていいような気がする。夕食を食べに市内に出る。カツオの刺身で土地の酒、とりあえず文句なし。

十月十七日

朝の飛行機で羽田に戻る。飛行機の隣の席にいた女性は知った顔だった。五、六年前高知の古い学校の由緒ある建物を取り壊す話になり、その取り壊し反対の運動をしていた人だ。なにかの縁でその取り壊し反対の応援に参加した。東京に手工芸のビジネスで向かうのだという。飛行機のなかでずっと、さまざまな話をしていく。

東京に戻りホネ・フィルムへ直行。午後から鈴木映画の菅沼さんと、この秋からはじまる『しずかなあやしい午後に』のコンバットツアーの打ち合わせ。三時半から「週刊金曜日」の編集長本多勝一さんと対談。「週刊金曜日」の三周年記念号のためだ。八時に有楽町阪急へ。今週からカヌー犬ガクの展覧会が行なわれている。「あやしい探検隊」の関係者が、日替わりでここでサイン会をしているのだ。とっぱじめがぼくであった。大勢の人がやって来てくれた。四百人以上の人にサイン。八時半までかかってしまった。終了後、銀座のレストランでビール。酔って、クルマを置いて家に帰る。

みんな酔っているのであります。

十月十八日

午前中自宅で原稿仕事。午後、映画を観に行く予定だったがやめにして、ぼんやり本などを読んで過ごす。

十月十九日

今日と明日、地元小平市のルネこだいらでぼくの映画祭が開かれる。これまでとってきたすべての映画を二日間にわたって上映し、両日新作の『しずかなあやしい午後に』を上映するというスケジュールだ。思えば小平のこの映画会も今年で五年目になる。最初は地元の主婦などが学校の子どもたちと観るということで『ガクの冒険』の映画会を開いてくれた。そのときに、時間があったら来てくださいといわれて挨拶に行ったのが始まりだった。以降毎年毎年、地元で映画会が続けられている。今年は千六百人入る大きなこのルネこだいらで二日間、手作りの映画祭というわけだ。

関係者が両日にわたってたくさんやって来る。とりあえずぼくは最初から挨拶をしなければならないので、午前中にルネこだいらに行く。毎年秋になると顔を合わせる主催者のみなさんとひさしぶりに握手。今年もよろしくお願いします、と言葉を交わしあう。大勢のお客さんがやって来た。夕方頃には関係者もどんどん顔を出してきた。沢野ひとし、太田和彦、野田知佑、和田誠、木村晋介、林政明、高間賢治、垂見健吾、中村征夫、黒田福美、本名《ほんな》陽子といった面々だ。新作映画を上映したあと、木村晋介の司会でこれらの人びととステージに上がり、いろいろな話をする。国分寺のレストランで打ち上げがあったが、どうにも疲れてしまいそれはパスしてしまった。家に帰って熱いシャワーを浴び、ぶっ倒れて眠る。

十月二十日

昨日に引き続き今日は映画祭の後半。やはり十二時前にルネこだいらに行き、楽屋に顔を出す。今日も満員の客だった。たくさんの知り合いがやって来る。木村晋介、佐藤秀明、加藤登紀子、猪腰弘之、高間賢治。今日は、終了後主催者の地元の人たちと一緒にゲストを交えて国分寺の中華料理屋で打ち上げ。ぼくも前日行かなかったので参加した。十二時まで酒を飲む。

十月二十一日

午前中少し寝坊し、午後から中野の仕事場に行く。クレヨンハウスの高谷みち子さんと、『絵本たんけん隊』出版についての打ち合わせ。

十月二十二日

午後遅くクルマで品川のきゅりあん大ホールへ行く。「週刊金曜日」の三周年を記念したシンポジウムである。本多勝一、筑紫哲也、佐高信、久野収、落合恵子、椎名誠の各編集委員が参加。岩波書店の浦部さん、フリー編集者の西妙子さんと楽屋で打ち合わせ。終了後、すばやく家に帰る。

十月二十三日

メコン源流に二ヵ月半の旅に出ていた妻が帰って来るので、関西空港に向かう。関西空港に行くのは初めてだった。大きな空港で歩き回るとくたびれそうなので待合室で本など眺めて時間を潰《つぶ》す。妻はネパール経由で帰ってきた。真っ黒に日に焼けて元気そうだった。巨大な荷物を運び出し、国内線に積み替える。腹が減ったので、空港内のレストランでうどん付きカツ丼というすごいものをぼくは食べる。妻は日本そばだった。羽田に置いてあるクルマで家に向かう。

十月二十四日

八時二十一分発という非常に早い「のぞみ」で名古屋に向かう。名古屋に中京テレビの池田さんが待っていた。この十一月から始まるコンバットツアーのために名古屋の宣伝プロモーションを行なうのだ。まず、FM局に行き、そこで対談。つづいて中京テレビのオフィスで地元紙の記者と雑誌の記者と話をする。終了後名古屋の名物のひとつである「ひつまぶし」という鰻丼《うなどん》を食べに行く。個室の中に入って三通りの食べ方をするというなかなかのすぐれ鰻丼であった。時間になったのですぐそのあとに名古屋駅に行くと、新幹線の架線故障で電車が停《と》まっている。一時間半の遅れだという。仕方がないので待合室で再び原稿用紙をひっぱり出し、原稿を書きながら列車の到着を待つ。一時間半遅れで大阪に到着。タクシーですばやく梅田の地下にある三省堂に向かう。今日は小学館の新刊『あやしい探検隊　焚火発見伝』のサイン会である。東京から阿部剛《つよし》、P高橋、峯岸カメラマンがサイン会始まりと同時に駆けつけてくれた。一時間半ほどひたすらサインをし続ける。終了後、三省堂の担当者と十人ほどで丸ビルのホテルにあるレストランでお疲れビール。そのあと、北の新地の焼肉屋に行き、さらにせっかくここまで来たのだから、といってクラブに行く。一時間半ほど大阪の酔っぱらい人間と化し、そのあと帝国ホテルに行ってメインバーで一時まで飲む。くたびれ果てて眠り込む。

十月二十五日

朝六時起床。七時半にはホテルを出て、ABCに向かう。ここで道上洋三さんの「おはようパーソナリティー」のゲストで二十分ほど話をする。今日はおとといのオリックス優勝の話が全面的に飛び交っている。終了後、ホテルに戻り、お昼まで原稿仕事。午後、神戸に向かう。オリエンタル劇場で港町映画会。楽屋に行くとカネテツデリカフーズの村上健《けん》社長が去年と同じように神戸の魚市場のマルモ特製の鯖鮨《さばずし》を持ってきてくれた。これがとにかく実に、圧倒的にうまいのだ。缶ビールを飲み鯖鮨を食べる。会場は満員だった。終了後、オリエンタルホテルのレストランで、ホネ・フィルムのスタッフ、繁昌《はんじょう》花形本舗のスタッフと打ち上げの乾杯。かなりヨレヨレ化してホテルに戻る。

小学校のクラス会は温泉つきで飲み明かす。
みんなおとっつあんになった。

十月二十六日

十時三十三分の新幹線で名古屋に。名古屋から豊橋に向かい、さらに「信濃二十九号」で松本に進む。松本の美ヶ原観光ホテルに行き、小学校のクラス会に合流。おじさんおばさんたちがビールでいい機嫌に酔っぱらっていた。みんなと遅くまで昔の話などをしながら酒を飲む。

十月二十七日

六時に起床。温泉に入りバイキング方式の朝食を食べたのちクラス会のみんなと穂高《ほたか》神社、碌山《ろくざん》美術館などへ行く。そばを食べ、塩尻を経由して東京に戻る。予定した列車より早いのに乗ったので自分の席がない。座れると思ったがまったくだめで、デッキのところでバッグを椅子《いす》がわりにしてずっと本を読んでいた。しかし途中でお客などがたくさん入ってきてそんなふうにのんびり座ってもいられなくなった。六時に八王子着。タクシーですばやく家に帰る。

十月二十九日

朝七時に妻とクルマで家を出る。北のカクレ家余市に三泊四日の旅だ。余市に行くのは今年三回目。しかし、前回は余市川の川下りのときにちょっと立ち寄っただけだった。晩秋の北海道はもう、いつでも冬を待っていますというような感じになっている。いつものように千歳でレンタカーを借り、ひたすら高速道路を小樽方向に向かう。小樽の「海猫屋」でコーヒーとカレーライス。ここのカレーはやっぱりうまい。余市に着くと雨もやんでいた。いつも行く魚屋さんに行き、本日の獲物ヒラメの刺身、若いブリの刺身、そしてホヤ。ビールを買い、野菜類なども買って、久々に山の上の湯に行く。海がいつもよりも煙って見える。サウナに入り、北海道で今一番うまいといわれているサッポロクラシックというビールを飲む。今回も原稿仕事をたくさんもっているが、とりあえずはまあゆっくり酒にひたるという状態になっていく。

十月三十日

寝坊して八時半まで寝る。このところ睡眠不足が続いているのでちょうどいい睡眠調整になった。ここはとにかく山の上なので、物売りの声や、いつもの家だとうるさく鳴く馬鹿犬の声なども聞こえず、とにかくはてしなく眠れるのだ。朝食をすませ、わが山の栗《くり》を二キロほどひろう。窓の向こうの海を眺めながら「新潮」に書く小説に挑もうとするが、なかなかストーリーが思い浮かばない。苦しんで正午、午後もまだ書けず、東京からいたずらに入ってくるさまざまな用件のファックスを眺めたりその返答をしたりして、実りなき時間を過ごす。

夕刻、町に出て買い物。魚屋さんでタラを買う。北海道のタラはタラチリにするとほんとうにその実力が発揮され、トロンとしたうま味のある鍋ができる。また今日もその鍋をつっつき、ビールを飲む。原稿はほとんど進まない、辛い、苦しい、しかし、まあいいや、どうだって、というややすてばちな楽勝気分に入っていく。夜が更けていく。

年末ハリセンボン

旅はつづく。雲と海を眼下に眺め、
流木焚火の旅はつづく。

一九九六年の最後の仕事は対談だった。トーハンが出している「新刊ニュース」というB6判の小さな雑誌で、作家の嵐山光三郎さんと昭和三十年代を語る、という企画であった。これはまあテーマにしても話し相手にしても、ありのままでいけるから気が楽だった。

対談というのは、そういうものが好きで如才ない人にはどうということはないのだろうけれど、ぼくはどうも苦手である。とくに初対面の人でテーマや話すべき内容が具体的にあまりよく見えてこなかったりすると、気分的に悲惨である。

もう十年以上前のことだが、二時間ぐらい話して、何を何のためにどう話したのか、とうとうはじめから終りまでさっぱりわからなかった対談がある。相手は沈鬱《ちんうつ》ぶった写真家で、まあ考えてみると、そういう人と話をしてもぼくに何かがわかる筈《はず》もなかったのだ。

それでもその頃は、対談も作家修業だと言われてケナゲにいろいろな人と初対面対談をした。亡くなった開高健さんとも都ホテルで会って二時間話したが、このときは九十八パーセント、開高さんが機関銃のように喋《しゃべ》っていた。二パーセントはわずかにぼくが「ええ」とか「うー」とか「あー」などとアイの手を入れている比率である。

哲学者の久野収さんのときも殆《ほとん》ど久野さんの一人舞台で、このときはある新聞の記念号で締切りが迫っており、これでは対談が成立しない、と傍らで編集者が困った顔をしているのがセツなかった。

で、まあその日は親しい人と話すのだからいたって気楽に都心に出た。師走《しわす》だから銀座のあたりは人がごったがえしている。

地下鉄を上ると有楽町マリオンの前だった。一週間ほど前からここの阪急デパートの八階でぼくと沢野ひとしの、写真とイラストによる二人展というのが開かれている。

そのマリオンの前にタクシーが一台とまっていた。タイミングよし、と近づいていくと、運転手は近づいてくるぼくの顔を見てしきりに手で前方を指さす。

そのクルマではなく、前の方にいるクルマに乗れ、と言っているみたいなので、そいつの指さす方へ向かおうとしたが、別段そっちにタクシーがとまっている訳でもない。アレレ……？ と思っているとクラクションが鳴り、さっきの運転手が今度は手招きをしている。なんだかわけがわからない。改めて接近していくと、では乗せてやる、とばかりにドアをあけてくれた。

乗って行き先を言う。気になったので、さっき指で示したのはなんだったんですか、と聞くと「このクルマはそっち方向しか行かないよ。Uターンしないよ、という合図だよ」と乱暴な喋り方で言った。

そっち方向へ行きたいから乗ったのだけれど、どうもわけのわからないことを言う運転手なのである。

「師走になるといろんなヒトが東京へ来るだろ。田舎《いなか》のヒトなんか道わかんないでいきなり乗るからよ、反対を行くのにこっちさ乗るヒトも多いからあらかじめ注意したんだよ」

ああ、なるほど、と思った。

ぼくはその時、対談の場所を書いた紙キレを持ってタクシーに接近していったのだ。どうも田舎からきたヒトに間違われたらしい。これでも東京生まれなんだけどなあ。

行き先は「作治」。はじめてのところだが一流料亭のようである。

やや地方訛《なま》りのあるものの、運転手は東京にくわしいらしく、ぼくの渡した作治への略図をいちべつしただけで「勝関《かちどき》の方だな」と独りごとのように言って乱暴にがんがんクルマをとばした。

昼の時間の作治はガランとしていて、玄関に立つと仲居さんがおまちしてましたあと言ってどんどんぼくを案内する。

通されたのは待ち合わせ室のようなところだった。

「ここで待ってくださいねえ。まだ誰も見えていないですから」

と、中年から老人にさしかかりつつあるぐらいのその仲居さんが慌ただしく言った。

おとなしくそこに座って少し待っていたが、しかしどうもおかしい。時間はすでに約束の十二時を五分ほどすぎている。速記や写真撮影の準備もあるだろうから、対談の場を持っている先方がまだきていない、ということは通常ありえないのだ。

そこでさっきの仲居さんにここがその雑誌対談の席であるかどうか聞いた。

「ちがいますよオ。ここはゴードーさんの席ですよオー。間違えちゃったのかしら、アラヤッダア」

仲居さんはそう言って、いかにもアワテ者を笑うような目でぼくを見るのだが、しかしはじめに一方的に間違えたのはこのおばさんの方でアラヤッダアはこっちのセリフなのであった。

まあしかし、そんな小さな勘違いの連続攻撃にさらされながらもなんとか対談開始。嵐山さんは座談の名手であるから難なく二時間のむかし話を終えた。

帰りは主催者の呼んでくれたタクシーだった。来たときとはうってかわって、中年の上品なかんじの女性である。なんとなく中学校の英語の先生というようなイメージで、話し方もテキパキしている。銀座から霞が関のインターに向かう途中でなんとはなしの世間話から、タクシーの仕事はあと二週間でやめて、故郷に帰るのです、とその女性は言った。話のつながりで、「ふるさとはどちらですか?」と聞いたら「フランスです」と言う。「ふーむ」

来るとき乗ったタクシーのクマゴロウ親父が言うのだったら「なあーにを冗談を」という話だったが、その女性運転手は本当のようだった。

「東京はヒトの住むところじゃないですよねえ」と言う横顔がなかなか美しい。

午後、南新宿にある鍼灸《しんきゅう》治療院に行った。半年ぶりであった。ここの先生に時おり全身の調子を診てもらう。脈診流といって、体の血流でいろいろなことがわかってしまう。この半年間ほぼ毎晩サケを飲んでいるのだが、自覚的にはとくに体のどこかが痛むわけでもなく、悪酔いすることもなく、調子はいい。

「どうでしょうか?」

先生は両手首の脈をとり、即座に「胃が少々くたびれていますなあ」と言った。大あたりなのであった。今朝がたどうも胃が不快だなあと思ったばかりである。

「肝臓の方はどうですか？」

一番気がかりなことを聞いた。なにしろ毎晩であるからね。

「そっちの方はまだ大丈夫」

（まだ）というところが若干気になったが、しかしとりあえず安心である。知りあいの水中写真家の話題になった。彼は最近急に片手があがらなくなってしまい、いろいろ療法をこころみたが、最後にこの先生のところであらかた治してもらっている。

「うちへ来たときは冷凍状態でしたよ。あの方は永年水の中に入っていましたからねえ」

先生はすこぶるわかり易い表現をする。

「解凍は順調にいきましたか」

「ええ、一ヵ月かかりましたけれどねえ」

もう一人、知りあいの元スチュワーデスの話になった。彼女は北海道に住んでいてまだ二十代半ばと若いのだが、職業病のひとつである背骨の病気になり、殆ど歩けない状態になっていた。そのままでは一生寝たきり人生になってしまうので、ぼくはその人と母親に「闘いなさい。挑戦ですよ」と、えらそうに言ってしまったのだ。

そうして彼女は意を決してその冬東京へ来て診てもらったという訳である。

「年が明けてから勝負ですよ。重症ですがしかしなんとかなるでしょう」と、先生は言った。

いつものようにハリセンボンにしてもらって、とりあえず越年可能の保証をもらった。

その日の夜、また銀座へ行って、薩摩料理の店で友人らと飲んだ。その年最後の寄りあい酒である。

その夜、同じ銀座のイタリアンレストランで、スイス人の自転車旅行者と食事をしていた妻から電話があった。帰りが同じような時間だったら一緒に帰ろう、とあらかじめ話してあったのだ。

そのスイスの男は、昨年に妻がチベットを馬で旅行していたとき、チベットの聖地カイラスの近くで会ったのだ。馬と自転車という異なる手段であったが、共通するものを感じ、日本にやってきたら私の家へいらっしゃい、と妻が言ったら一年後に本当にやってきた。一週間ほどわが家に居候してまた北の国をめざして旅立っていく、その個人的な送別の宴をやっていたのだ。

夜更けにタクシーで家へ。運転手に道をつたえる妻がいるので、ぼくはぐっすりと眠って帰った。

翌日から年末年始の休みになった。なにしろその年は忙しかったからひっきりなしに動き回っており、旅も多かった。週刊誌の連載も四誌になり、もう限界だった。

それらの年内の仕事が全部片づいて、基本的にボーゼンとした年の瀬になった。

久しぶりに九時まで眠った。

その年、ぼくはジーンズのCMに出ていて、その中で「何もしない日があってもいいじゃないか」などとハンモックの上でほざいているのだが、それこそ本人の願望的風景で、実際の生活とは随分ちがうのだった。

だから年の瀬はボーゼンとして何もしないでいよう、と思っていたのだが、目ざめたぼくの目の前にこの一年間殆ど片づける、ということをしなかった本棚がどでーんと横たわっている。いや正確には本棚が横たわるとたいへんなことになるので、とりあえず垂直に立ってはいるのだが、乱雑につめこまれたおびただしい数の本どもをなんとかしないと、とても新しい年などやってきそうにないような気がした。

そこで朝食後にそのあざ笑うかのような本棚の整理制覇に挑んだ。そして密《ひそ》かに恐れていたように、たちまち変幻どろ沼地獄におちいった。

「ほんのちょっとだけよ!」のつもりがすぐに「やるならとことんまで!」に突入変化していくのは目に見えていた。かくして一日中、本の山の中でもがきあえぎホコリだらけになって最後に腰と喉《のど》を痛め、ヨレヨレゴホゴホ人間となり、夕方、妻が仕事をしている台所へ老人化してあらわれ、しばしもらい泣きされたのだった。

翌日は、きれいになった自室の隅に置かれているDVDビデオプレイヤーの取りつけ作業に挑んだ。VTRやレーザーディスクに代わる新しい驚異的な音と映像を再現する究極のデジタルシステムである(——と宣伝物には書かれている)。

これを自力で配線接続するのだ。

しかしとは言っても、どうもデジタルというのがいまだによくわからない。ある程度「科学」に強いやつに説明してもらい、アナログとデジタルの違いを具体的に示されたりして、その時は「うーむなるほど！」とわが破れ頭脳もそれなりに貧弱一閃《いっせん》してわかったような気になるのだが、一人になるとやっぱり何もわかっていない。友人の弁護士は、アナログというのはたとえていえば地べたをじわじわ這《は》ってくるバイ菌みたいなものであり、デジタルというのは空をとぶウイルスみたいなものだ、と説くのだが、そんな説明で何を「わかれ」と言うのだ。

昨年の暮れにこの最新のＤＶＤデッキを手に入れた。数ヵ月前にある大手の家電メーカーの研究室で、商品化される前のＤＶＤシステムによる映画を見せてもらい「おお」と感動した。

ぼくは昔から発作的衝動的な人生をつらぬいてきた。とくにオーディオや映像関係では冷静なハドメがきかない。

オーディオのドルビーサラウンドなどは十年以上前にシステム化させてしまった。いま流《は》行《や》りのヨコ型テレビを買ったのもすこぶる早かった。ビスタビジョンサイズの映画を見るのには一番具合がいいのだ。テレビは見ずにもっぱら映画再生のための装置である。ＤＶＤのいいところはＶＴＲよりも映像の深度と表現密度が圧倒的に優れていること。ＬＤよりも小さいＣＤ型でＬＤの倍以上の収録時間を持ち、収録情報量もケタちがいに多い。こういう新しい機械にあっという間にとびつくので「あいつは新しもの好き」と言われているがそれでいいのである。

で、ＤＶＤの取りつけ作業である。難しいことは何もないのだが、《ＰＣＭ＝ＡＣ－３デジタル光音声出力》という端子のところで「おのれ」と思った。ぼくの持っているドルビープロロジックサラウンドシステムのアンプと、新しいＤＶＤビデオプレイヤーのどちらにもこの端子がついているのだが、それをつなげる専用コードがないのである。

これなしでもとりあえず音も映像も出るのだが、説明書を読むと、この光デジタルの回線で音を再生したほうが相当にすごいようだ。くやしいではないか。

せっかくのデジタルなのである。デジタルで入力されると何がどう違うのかデジタルの基本がわからないぼくにはそもそも何もわからないのだが、しかしこのネコにコバン、シーナにデジタルの持ち腐れはくやしい。


バリ島で買ってきたガムランの、けだるい音楽を聴きながら、ウィスキーを飲んで、一九九六年が終っていく時間を楽しんだ。

休みに入って三日間、家をほとんど出なかった。おだやかな陽ざしがぼくの部屋に入ってきた。毎日ベランダに布団をほしていたので、それがベッドの上で丸く大きくふくらんでいる。窓の外は風のない、あたたかい冬の夜だ。とりあえず、この年の終りまで、おれは元気でいるぞ――と思った。

あとがき

オーストラリアにカモノハシというヘンな動物がいて、アヒルのようなくちばしをして泳いだり土の中にもぐったり木の枝にとびついたりしている。

この本のゲラ（校正用の組版）を読んで、これを書いている男（オレのことです）はカモノハシみたいなやつだ、と思った。とにかくひっきりなしにあっちこっちいって、水の中にもぐったり山にのぼったり地面の上にねころんだり笑ったり怒ったり酔っぱらったりころんだりして本人もわけがわからないうちに半年とか一年をすごしている。モノカキならもう少し落ちついて家にじっとしてネコの頭をなでたり柿の実を眺めてハアーなどとため息をついたりしていても、いいではないか、と我ながら思うのである。しかし、もうここまでくると、こういう慌ただしいドタドタ人生がこの男（オレのことです）は好きなのだろな、と思うのである。タイトルのあるく魚―というのはおれのことである。水の中にゆっくりしていればいいものを陸《おか》にあがってきてうろつき回り、息ぎれしてアップアップしている。そうして頭の上を吹きぬけていく風にいつも笑われているのである。まあ、しかしそういうのが好きなんだからしょうがないのである。

一九九七年十月　松山から東京へ向かうヒコーキの中で。

椎名　誠

文庫版あとがき

単行本のあとがきにも書いたのだが、文庫版にするために改めて頭からもう一度読み返し、この陸《おか》を歩くバカな魚（ボクのことです）は本当にまったく書いた当の本人が呆れるぐらいせわしなくあちこち動き回っているなあ…と、これまた改めて感じたのである。

読んでいる人もせわしなかったことでしょう。僕はこれを二〇〇一年のお正月に読んでいた。珍しく暮れも新年もどこへも出かけず家の中にこもっていたものだから、ほんの数年前にこんなふうにわっせわっせとあちこち歩き回っている男の姿がなんだかおかしかった。

もうちょっと人間らしくごろりと休んだらどうなんだ。原稿だって時々は休んでしまってもいいだろうに。なんとまあせわしないヤツだ。それにあまりにもビールを飲みすぎているぞ。せっかくあっちこっちいい風景のところに行っているのだから、ぼんやり心を開放して遠い風景などをゆっくり眺め、もっと人生の来し方行く末を深く考えたらどうなんだ。ばかめばかめ…などと思うのであった。

五年たって、どうやら僕はこの「あるく魚」の酸欠状態を高みで眺め〝わらう風〟の気分になれたようだ。しかしそう思うのも束の間で、二十一世紀の始まりとともに「わらう風」

はまたむずむずと世の中のあっちこっちを眺めまわし、足腰のあたりを落ちつかなくさせて歩くサカナ化しつつあるのだ。

二〇〇一年一月　自宅のテラスで空を見ながら。

椎名　誠

解説

三島　悟（編集者）

「小説を書き映画を撮り焚火を囲み酒を呑む超人的東奔西走男の克明、赤裸々な日常生活」と帯のコピーでうたった本書、『あるく魚とわらう風』の刊行は一九九七年。九五年から九六年（一部は九七年）にかけて『青春と読書』に連載した「よれざれ旅日記」をまとめたものである。

日記形式なので読みやすいし、作家の素顔がそれこそ赤裸々に分かるので興味をそそられるが、いやはや驚くばかりの超過密スケジュールで、椎名誠は超人的ではなくまさしく超人以外の何者でもない。

いったい誰が彼をそうさせているのか、と言えば、文中に頻出する出版関係者であったり、映画関係者であったり、講演会依頼者であったり、広告代理店関係者であったりするわけだが、実は私もその片棒かつぎなのである。本書の中でも、打ち合わせと称し、酒場で飲んだくれ、遊びと言っては海辺や山でキャンプをして飲んだくれ、酔いに乗じて原稿を確約させあざとく仕事にさせてしまう男たちがちょろちょろ出てくるが、何を隠そう、私もそのうちの一人なのだ。

このままでは、脳コーソクか心筋コーソク、神経性ノイローゼになってしまうじゃないか、なぜシーナさんをもっとノンビリさせてやらないんだと全国の読者から批難を受けるのは重々承知、責任の一端を感ずるのでありますが、しかし責任のもう一端はシーナさんにもあるのではないかと、私は強く確信するものであります。フト、本書のあとがきを読むと（わざとらしいナ）、次のように本人が書いている。

「モノカキならもう少し落ちついて家にじっとしてネコの頭をなでたり柿の実を眺めてハアーなどとため息をついたりしていても、いいではないか、と我ながら思うのである。しかし、もうここまでくると、こういう慌ただしいドタドタ人生がこの男（オレのことです）は好きなのだろうな、と思うのである。（中略）一九九七年十月　松山から東京へ向かうヒコーキの中で」（ネッ！）

ここには自らのドタドタ人生（ワーカホリック）がビョーキであることを自覚しつつも、もはやこのビョーキは手遅れという深い認識を通じて、諦念から枯淡の境地へとアウフヘーベンされた、優れた思想・哲学を垣間見ることができる（深読みか！）。

それにしても、三六五日フル稼動ドタドタ人生をかれこれ二十年近くも続け、現在も進行中であることを考えると、ほとんど敬服に値する。

考えてみると、十五、六年前、初めて四万十川を野田知佑、沢野ひとし、佐藤秀明氏らとカヌーで下ったとき、川べりのキャンプですでにシーナさんは〆切の原稿を抱え、うなっていたのを思いだす。氏がまだ四十一歳のころであった。

川遊びの師匠である野田サンはそれを見て「シーナ、〆切なんて気にすんな！　そんなものおっぽり出しても誰が死ぬわけじゃない！　早く遊ぼうぜい」と警告を発し、その時は「ソウダソウダソウダ！」と沢野ひとしも便乗して「集英社がナンダ！　角川書店がナンダ！　ヤマケイがナンダ！（ウチの原稿だけは守ってネ）」と連呼し、両名とも書きかけの原稿やイラストをビリビリと目の前で破り、足蹴にして皆（約四、五名）の大きな喝采を浴びたのだった。

あれから星霜〇〇年。シーナ本を担当する編集者でありつつ、探検隊のメンバーでもある私の役割は、考えてみると氏のビョーキがひどくなり、精神の安定を欠くような兆候が出たときに、「癒しの旅」をセットすることだったように思う（エッヘン）。

言ってみればインドアにおける「箱庭療法」をアウトドアで行なってきたかもしれない。ですから今後、私をアウトドア・セラピストと呼んでほしい（できれば頭に「Dr.」もつけてほしいナ）。

実際、シーナさんはビョーキが嵩じるとヘントウ腺を腫らしたり、約束をドタキャンしたり、冬の季節には躁鬱になったりと、典型的な症状が出る。

超人ハルクも、所詮はヒト。人生には正しい休息が必要なのである。

八九年、アフリカを訪れたときだった。一と月にわたる長い旅だったので、ツアー・コンダクターの私としては、なるべくフリータイムを入れ、疲れがたまらないようなスケジュールを組んだ。特に到着してから二、三日はまったくの休養日とした。

成田出発時のシーナさんは猛烈な〆切地獄で、半ばヨレヨレ。しかし顔つきは疲労の極みにもかかわらず、眼光鋭く、眉間には深い縦皺が数本、全身ハリセンボン状態でピリピリしている。にもかかわらず、ナイロビ到着時までに残りの原稿を数本抱えていた。

ジャカランダの花咲くナイロビのホテルに到着した翌朝。まったく何もスケジュールを入れていないことを聞いてシーナさんは、みるみる顔がゆるみ始め、眉間の皺は谷が埋まりサバンナの草原のように平たくなり、目つきは険しさがとれ、瞳の奥から☆マークさえ出始めている。「ホントに何もないのネ。何もしなくてもいいのネ」と、話し言葉もなにやら女性的になってフニャフニャになっていったのである。

二日目もスケジュールはナシ。すると前日と同じ質問がまた繰り返され、私も前日と同様に「何もしなくていいんですヨ、寝てもいいし、鼻クソをほじくってもいいし、オナラをしてもいいし、全て自由なんですヨ。ワタシ、ウソつかない」とやさしく慈母のような声色で応えたものだった。

そんなことがあって、アフリカ・ジャンボジャンボ（のんびりのんびり）旅が繰り広げられたのだったが、今でも、シーナさんの目茶苦茶明るい笑顔が忘れられない（詳細は『あやしい探検隊アフリカ乱入』を参照）。

本書の中で触れられているバリ島ポランポラン（のんびりのんびり）旅も「癒しの旅」の第二弾として位置づけられるかもしれない。アフリカと同様に出発前は過酷なスケジュールをこなし、全員（シーナ、沢野、大蔵、ワタシ）成田に集合した。

アフリカから七年、シーナさんのドタドタ人生は基本的に変わりなく、懲りない人生を送っていた。

しかも、このバリ島行きの前後は、シーナさんは特に映画監督として「白い馬」をはじめとした映画製作、上映活動でメチャ忙しく、乗りに乗っていたものだから、たぶん数分きざみの疾風怒濤の生活を送っていたのではないだろうか。

しかし、「癒しの旅」を企画するとは言っても、我が暴力的・肉体的出版社ヤマケイの場合は、オモテ向き「癒しの旅」と銘うちつつも、決して楽チンな旅はセットしない。アフリカでもキリマンジャロで高所障害を起こして、「もう登るのいやだー」と言っても、しっかり山頂に立っていただくし、マサイに槍で襲われそうになっても危険は自分で負っていただく、と、かような原則に立つのでありますからして、ひょっとすると癒されるどころではないのかもしれません。

このバリのポランポラン旅もそうだった（詳細は『あやしい探検隊バリ島横恋慕』を参照）。

入国時は二日ほどのフリータイムを、海辺のリゾート地でガムラン音楽を聴きながら過ごしたが、戦闘態勢が整うやいなや、バリ島の最高峰・アグン山（三一四〇メートル）を深夜目指したのである。まずバリ島に行ってアグン山に登ろうなどという物好きな観光客などいない。しかし私たちは、高いところがあればどこでも登ってしまうのである。その時のシーナさんは、いまいち日本から持ち込んだ疲れがとれず、あげく睡眠薬を飲んでいたものだから、酔眼朦朧《すいがんもうろう》へロヘロ状態だったけれど、超人ハルクのパワーは底知れず、ズンガズンガと登ること五時間。明け方には山頂でご来光を浴びることができたのだった。

一転、ウブドゥではヤシの木に囲まれたバリ島NO．1と言われる最高級ホテル「アマンダリ」にビーチサンダルと短パン、ザックの格好で投宿。あのミック・ジャガーもさくらももこ（彼女は私たちの後だったけれど）も泊まったという、なにしろスゴイところなのである。武骨、粗忽が体に染み込んでいるわれわれも、ヤルときはヤルのである。

しかし、最高級だからドーナンダという、どこかイジケた感覚が、隊員の中にあり、何かしっくりしないところがあって、翌日には早々と撤退？（追い出された？）。次に目指すはバリ西部の廃屋に近い無人のバンガローだった。地元の焼酎をあおりながら、自炊のカレーをむさぼり、全員裸になってケチャ踊りの狂喜乱舞。どうも探検隊はこの方が似合っているようで、おまけに夜は蚊の大襲来を受けて、シーナ、沢野組は全身ボコボコ。

どこが「癒しの旅」だと言われれば、またここでも、ウーム、と応えるしかないのだけれども、シーナさんも心底、顔をゆがませて喜んでいたしー、まあ、楽しい旅ではなかったのかと、私なりに思うわけです。

本書を読んでいて、かつて出かけた旅がつい昨日のように思い出されてしまうのだが、それぞれの旅は、六年前だったり、十年前だったり、十五、六年前だったり、実は遠い昔のことなんだなあと、ついつい懐古にふけってしまう。マズイマズイ。

さて新しい世紀を迎えたわけだが、超人ハルク・シーナのドタドタ人生は今後、どのような展開がなされていくのか、読者ならずとも、大いに興味のわくところである。かつて『パタゴニア――あるいは風とタンポポの物語り』の中で「風になりたい」とシーナさんは書いていたが、その風とはまさしくあらゆるものからの自由をさしていた。一般シモジモはなかなか風になろうともなりきれないところがある。だからこそ私たちはシーナさんに仮託して、風の又三郎のように一陣の風を巻きおこして、この惑星を自由自在に飛んでほしいと思うのである。ただし、くれぐれも悪いビョーキには注意しましょうネ。

（この作品は、一九九七年十二月、集英社より単行本として刊行されました。）

集英社文庫　目録（日本文学）

佐藤正午　彼女について知ることのすべて
佐藤正午　バニシングポイント
佐藤雅美　歴史に学ぶ「執念」の財政改革
佐藤嘉尚　ぼくのペンション繁昌記
佐野洋　片翼飛行
佐野洋　未亡記事
佐野洋　秘密パーティ
佐野洋　人面の猿
佐野洋　かわいい目撃者
佐野洋　優雅な悪事
佐野洋　盗まれた影
佐野洋　実験性教育
佐野洋　蹄の殺意
佐野洋　重い札束
佐野洋　旅をする影
佐野洋　貞操試験

佐野洋　再婚旅行
佐野洋　第4の関係
佐野洋　宝石とその殺意
佐野洋　銀色の爪
佐野洋　緊急役員会
佐野洋　夢の破局
佐野洋　おとなの匂い
佐野洋　消えた男
佐野洋　歩きだした人形
佐野洋　白く重い血
佐野洋　鏡の言葉
佐野洋　殺人書簡集
佐野洋　七人の味方
佐野洋子　私の猫たち許してほしい
沢木耕太郎　天涯1　鳥は舞い　光は流れ
澤田ふじ子　蜜柑庄屋・金十郎

澤田ふじ子　修羅の器
澤野久雄　生きていた
椎名篤子・編　凍りついた瞳《め》が見つめるもの
椎名篤子　家族「外」家族
椎名篤子　親になるほど難しいことはない
椎名誠　地球どこでも不思議旅
椎名誠　インドでわしも考えた
椎名誠　全日本食えばわかる図鑑
椎名誠　岳物語
椎名誠　続・岳物語
椎名誠　菜の花物語
椎名誠　シベリア追跡
椎名誠　ハーケンと夏みかん
椎名誠　零下59度の旅
椎名誠　さよなら、海の女たち
椎名誠　白い手

集英社文庫　目録（日本文学）

集英社文庫　目録（日本文学）

芝木好子　慕情の旅
芝木好子　海の匂い
芝木好子　別れの曲
芝木好子　落葉の季節
芝木好子　流れる日
芝木好子　女ひとり
芝木好子　洲崎パラダイス
柴田錬三郎　英雄・生きるべきか死すべきか（上・中・下）
柴田錬三郎　度胸時代
柴田錬三郎　生死の門
柴田錬三郎　大将
柴田錬三郎　図々しい奴
柴田錬三郎　地獄の館
柴田錬三郎　曲者時代
柴田錬三郎　乱世流転記
柴田錬三郎　貧乏同心御用帳

柴田錬三郎　江戸っ子侍(上)(下)
柴田錬三郎　遊太郎巷談
柴田錬三郎　生きざま
柴田錬三郎　おらんだ左近
柴田錬三郎　うろつき夜太(上)(下)
柴田錬三郎　花の十郎太
柴田錬三郎　毒婦伝奇
柴田錬三郎　日本男子物語
柴田錬三郎　若くて、悪くて、凄いこいつら(一)(二)(三)
柴田錬三郎　われら旗本愚連隊(上)(下)
柴田錬三郎　忍者からす
柴田錬三郎　南国群狼伝／私説大岡政談
柴田錬三郎　清河八郎
柴田錬三郎　チャンスは三度ある(上)(下)
柴田錬三郎　幽霊紳士
柴田錬三郎　夜叉街道

柴田錬三郎　牢獄
柴田錬三郎　生命ぎりぎり物語
柴田錬三郎　源氏九郎颯爽記　火焔剣・水煙剣の巻
柴田錬三郎　源氏九郎颯爽記　秘剣揚羽蝶の巻
柴田錬三郎　地べたから物申す
柴田錬三郎　柴錬忠臣蔵　復讐《ふくしゅう》四十七士(上)(下)
柴田錬三郎　デカダン作家行状記
柴田錬三郎　おれは侍だ
柴田錬三郎　宮本武蔵　決闘者1〜3
柴山哲也　ヘミングウェイはなぜ死んだか
島尾敏雄　われ深きふちより
島尾敏雄　島の果て
島尾敏雄　夢の中での日常
嶋岡晨　ゲンパツがやってくる
島崎藤村　初恋―島崎藤村詩集
島田明宏　「武豊」の瞬間

集英社文庫

あるく魚《さかな》とわらう風《かぜ》

2001年2月25日　第1刷

定価はカバーに表示してあります。

著　者　椎《しい》　名《な》　誠《まこと》

発行者　谷　山　尚　義

発行所　株式会社　集　英　社

東京都千代田区一ツ橋2—5—10

〒101-8050

電話　03（3230）6095（編集）
（3230）6393（販売）
（3230）6080（制作）

印　刷　大日本印刷株式会社

製　本　大日本印刷株式会社

ISBN4-08-747290-6 C0195